講談社文庫

ピエロがいる街

横関 大

講談社

少年は顔を上げて、ピエロを見た。ピエロは今、駅のバス停前に作られたステージでお手玉をやっている。ステージといってもビールケースを置いただけで、メイクを施し、衣装を着たピエロがその上で大道芸を披露《ひろう》している。

観客は誰もいない。たまに通行人が足を止めるが、すぐに立ち去ってしまう。少年は少し離れた場所のベンチに座り、膝の上に広げた漢字ドリルに目を落とした。

不意に人の気配を感じたので、少年は再び視線を上げた。数人の小学生たちが遠巻きにピエロの芸を眺めていた。同じクラスの児童だった。彼らの目はピエロの芸に興味を持っているのではなく、半分馬鹿にしたような目つきだった。学校帰りのようで、皆ランドセルを背負っている。

ピエロはお手玉を終わりにして、今度は傘を広げた。傘を回しながら、その上でボールを転がそうとしているのだ。調子がいいときには、同時に三個のボールを傘の上で転がすことができる。

一個目のボールが傘の上で転がり始めた。ピエロが二個目のボールを放り投げようとしたとき、どこかから何かが飛んできた。子供たちの一人が投げた石コロだった。石コロはピエロの肩に当たったらしく、ピエロはビールケースの上でバランスを崩した。傘の上で転がっていたボールが地面に落ち、何度か跳ねた。

漢字ドリルを置き、少年は立ち上がった。子供たちに向かって叫ぶ。

「何すんだよ」

遠巻きに見ていた子供たちが、その場で飛び上がって言う。

「こっちだぞ、ピエロの子供」

「ピエロの子供。悔しかったら来てみろ」

「そうだそうだ。ピエロの子供」

「何だと」

少年は転校してきたばかりだった。ピエロの子供、というのは少年につけられた渾名《あだな》だ。少年は悔しい気持ちで一杯になり、遠巻きにしている子供たちに向かって走り出そうとした。

「待ちなさい」

少年の前にピエロが立ちはだかる。ピエロは少年の肩に手を置き、うなずいて言う。

「場所を変えよう。もっと人通りの多い商店街に行ってみよう」

ピエロは地面に置いてあったお手玉などの小道具を風呂敷《ふろしき》の中にしまい、それを背負う。最後にビールケースを持ち、歩き出した。少年は漢字ドリルをランドセルの中にしまってから、地面に置かれた野球帽を手にとった。客が投げ銭を入れるための帽子だが、まだ今日は小銭が入っていない。少年は帽子を被り、ピエロの背中を追って走り出した。

ピエロは右足を引き摺《ず》るようにして歩いている。もともと東京で大道芸人をしていて、遊園地の催しなどに参加していたが、三年前に右足に怪我をしてから仕事が激減した。それからピエロと少年は二人、日本全国を旅している。去年はトウホクというところを転々として、今年に入ってシコクというところにも行った。先月からこの街に腰を落ち着けた。この街はピエロ、つまり少年の父親の生まれ故郷だった。

「学校には慣れたか？」

ピエロに訊《き》かれ、少年は答える。

「まあまあ」

「友達はできたか？」

少年は答えられなかった。友達なんていない。ただ、今日一人の女の子に話しかけられた。三つ編みをした可愛い女の子だった。

「勉強しろよ。そして偉くなれ。俺みたいになっちゃ駄目だぞ」

勉強は好きだ。ずっと旅をしていた身の上なので、ピエロが芸をしている間、少年はずっと勉強していた。勉強くらいしかすることがなかった。今通っている学校でも、成績はクラスで一番だ。

「伯父《おじ》さんのこと、憶えてるだろ」

「うん」

先月、伯父さんと初めて会った。父のお兄さんで、この街で暮らしている。少し怖い感じの人だったが、帰り際にお小遣いをくれた。

「よかったら伯父さんの家で暮らしてみないか。あの人は子供がいないから、きっとお前のことを可愛がってくれるはずだ」

「やだよ、そんなの」

「そうか。お前のためを思って言ってるんだけどな」

商店街に入り、通行人の数が増え始めた。「このあたりにするか」とピエロはつぶやくように言い、ビールケースを地面に置いた。それからステップを何度か踏んで、大袈裟なお辞儀《じぎ》をした。少年は野球帽を脱いで下に置く。今日は小銭が集まるといいのだけれど。

近くにバス停があり、そこのベンチが無人だったので、少年はベンチに座った。ランドセルから漢字ドリルを出し、それを膝の上で広げる。

ビールケースの上で、ピエロがお手玉を始めていた。通行人が足早に過ぎ去っていくのが見える。今日も投げ銭は期待できなそうだ、と少年は思った。

※

「失礼します」

そう言って今西比南子《いまにしひなこ》が市長室に入ると、宍戸《ししど》市長はいつものように朝刊を読んでいた。午前八時三十分を過ぎたところで、始業ベルが鳴ったばかりだ。比南子は湯呑みを宍戸市長の机の上に置く。

「では今日のスケジュールを確認させていただきます。午前九時三十分から都市計画委員会の定期会合。その後は何人かの来客が予定されています。お昼休みを挟みまして午後一時からは……」

比南子は兜《かぶと》市役所の職員だ。兜市役所に入庁して早いもので十二年がたち、二年前に秘書課に配属された。ちょうど今の宍戸市長が市長選に初当選した年だ。

「わかりました」宍戸市長が朝刊を見たまま、返事をした。「それより今西さん、今日の昼食ですけど、二名分注文してください」

「どなたかと会食でしょうか？」

「後援会長がいらっしゃるようです。よろしくお願いします」

「かしこまりました」

宍戸市長は今年で五十四歳になる。元証券会社社員で、神経質な性格だ。常にグレーのスーツに身を包んでおり、人を寄せつけないというか、鋭利な刃物のような冷たさを感じさせる。

「ほかに何かございますか？」

比南子が訊くと、市長は朝刊に目を落としたまま答える。

「特にありません」

「では部長会の資料は昨夜のうちにメールで送ってありますので、ご確認ください。失礼します」

比南子は市長室から出た。市長室は庁舎の二階にある。二階は総務部のフロアになっているが、同じ総務部でも秘書課だけは市長室に近いところに独立した部屋を与えられていた。ほかの課はオープンスペースで、フロア一面をキャビネットなどで区切っている。比南子が秘書課の執務室に戻ると、課員たちが訊いてくる。

「今西さん、今日の市長のご機嫌はどう？」

「いつもと変わりありませんね」

「まったく呑気《のんき》というか、肝が据《す》わっているというか」

本当にそうだ、と比南子も思う。今、兜市は大変なことになっているのだ。

兜市は静岡県東部にある人口十五万ほどの町で、今、市政始まって以来の財政難に陥《おちい》っている。

二年前、市の北西部にある工場、スタンダード製薬株式会社兜工場が閉鎖になったことが発端だ。約四十五万平方メートル、東京ドーム約十個分の敷地を持ち、従業員千五百人を誇る、兜市最大の工場だった。しかし本社が中国資本に買収され、国内の工場をアジアに移すことが決定し、兜工場も閉鎖されることになったのだ。

千五百人の従業員が失業し、多くの者は家族を連れて兜市から離れていった。市の試算ではおよそ四千人が兜市から流出したという。兜市の総人口は約十五万人なので、約二・六パーセントだ。

経済的にも多大な打撃をこうむることになった。法人市民税、固定資産税、さらに従業員の市民税など、税収が軒並《のきな》み下がった。市内のスタンダード製薬の下請け企業は、収益が平均で半分以下に減ったという。この二年間で倒産した中小企業は二十社以上らしい。

市の商工課でもスタンダード製薬が去った広大な跡地に企業を誘致《ゆうち》しているらしいが、なかなか実現には至らず、その跡地は廃墟《はいきょ》と化している。従業員が住んでいた工場近くの団地からも人が消え失せ、近くの小中学校では全校生徒数が三分の一になるという異常事態になった。

スタンダード製薬撤退は多くの市民に影響を及ぼし、兜市史上最大の危機と言われている。

「議会は来週からだっけ?」

「そう、来週から」

「大荒れだと思うけどな。自分の昼飯の心配してる場合じゃないって」

　同僚たちの会話が耳に入ってくる。来週から始まる市議会では、来年度の増税を議論することになっていた。兜市職員の間では宍戸市長の評判は芳《かんば》しくなく、そこかしこで悪口が囁《ささや》かれている。

「今西さん、今日の市長の昼食は何だっけ？」

「水曜日なので天ぷら蕎麦《そば》です」

「いいよな、市長は。天ぷら蕎麦ってたしか八百円だろ。俺なんか生活切りつめてるから弁当だぜ、弁当。こんなこと言ったら怒られるけど、うちの嫁さん、料理下手なんだよ。前みたいに食堂で定食食べたいもんだよ」

　今年の四月から職員の給与は六パーセントカットされている。市長も同じく六パーセントカットしているのだが、市長と職員が同じカット率ではおかしいとの声が職員の間から噴出《ふんしゅつ》した。しかも議員報酬はカットされず、職員の不満はさらに募っていた。

「本当に参っちゃうよな、うちの市長は」

「あと二年も任期があると思うと頭が痛いよ」

　同僚たちは不満をこぼし続けている。比南子以外の男性課員は半袖のワイシャツにネクタイを締めている。今は九月でクールビズの期間なのだが、秘書課だけはポロシャツなどの軽装が許されない。服務規程に明記されているわけではないが、市長とともに会議や出張に出ることも多いため、きちんとした服装を心がけているのだ。

秘書課は合計五名で、女性は比南子一人だけだ。課長を含めた四人の男性課員は主に市長の出張の付き添い、挨拶《あいさつ》文の原稿作りやスケジュール調整などをおこなっていて、比南子は自然と市長の世話係になる。今西比南子は市長のお気に入りだと周囲には思われているようだが、仕事として市長と付き合っているだけなので、私だって好きでやっているんじゃないという思いもある。

デスクの内線電話が鳴っていたので、比南子は受話器をとった。

「はい、秘書課でございます」

「あっ、今西さんね。風岡《かざおか》です」

「風岡さん。おはようございます」

風岡さんは一階ロビーの受付で働いている嘱託員《しよくたくいん》だ。女性らしいきめ細《こま》かな対応で来庁者からの評判もいい。比南子も仲よくさせてもらっている頼もしい女性だ。

「市長にお客様がお見えになっているのだけど、ご案内していいかしら」

今日の市長のスケジュールに市長面談のアポイントメントは入っていない。本来であればアポのない面談希望者は受付で断る。しかし宍戸市長に関してはその限りではない。理由は二年前、宍戸市長が選挙戦の際に掲げた公約にある。

『開かれた市政、会いに行ける市長』

宍戸市長は訪ねてきた市民に会うことを基本姿勢としている。たとえば税金が高いとか、水道が出なくなったとか、そういう苦情を言ってくる市民の多くは、最終的に頭に血が上ってこう言う。市長を出せ、と。

それでも普通は職員が市民を市長室に案内することは絶対にない。日本全国、どの自治体でもそうだろう。しかし兜市長だけは違う。時間さえ空いていれば、どんな来客にも会う。たとえそれが悪質なクレーマーであってもだ。

「お通しください。市長には私から伝えておきます。どんなお客様なのでしょうか」

「小学生の男の子よ」

「お名前は？」

廊下を歩きながら比南子が訊くと、少年が答えた。

「ソウタ。アカマツソウタ」

ランドセルを背負っており、そこに『兜西小　三年二組　赤松颯太』と書かれていた。今日は平日なので、小学校は授業があるはずだ。

「学校はどうしたの？」

「遅刻するって電話した」

「ふーん、そう」

　市長室の前に辿り着いたので、比南子はドアをノックした。「今西です。失礼します」

　ドアを開けて中に入る。宍戸市長は椅子に座って書類を眺めていた。市長はこちらに目を向け、訝《いぶか》しげな表情をした。比南子は説明する。

「兜西小の三年生、赤松颯太君です。市長にお会いになりたいとのことでしたので、お連れしました」

　宍戸市長は書類をデスクの上に置いて立ち上がった。颯太は緊張しているようで、目をキョロキョロさせている。「どうぞ、座っていいわよ」と比南子が言うと、怖《お》ずと怖《お》ずソファに座った。宍戸市長は颯太の前に座って言う。

「赤松君、こんにちは。市長の宍戸です。学校が始まっている時間ですけど、いいのですか？　ずる休みをした児童と面会するわけにはいきませんから」

「遅刻するって先生には言った」

「それなら結構です。私にどんな用件があるのでしょう」

「市長って、偉いんでしょ？」

「偉い、という言葉の定義にもよりますけどね。頭がいいとか、学校の成績がいいとか、そういう意味の偉いということであれば、私より偉い人は兜市にたくさんいると思います」

生真面目《きまじめ》な人だな、と比南子は思う。相手が小学生であろうと敬語を使う。もう二年も秘書を務めていて、一緒に出張に行くこともたまにあるが、いまだに比南子に対しても敬語を崩さない。真面目な市長だと評価する人がいる一方、もっとフレンドリーになってもいいのではないかという職員もいる。

「でも友達が言ってたよ。市長は兜市で一番偉いから、何でもできるって」

「何でもできるわけではありませんよ。むしろできないことの方が多いですね。市長は万能ではありません」

「そうなんだ。聞いてた話と全然違うや」

颯太は不満そうに肩を落とす。比南子は「よろしいでしょうか」と市長に断ってから、颯太に言った。

「颯太君。市長にどんな用事があったのかしら？　何か悩みごとがあるんじゃない？」

「うん、実は」と颯太が話し出す。「アリキングがいなくなっちゃったんだ。昨日の夜、散歩の途中で逃げちゃって」

「アリキングというのは？」

市長が訊くと、颯太が答えた。

「僕の犬。ずっと捜してるんだけど見つからないんだ。警察に行こうと思ったけど、お父さんが駄目って言うし、どうしたらいいかわからなくて……」

飼い犬が逃げてしまい、この市で一番偉い人なら何とかしてくれるかもしれないと思ったというわけだ。子供らしい発想が微笑ましい。

「ちなみに」市長はあくまでも丁寧な物言いで言う。「そのアリキングですが、どんな犬なんでしょうか？　犬種、年齢、性別、身体的特徴。具体的に教えてください」

比南子は助け舟を出した。

「颯太君、犬種っていうのは犬の種類のことね。チワワとかブルドッグとか。アリキングについて詳しく教えてほしいって市長はおっしゃってるのよ」

「茶色い犬。柴犬だよ。オスで年齢は……多分三歳」

柴犬なんてありふれている。何かほかに特徴がないのだろうかと思っていると、颯太が思い出したように言った。

「右の耳が折れてるんだよ、アリキング。耳がお辞儀したみたいになってる。前に散歩の途中で大きな犬と喧嘩をして、そのときに折れ曲がっちゃったんだ。でもアリキング、負けなかったんだよ」

「そうかあ。強いんだね、アリキング」

比南子はそう言いながら宍戸市長に目をやった。市長は颯太に向かって言った。

「わかりました、赤松君。アリキングを捜しましょう」

「本当？」

颯太の顔に初めて笑みが浮かんだ。宍戸市長がうなずいて続けた。

「本当です。ですが赤松君、市役所の職員もそれぞれお仕事があるので、すぐに見つかるとは限りません。もう一度お父さんとお母さんに相談した方がいいですね。あと、おうちの周りなどを捜してみた方がいいでしょう。犬には帰巣本能、つまりおうちに帰ってくる習性がありますから」

「うん、そうする」

市長のデスクの上で電話が鳴り始めた。比南子はデスクに向かい受話器をとる。

「はい、市長室でございます」

「今西さんね」受付の風岡さんだった。「さっきの男の子の面談はまだ続いてる？

実は市長にお客様なんだけど、そちらにご案内してよろしいかしら」

「どういった方でしょう」

「ご婦人たちです。市長に展覧会の招待状をお渡ししたいとおっしゃってるわ」

比南子は時計を見た。午前九時を回ったところだった。九時三十分からの都市計画委員会の定期会合まで少し時間がある。

「市長、お客様がお見えになっているようですけど、ご案内してよろしいですか？」

宍戸市長はちょうど颯太を市長室の外に送り出そうとしているところだった。

「お願いします」

「かしこまりました」

風岡さんにその旨《むね》を伝え、比南子は受話器を置いた。すでに颯太は市長室から出ていったあとだ。少し不安になったが、外にほかの職員もいることだし迷子にはならないだろう。

「市長、颯太君の犬のこと、どうなさるおつもりですか？」

一応訊いてみた。宍戸市長は表情を変えずに答えた。

「特に何も。犬一匹の捜索で職員を動かすほど暇ではありません。それに私は犬が苦手なので」

やはりな。比南子は内心落胆する。たしかに宍戸市長の言うことはもっともだ。飼い犬に逃げられて困っている小学生をいちいち助けていたら、役所の業務が成り立たない。わかってはいるものの、比南子は釈然としなかった。

「あっ、こっちね」

「さすが市長室ねえ。ドアが立派じゃないの」

「市長、失礼しますね」

口ぐちに言いながら、三人の婦人が市長室に入ってきた。

三人は同じ絵画教室に通う主婦仲間だという。近々おこなわれる絵画教室の展覧会の招待状を持参したというわけだ。この手の来客は結構多い。展覧会や発表会に市長が顔を出せば箔《はく》がつくからだろう。しかしよほどのことがない限り、市長が誘いに乗ることはない。

比南子はドアの近くに立ち、三人を見守った。市長は決して一人で来客と会わない。開かれた市政を標榜する市長にとって密室で誰かと会うのは避けるべきで、必ず秘書課の職員が立ち合うよう言われている。

「皆様、ようこそいらっしゃいました。市長の宍戸です」

宍戸市長が挨拶すると、三人の主婦のうち、真ん中に座った女性が口を開いた。

「会っていただけるなんて思ってもいなかったわ。本当なのね。会いに行ける市長って」

「私も忙しいので、すべての方にお会いすることはできませんけどね。時間が許す限り、皆さんのお話に耳を傾けるようにはしているつもりです」

「さすが市長。是非とも私たちの展覧会に来ていただきたいものですわ。水彩画を描いてるのよ、私たち」

そう言って真ん中に座った主婦が一枚の封筒をハンドバッグの中からとり出してテーブルの上に置いた。市長がちらりと視線を向けてきたのがわかったので、比南子は前に出て、「失礼します」と告げてから封筒を手にとった。

少しだけ封筒を開け、中身を確認する。お金や金券が入っていないか確かめるためだ。ほとんどそういった例はないが、市長に便宜を図ってもらおうとする輩《やから》がいないとも限らない。

展覧会の招待状を確認して、比南子は封筒を市長の前に置いた。市長は封筒の中身を見ることもなく、小さく頭を下げて言った。

「有り難く頂戴いたします。生憎《あいにく》、美術方面の造詣《ぞうけい》は深くありませんが」

「いいんですよ、市長。私たちの下手くそな絵を見ても面白くもなんともありませんから」

「ご冗談を」

三人から芸術家の趣きはまったく感じられなかった。秘書課に配属されて二年がたち、いろいろな客に接してきた。おそらくこの人たちは……。

「ほら、タチバナさん。早く」

真ん中に座る女性が、右側に座る女性に向かって小声で言った。タチバナという女性が恐る恐る話し出す。

「あのう、私、タチバナといいます。主人は市内で機械部品の製作所を営んでいます」

「もしかして立花製作所の奥様でいらっしゃいますか？」

「そうです。うちをご存じですか、市長」

「ええ、まあ」

「最近は不景気で仕事はほとんどないんですよ。まったく嫌になってしまいますわ」

市長はうなずきながら話を聞いている。こういう愚痴《ぐち》をこぼすために市長室を訪れる客は多い。市長に訴えたところでどうにもならないことを彼ら彼女らはわかっている。しかし言わずにいられないのだ。溜まった鬱憤《うっぷん》や不満を吐き出すため、市長室を訪れるわけだ。

「それで私の息子のことなんですけど、大学四年生なんですが、まだ就職が決まっていないんです。もしよかったら市役所で雇ってもらえないかなと思ったんです。ほら、公務員は安泰ってよく言うじゃないですか」

話を聞き終えた宍戸市長が冷静な顔つきで言った。

「奥様、申し訳ありませんがご要望に応えることは難しいですね。先月、来年度の新規職員の採用試験は終わってしまいました。現在のところは二次募集の予定もありません」

その通りだ。先月の八月上旬、すでに来年度の新規職員採用の筆記試験は終了している。このあとは面接などの二次試験を経て、来月十月に採用職員が決定されるはずだ。

「どうしても市役所で息子さんを働かせたいという思いがあるのであれば、臨時職員として雇用することも可能です。もしご希望でしたら人事課に問い合わせてみてはいかがでしょうか」

「臨時職員ですか。やっぱり正規職員の方が……」

「では来年、試験を受けてみてはどうでしょうかね。今西さん、時間はいいですか？」

突然そう言われ、比南子は市長の胸中を察する。そろそろこの三人に帰ってもらいたいと思っているのだろう。比南子は三人の主婦に向かって言った。

「申し訳ありませんが、次の予定がありますので、このあたりでよろしいでしょうか？」

立花という女性だけは心残りがあるような顔つきだったが、二人が立ち上がったので、彼女も仕方なくといった感じで立ち上がった。彼女たちが市長室を出ていくのを待ってから、比南子も市長に一礼した。

「私も失礼いたします。都市計画委員会の定期会合は四階の会議室になっておりますので」

「ご苦労様でした、今西さん」

市長は自分のデスクに戻り、読みかけの書類を手にとった。比南子は市長室を出た。何の変哲《へんてつ》もない、いつもと同じ朝だった。

「まったく増税なんて私は反対だよ。いいかい、市長。ただでさえ不況なんだ。そのうえ増税なんてしてみなさいよ。市民が黙っちゃいないよ。次の選挙で負けたらどうすんのさ」

その声はドア一枚を通じてもよく通った。比南子は湯吞みを載せたお盆を持ち、市長室のドアをノックしようとしたところだった。

時刻は午後十二時三十分を回ったところだ。正午前に宍戸市長の後援会長である田《た》沼貞義《ぬまさだよし》が市長室に入り、会食が始まったことは比南子も確認している。そろそろ二杯目のお茶を出そうと思い、こうして市長室にやってきたのだ。

どうしよう。このまま回れ右をして戻った方がいいだろうか。比南子が逡巡《しゅんじゅん》していると、いきなり市長室のドアが開いた。

「いいかい、市長。よく考えておいてくれ。また私から連絡するからな」

出てきた男は田沼だった。年齢は六十歳くらいだが、そうは見えないほど若々しい。ゴルフ焼けをしていて、目つきも鋭かった。たまにこうして市長を訪ねてくるが、比南子はあまりこの男が得意ではなかった。

「やあ、比南子ちゃん」田沼貞義は打って変わって猫撫《ねこな》で声を出す。「今日も相変わらず可愛いねえ」比南子の顔から足元まで舐めるように見てから田沼は続ける。「前にも言ったけど、比南子ちゃんもゴルフを始めるべきだよ。道具は私が用意するし、基礎から私がレクチャーしてあげようじゃないか」

答えることができず、比南子は愛想笑いを浮かべて会釈《えしゃく》をした。

「というわけだ。じゃあ考えておいて、比南子ちゃん。ゴルフのあとは美味《おい》しい寿司屋に連れていってあげるからね」

すれ違いざまに肩に手を置かれ、悪寒《おかん》が走った。田沼が立ち去るのを待ってから、比南子は仕方なく市長室の中に足を踏み入れる。

「お茶のお代わりをお持ちしたのですが」

市長は険しい顔をしてソファに座っていた。何か考えているようで、まだ天ぷら蕎麦は手つかずのままだ。一方、田沼の座っていたソファの前に置かれた天ぷら蕎麦は汁まで綺麗《きれい》に飲み干されている。

思索を続ける市長の前に湯呑みを置き、田沼が食べ尽くした器を持ち、比南子はそのまま市長室を出た。給湯室で空いた器と湯呑みを洗ってから、秘書課の執務室に戻る。自分の席に座ってお茶を飲んでいると、隣の席の同僚の男性職員が話しかけてきた。

「今西さん、台風が近づいてきてるみたいだよ」

「へえ、そうなんですか」

「週末に直撃するかもしれないって」男性職員は自分のスマートフォンを眺めている。「参ったな。日曜日、キャンプに行く予定になってんだよ。キャンセルしておいた方が無難かな」

今は昼休みだ。それぞれが自分の席でスマートフォンを眺めたり読書をしたりしている。比南子も引き出しの中から自分のスマートフォンを出し、ニュースサイトにアクセスした。

いくつかの見出しが並んでいた。『山手線の車内で医師が痴漢《ちかん》で逮捕』の下に、『週末、台風十五号が西日本から東日本に上陸の可能性』という記事があった。記事を開いて読んでみると、たしかに今度の日曜日に大型の台風十五号が東海地方に上陸の恐れと書かれていた。

九月の中旬になり、ようやく過ごし易くなってきた。今度の週末は特に予定は入れていないが、台風が上陸するとなるとやはり気が滅入る。しばらくニュースサイトを眺めていると、秘書課の課長が執務室に入ってくる。

「いやあ、田沼さん、随分ご立腹だったらしいね」

あれだけ大声で話していては、ほかに気づく職員もいたことだろう。もしくは帰り際に知り合いの職員に市長に対する不満をこぼしていった可能性もある。

「大荒れかもしれないぞ」

課長がそう言うと、比南子の隣の男性職員が顔を上げて言った。

「台風ですか？」

「違うよ、市長だよ。後援会長を敵に回すわけにはいかんだろ。田沼さんをどう手懐《てなず》けるのか、まあお手並み拝見といこうじゃないか」

課長は意味ありげな笑みを浮かべてそう言った。比南子自身は希望して秘書課に配属になったわけではなく、政治的なことに興味はない。

引き出しからハンドクリームをとり出して、手に塗った。ハンドクリームは必需品だ。来客が多い日には三十分おきに湯呑みを洗うこともあるので、一年中欠かせない。

秘書というのは手荒れと戦う仕事でもあるのだ。

市長の仕事は職員と同じく午後五時十五分に終わる。ただし夜に会議や会合が入っていない場合に限ってだ。宍戸市長には小学六年生の息子がおり、プライベートはできるだけ子供と過ごしたいという理由で、重要度の低い時間外の会議や会合などには副市長や部長級の幹部職員が代理で出席することも多かった。

市長を自宅に送迎するのも秘書課の仕事だ。大抵は男性職員が送迎するのだが、一ヵ月に一度か二度、比南子にも送迎係が回ってくることがある。今日は比南子が送迎係に当たっていたため、午後五時十五分に庁舎前のロータリーに車を回した。公用車はプリウスだ。いつも運転している軽自動車と違い、走りもエンジン音も格段に滑らかだ。

バックミラー越しに宍戸市長が正面玄関から出てきたのが見えたので、比南子は運転席から降りた。後部座席のドアを開けると、宍戸市長が「お願いします」と言ってから乗り込む。比南子は後部座席のドアを閉め、運転席に乗り込んだ。シートベルトを締め、車を発進させる。

「今日は真《ま》っ直《す》ぐご自宅に向かってよろしいですか？」

比南子がそう訊くと、後部座席で宍戸市長は答えた。

「ええ。そうしてください」

宍戸市長の自宅は市役所庁舎から車で二十分ほどの住宅街の中にあり、たまに自宅近くのスーパーマーケット前で降りることもある。宍戸市長は兜市の首長であると同時に、一児の親でもあるのだ。共働きのため普段は家政婦を雇っていて、夜の会議や休日の出張時には家政婦に延長を頼んでいるようだった。

比南子は同僚から教えられた脇道を通り、車を快調に走らせた。宍戸市長は窓から外の景色を眺めている。忙しいときには書類に目を通すこともあるが、今日はそれほどでもないようだ。エンジン音も静かで、NHKラジオが低い音量で流れている。

「今晩のお夕食は何ですか？」

比南子は宍戸市長に訊いてみた。就任一年目は公用車の車内で市長と会話することなど滅多になく、重苦しい雰囲気だったが、最近では世間話程度なら交わせるようになっていた。しかしそれは比南子だけのようで、ほかの男性職員などはいまだに車内で息が詰まるらしい。

「今日は家政婦に任せてあるのでわかりません。それにすぐに出かけなくてはいけないので」

「そうですか」

どんな用事で出かけるのか。それは市長のプライベートなので、比南子は質問しなかった。逆に市長に質問を浴びせられた。

「今西さんは市役所に入って何年目ですか？」

「ええと、十二年目です」

「これまでどんな部署にいたんですか？」

「最初に配属されたのが納税課です。それから……」

納税課に三年いたあと、次に配属されたのは市民課だった。住民票を出したりする窓口業務だった。市民課にも三年いて、それから国保年金課で国民健康保険に関する仕事をした。国保年金課で四年間働いたあと、二年前に秘書課に配属された。

年に一度、異動に関する希望調書を人事課に提出するのだが、希望する課に行けるとは限らない。実際、比南子はこれまで希望した課に配属されたことはなく、それはほかの多くの職員も同じだろう。兜市役所には正規職員が三百人、臨時職員、嘱託員が併せて百五十人近く勤務しており、全員の希望を叶えることなど不可能だ。

「行きたい課などはありますか？　たとえばこういう仕事をしてみたいとか」

「そうですねえ」宍戸市長に訊かれ、比南子は考える。「観光課には一度くらい行ってみたいですね。お祭りやイベントの運営に興味があるので」

「なるほど、観光課ですか。今西さんはなぜ兜市の職員になろうと思われたのでしょう？」

難しい質問だった。本当は小学校の先生になろうと思っていたのだが、教員採用試験に落ちてしまったのだ。同じ地方公務員ということで、市の職員を目指すことにした。しかしそれをそのまま話すのは少し恥ずかしい。

「私は東京の大学に通っていたんですが、やはり地元である兜市に帰ってこようとずっと思っていたんです。両親の勧めもあり、公務員試験を受けることにしました」

「そうですか」

今日、宍戸市長は機嫌がいいようだ。ここまで会話が続いたのは初めてだ。意を決して比南子は訊いてみる。

「ではなぜ市長は市長になられたんですか？」

「決まってます。選挙に勝ったからです」

「いや、そういう意味ではなくて……」

すでに車は市長が住んでいる住宅街を走っていた。市長の自宅が見えたので、ゆっくりブレーキペダルを踏む。市長の家はありふれた洋風の一軒家で、豪邸ではない。家の前の駐車場には白いワンボックスカーが一台と、ワゴンタイプの軽自動車が一台停まっている。どちらも市長の自家用車だ。

後部座席のドアを開け、宍戸市長が車から降りていく。ドアを閉める間際、宍戸市長は言った。

「今西さん、そのうち今の質問にお答えできると思います。今日はご苦労様でした」

「お疲れ様です」

宍戸市長はドアを閉め、自宅に向かって歩き始める。市長が自宅に入るのを見届けてから、比南子はアクセルを踏んだ。

※

駅のバスターミナルの一角にあるベンチで、目の前を行き交う人々を眺めながら、立花稜《たちばなりよう》は溜め息をついた。もう何度目の溜め息になるかわからない。

今日の午後、稜は兜市内の自動車部品工場で面接を受けた。面接を受けたのは全員で五名で、正直うまくいったとは言い難い。予想外の質問をされた際はしどろもどろになってしまったし、不採用は目に見えていた。

稜は都内の私立大学に通う四年生だった。中野《なかの》区のアパートに住んでいる。六月から就職活動を始めていたが、いまだに内定は一つもなく、それ以前に面接まで漕《こ》ぎ着《つ》けるのもままならない状況だった。もともとゲームが好きだったので、ゲーム業界に就職できれば最高だなと漠然と考えていたのだが、そんなにうまくいくはずもなく、エントリーしたゲーム制作会社はすべて書類選考で落ちた。最初から人気企業ばかり狙っていたのが間違いだったようで、それに気づいたときは遅かった。今は手当たり次第に企業にエントリーシートを送っている。

都内での就職活動に限界を感じ、先月から故郷である静岡県兜市に戻り、地元企業への就職活動を開始したのだが、これといった手応えはない。

腕時計を見ると、時間は午後八時少し前だった。ここに来たのは六時くらいだったので、もう二時間も座っていることになる。そろそろ帰ろうかと思ったとき、背後に人の気配を感じた。振り返った稜は思わず「ひっ」と悲鳴を上げた。

「願いごとを一つ、言ってみてください」

そこに立っていたのはピエロだった。ピエロは顔に白粉《おしろい》を塗っていて、真っ赤な口紅が耳のあたりまで伸びている。飾り物の赤い鼻をつけており、アフロヘアーのカツラを被っていた。どこから見てもピエロだ。ピエロの足元には茶色の柴犬がいる。

「願いごとを一つ、言ってみてください」

ピエロは再びそう言ってきた。助けを求めようと周囲を見回したが、誰もこちらに注意を払っていない。

「け、結構です」

稜が何とかそう言うと、ピエロは「失礼します」と言ってから、稜の隣に座った。

「いいんですか？　後悔することになりますよ。私は人々の願いごとを叶えるピエロです。千載一遇《せんざいいちぐう》のチャンスですよ」

ちょうど稜の前を会社帰りのサラリーマン風の男が数人横切っていったが、誰もピエロを見ずに歩き去っていく。よく出没するのだろうか。この街に帰ってきたのは久し振りなので、稜にはよくわからない。

「さあ、あなたの願いごとを教えてください」

立ち上がろうとしたのだが、ピエロに右腕を摑まれてしまう。

「放してください。警察呼びますよ」

「別に呼んでもいいですよ」

どうしたものか、と稜は途方に暮れる。面倒なことに巻き込まれてしまったらしい。新手の詐欺《さぎ》かもしれない。柴犬が舌を出して稜を見上げていた。

「どんな願いでもいいんです。たとえば、大金持ちにしてください、とか」

「じゃ、じゃあ、僕を大金持ちにしてください」

「わかりました。お安いご用です」

そう言ってピエロは立ち上がり、自分の服のポケットに手を突っ込んだ。ピエロはダボダボした服を着ており、ちょうど腹のあたりに大きなポケットがついていた。しばらく何かを探していた様子だったが、目当てのものが見つからなかったのか、ピエロが稜に向かって言う。

「申し訳ありませんが、三百円を貸してくれますか」

「えっ？」

「だから三百円、貸してください」

なぜ僕が会ったばかりのピエロにお金を貸さなければいけないのか。もしかすると三百円を奪って逃げる魂胆かもしれない。

「嫌です」

「大金持ちになるチャンスです」

ピエロの態度には自信が漲《みなぎ》っていた。その勢いに押されて、稜は思わず財布から百円玉を三枚出してしまった。硬貨《こうか》を受けとり、ピエロは胸を叩く。

「しばらくお待ちください」

ピエロは踵《きびす》を返して歩き始めた。柴犬も嬉しそうにピエロの隣を走っていく。ピエロと柴犬は駅の構内に消えていった。この隙をついて逃げた方がいいのではないか。そんな考えが浮かんだが、三百円で大金持ちになる方法に興味を覚え、とどまることに決めた。

九月も中旬になり、夜になると少し肌寒い。それでも行き交う人はまだ半袖だし、駅前ビルの屋上ではビアガーデンが営業している。風に乗ってビアガーデンから客の歓声が聞こえてくるが、負け組の自分にあそこでビールを飲む資格はないだろう。

「お待たせしました」

ものの数分でピエロが戻ってきた。ピエロは一枚の紙片を稜に寄越しながら言う。

「一等の当たりくじです。大事に持っててください」

渡されたのは一枚のオータムジャンボ宝くじだった。ピエロは得意満面の笑みを浮かべ――と言っても口紅で常に笑っているように見えるのだが、稜の隣に腰を下ろしながら言う。

「その宝くじは当たりです。どうですか？　大金持ちになったような心境でしょう？」

詐欺だ。当たっているわけがない。

「騙されたと思っているんですね」ピエロが自信満々といった口調で言った。「あなたは心の底から大金持ちになろうなんて思っていない。だから私はそれなりの叶え方をしました。世の中には何かに切実に困っている人が大勢いる。そういう人たちの願いごとを叶えるのが私の仕事です。試しに言ってみてはどうですか。あなたが一番叶えたい願いごとを」

無理に決まっている。しかし無理を言ってピエロを困らせてやってもいいのではないかと思い直し、稜は言ってみた。

「就職、したいです」

「なるほど、就職ですか」

ピエロが腕を組んで言う。他人に僕の就職先を探せるわけがない。

「焦ることはないでしょう。来年の四月までにどこかの企業に潜り込めればいいんですよね」

「そうですけど……」

稜は説明する。すでにめぼしい企業は採用枠が埋まっており、大学の同級生たちのほとんどが内定をもらっていること。都内の就職説明会は混んでおり、その人の多さに気遅れしてしまい、あまり積極的に質問したりできないこと。稜の話を聞き終えたピエロがうなずきながら言った。

「履歴書をお持ちですか?」

「ええ、一応」

常にバッグの中に用意してある履歴書を一枚出すと、ピエロが横からそれを奪いとり、膝の上で広げた。

「特技、しりとりって何ですか」

「いや、それくらいしか思いつかなくて」

「小学生でもあるまいし。まあ、仕方ないですね」

ピエロが立ち上がり、駅とは逆の方向に向かって歩き出した。稜も慌てて立ち上がり、ピエロのあとを追う。

「ちょっと、僕の履歴書返してください。どこに行くんですか？」

ピエロは応えず、悠々《ゆうゆう》とした足どりで歩いていく。会社帰りのサラリーマンたちとすれ違ったが、ピエロを見ても誰一人表情を変えない。このあたりに毎晩出没しているのだろうか。

ピエロは一軒のコンビニエンスストアに入っていった。一緒に店内に入るのが躊躇《ためら》われて、出入り口の前で店内を覗き見た。ピエロはATMを操作している。

やがてピエロが店から出てきて、封筒をこちらに渡しながら言う。

「これ、今月分の給料です」

「ど、どういうことですか？」

渡された封筒は重みがあった。

「就職したい。でしたら私が雇いましょう。ちょうど助手を一人、欲しいと思っていたところなんですよ。給料は一ヵ月で二十万円です」

　就職したいとは言ったが、雇ってくれとは言っていない。それ以前にピエロの助手という仕事の業務内容も勤務形態も不明だ。このピエロが悪事を企んでいないとも限らない。一刻も早く逃げるべきだ。

「失礼します」

　封筒をピエロの胸に押しつけて、稜は走り出した。駅の構内に向かって走っていくと、あとから小さな足音が聞こえた。振り返ると柴犬が追いかけてくる。

「ついてくるな。あっち行けって」

　稜がそう言っても柴犬は追いかけてくる。仕方なく稜は立ち止まった。まったく何ていう日だろうか。

「気に入られたみたいですね」ピエロが悠然と歩いてきた。封筒を稜の手に握らせてから言う。「やはり君はピエロの助手になるべき人間です。昇給もあるし、ボーナスだって出しますよ」

「いや、急にそんなこと言われても……」

「もっと自信を持った方がいいですね」とピエロが言う。口紅のせいで笑っているように見えるが、その目は真剣だった。「ええと名前は……」

「立花です。立花稜です」

「立花君、私は人を見る目があります。あなたは絶対にピエロの助手に向いています。もっと自信と誇りを持ちましょう」

自信と誇り。稜とは無縁の言葉だった。ろくに大学にも行かず、部屋でスマートフォンのゲームばかりしている生活だった。二十歳のときに居酒屋でバイトをしたのだが、一ヵ月で辞めてしまった。先日、奇跡的にも大手家具メーカーの書類選考を突破し、面接に臨むことになった。三人同時におこなう集団面接で、自己アピールを求められた際、稜以外の二人はボランティア活動をしているとか、海外十数ヵ国を旅行したことがあるとか、熱弁をふるっていた。しかし稜は居酒屋のバイトに精を出していると嘘をつくだけだった。

「そういうわけなので、よろしくお願いします、立花君」

ピエロは稜の手を握ってきた。稜はその手を握り返すことしかできなかった。

「ところで立花君は犬は好きですか？」

「犬ですか？　嫌いじゃないですけど」

「ではこの犬はあなたに任せます。私は犬が苦手なんですよ」

そう言いながらピエロは柴犬のリードを稜に握らせて、自分は歩き始めてしまう。

柴犬が舌を垂らして稜を見上げていた。賢そうな犬だ。わけもわからぬまま、稜は柴犬と一緒に歩き出した。

「初仕事ですよ。あの家に少年が住んでます」

ピエロが指をさしたのは一軒の住宅だった。駅から西に十五分ほど歩いており、すでに夜の九時を過ぎていた。

「アカマツソウタという少年です。小学校中学年くらいですね。その少年を外に連れ出してきてください。私はここで待ってるので」

「無理ですよ、そんなの」

「夜にいきなりピエロが現れたら向こうだって驚きますから」

そう言ってピエロは稜から柴犬のリードを奪った。仕方なく稜は住宅に向かって歩き出した。国産の軽自動車が停まっており、窓から明かりが洩《も》れている。

意味がわからない。なぜ僕は見ず知らずの他人の家を訪ねなければいけないのか。そう思いつつもインターフォンを押そうとすると、背後から足音とともに話し声が聞こえてきた。父親とその子供らしく、まっすぐ稜の方に向かって歩いてくる。

「仕方ないだろ。泣いたってアリキングは帰ってこないぞ」父親らしき男が稜の存在に気づき、足を止めて言った。「ん？　どちらさんですか？」

「え、えぇと、僕は……」

どう答えたらよいかわからずうろたえていると、いきなりピエロがやって来た。

「夜分すみません。ピエロです」

見ればわかる。しかし親子は度肝を抜かれた様子で、ピエロの姿を眺めていた。父親が顔を引きつらせて言った。

「いったい何ですか？　私に何の……」

「用があるのは子供の方です」ピエロは父親を無視して、怯《おび》えて父親の背中の後ろにいる子供に言った。「アカマツソウタ君だね。君の願いごとを一つ、叶えてあげましょう」

「わけのわからんことを言うな。帰ってくれ」

父親が子供の手を引いて家のドアに向かっていくが、ピエロはその前に立ちはだかる。

「ソウタ君、願いごとを一つ叶えてあげましょう」

「いい加減にしてくれ。警察を呼ぶぞ」

当たり前の反応だ。父親は子供の手を引いてピエロの脇を通り過ぎ、ドアの鍵穴にキーを差し込もうとしていた。子供が振り返り、ピエロを見上げている。その顔は恐怖と好奇心がないまぜになっているようだった。

「ソウタ君、願いごとは何かな」

何か言いたげにソウタという男の子の口がもぐもぐと動く。ドアが開き、父親が体半分をドアの中に入れ、息子を呼んだ。「ソウタ、何やってんだ。こんな奴らを相手にするんじゃない」

「ソウタ君、ほら」とピエロが腕を組んで言うと、ソウタは口を動かした。

「ぼ、僕……」

「何ですか？　聞こえません。大きな声でお願いします」

「ぼ、僕の犬を捜してください。名前はアリキングです」

「わかりました。お安いご用です」

ピエロは大きくうなずいてから、口笛を吹いた。しばらくすると黒い小さな影が走り寄ってくるのが見えた。さきほどの柴犬だ。柴犬は迷うことなく、ドアの前に立っているソウタの足元に駆けてくる。

「アリキング！」

ソウタが嬉しそうに柴犬を抱きとめる。柴犬はソウタの頬をぺろぺろと舐めていた。ソウタも柴犬も嬉しそうだ。

「願いごとが叶ってよかった。ではごきげんよう」

ピエロはそう言って歩き始めた。父親は口をあんぐりと開けて息子とその飼い犬を見ていたが、突然我に返ったようにピエロの背中に向かって言った。

「あ、ありがとうございます」

ピエロは振り返ることなく言った。

「お礼は結構です」

稜はピエロを小走りで追った。角を曲がったところに三十歳くらいのサラリーマン風の男が立っていた。ピエロはその男に近づいて、千円札を一枚、手渡した。千円札を受けとった男が立ち去っていく。

「タイミングはばっちりでした。ありがとうございます」

「やはり願いごとを叶えるのは気持ちがいいです」

ピエロは駅の方に向かって歩きながら言った。おそらく彼がピエロの口笛に合わせて犬を放したのだろう。

「あの子が犬を捜してるってこと、最初から知ってたんですね？」

「算多きは勝ち、算少なきは勝たず」

「はあ？」

「孫子の言葉です。憶えておいて損はありません。私はあの少年が犬を捜していることを知っていた。あの犬は昨夜遅く、保健所に保護されていた。私はその犬を保健所から連れ出して、あの子に返しただけです」

このピエロ、毎日こうしていろいろな人の願いごとを叶えているということか。いったい何の目的があってこんなことをしているのだ。ボランティアにしてはやり過ぎだ。

「お腹空きましたね。おでんでも食べましょうか」

前方におでんの屋台が見えてきた。そういえば昼から何も食べていないことに気づき、急に空腹を感じ始めた。屋台に吊るされた赤提灯《あかちょうちん》が風で揺れている。

「ていうか、何でそんな格好してるわけ？　よく捕まらないわね」

屋台には先客がいた。二十代後半くらいの女性が一人、コップ酒を呷《あお》っていた。目が据わっている。屋台で一人で酒を飲む女性を初めて見た。

「大将、ビール二つ。立花君もビールでいいですよね。今日の仕事は終わりにしましょう。好きなものを頼んでください。就職祝いです」

ピエロは酔った女性を無視してそう言った。ピエロが入ってきても初老の大将は顔色一つ変えることなく、二本の缶ビールをカウンターの上に置いた。四角い鍋の中でおでんが煮えている。出汁《だし》のいい香りが湯気とともに漂ってきた。

「それでよく外を歩けるわね。ピエロでしょ、ピエロ。あれ、ピエロって何する人だっけ。遊園地で風船配る人だっけ」

酔った女性は一人で喋っている。稜は大根と牛スジとちくわを注文した。出されたおでんは熱々でどれも旨《うま》い。母が作るおでんより薄味だが、出汁の香りが濃厚だ。ピエロも隣で黙々とおでんを食べている。

自分はピエロの助手になってしまったのだろうか。昔から人に勧められると断れない性格で、つい先日も訪問販売で英会話のＣＤ一式を買わされてしまい、経済的に苦しい日々が続いている。

「では、大将」ピエロに無視されたことを気にする様子はなく、酔った女性は大将に話しかける。「今日も残業で昨日も残業。忙しくてこっちが病気になっちゃいそうよ、まったく」

「そんなに忙しいのですか？　あなた、仕事は何をしておられるのです？」

ずっと黙っていたピエロが口を開いた。数種類のおでんを食べ、腹が満たされたのかもしれない。稜は小声で大将に「こんにゃくと昆布巻きと玉子ください」と注文した。酔った女性がピエロに向かって言う。

「喋れるんじゃない。ピエロって喋ってもいいんだっけ？」

「ピエロが喋ってはいけないなんて法律はありません。それで、仕事は何ですか？」

「看護師よ。悪い？」

「悪いとは言ってません。私はピエロ、こちらは助手の立花君。よろしく」

ピエロが差し出した右手を酔った女性は握り返す。酔っているのでやや乱れているが、よく見ると美人だ。胸元が開いたカットソーを着ており、そこから見える胸の谷間がエッチな感じだ。

「私、レイナ。藤井《ふじい》伶奈。よろしく」

「よろしく、伶奈さん。毎日残業続きなのですか？」

「まあね。本当やってられないわよ。うちの病院、もう終わりね」

「どこの病院でしょうか？」

「中央病院よ」

市内で一番大きな兜市中央病院だ。稜も中学生の頃に盲腸の手術を受けたことがある。二人の会話を聞きながら、稜はおでんを口に運んだ。

「あそこはたしか市が運営している病院ですよね。悪い噂は聞きませんが」

「そんなことないわよ。ヤバいんだから、本当に。去年から外科のドクターがいないの。私、外科の入院病棟を担当してるんだけど、毎日大変なんだから」

「一人もいないのですか？」

「東京の大学病院から週に三回、派遣のドクターが送られてくるだけ。大将、日本酒のおかわりちょうだい」

「なるほど。医師不足というやつですね」ピエロはそうつぶやいてから、隣に座る稜に説明した。「医師というのは都市部に集中するものです。ですから兜市くらいの田舎になると、なかなか医師の確保が難しくなってくるわけです。開業医ならまだしも、安い賃金で市営病院で働きたいという医師は少ないらしいので」

「あんた、ピエロのくせにわかってんじゃない。私が思うに大学の場所も関係してるわね。医大を卒業したら大体その近くで働き始めるのよ。だから医大のないこのあたりで医師を確保するのは難しいの」

稜は妙に納得した。住めば都とはよく言ったもので、稜も最初は住んでいる東京で就職活動を開始した。そこに何の迷いも躊躇《ちゅうちょ》もなかった。ピエロが腕を組んで言った。

「伶奈さん、女性にしてはなかなか考えていますね」

「今の発言、ハラスメントよ」

「失敬《しっけい》。大目にみてください。それより伶奈さん。ここで会ったのも何かの縁です。あなたの願いごとを一つ、叶えてあげてもいいですよ」

「願いごと？　私が酔ってるからって馬鹿にしてんでしょ」

「馬鹿になどしていません。市井《しせい》で苦しんでいる人々の願いごとを叶える。それが私の仕事であり、責務なのです」

「何か政治家みたいなこと言うわね」

「ないならほかを当たることにしましょう。困ってる人は大勢いますので」

伶奈はコップ酒を飲み干し、それをカウンターの上に置いた。酔って力の加減がわからなくなっているようで、コップが割れてしまうのではないかと思うほどの力の入れようだった。伶奈がとろんとした目つきで言う。

「だったら外科のドクターを連れてきて。医師不足を解消してよ」

しばらくピエロは思案するように腕を組んでいたが、やがて口を開いた。

「面白い。やってみようじゃありませんか。少し時間をください。では今日はこの辺で」

そう言ってピエロは缶ビールを飲み干し、勘定を支払ってから立ち去っていく。稜も慌ててピエロを追おうとしたが、「もう少し付き合いなよ」と伶奈に腕をとられてしまった。

稜は上着のポケットに手を入れた。返そうと思っていた二十万円の入った封筒がそのまま残されている。

※

市長の仕事は大きく三つに分類されると、今西比南子は思っている。来客に会う、会議や式典などでスピーチする、書類に判を押す。この三つだ。

今、宍戸市長は兜市役所の庁舎の前、通称セレモニースペースの壇上に立っていた。比南子は関係者席の後方に立っている。壇の下には五人の少年がパイプ椅子に座っていた。どの少年も褐色《かっしょく》の肌をしている。

「……というわけでございまして、我が兜市とカプールワール市との友好関係をより強固なものにしたい。そう切に思っているところでございます」

五人の少年はインド北東部の中都市、カプールワール市からやって来たインド人だ。兜市とカプールワール市は友好姉妹都市のため、一年ごとに少年派遣団が行き来しており、今年はカプールワール市から少年派遣団を招く番だった。今はその歓迎セレモニーがおこなわれている。

宍戸市長の背後には兜市のゆるキャラであるカブット君が控えている。頭には兜を被り、青いユニフォームを着たカブット君は昨年のゆるキャラグランプリで八百位という不本意な成績だった。頭の兜はいいのだが、その青いユニフォームの意味がわかりづらい。由来はインド発祥のスポーツ、カバディだ。

今から十年ほど前、比南子が市役所に入って三年目のことだった。兜市はこれといった観光資源もご当地グルメもなく、観光客に対するアピールが決定的に不足していた。そんな中、当時の市長が何を思ったのか、カバディを市のスポーツに認定すると言い出したのだ。兜とカバディという言葉の語呂合わせ的な発想だった。

市長の命令は絶対だった。すぐにカバディ推進室という部署が設置され、カバディの普及を目的とする業務が始まり、予算も組まれた。市の体育館にはカバディ専用コートが作られ、市内の小中学校でもカバディを教えるカリキュラムが組まれることになった。カプールワール市と姉妹都市の提携を結んだのもその頃だ。

しかし案の定と言うべきか、カバディが普及することはなかった。小中学校でも年間二、三時間ほど授業をおこなう程度で、市営体育館のカバディのコートはいつの間にかバドミントンのコートに変わっていた。カバディが市のスポーツであることなど、もはや兜市民から忘れ去られている。

「……カプールワール市少年派遣団の皆様におかれましては、兜市で有意義な時間を過ごしていただくとともに、この経験を今後の糧にしていただきたいと思っております。最後になりましたが、今回の派遣団に携わった関係者の皆様方にお礼を申し上げまして、私の挨拶に代えさせていただきます。誠にありがとうございました」

まばらな拍手が起こる。次に花束贈呈となり、宍戸市長の手から派遣団の少年たちに花束が贈られた。

少年派遣団は昨夜成田空港に到着し、今は市内の旅館に滞在している。派遣期間は一週間で、兜市内の小学校を回り、同世代の少年少女たちと交流を深めるようだ。週末は市内最北部にある蟹沢《かにさわ》地区において、各小学校から選ばれた児童たちと合同でキャンプをするとの話だった。

続いて教育長の挨拶が始まった。比南子は壇の下に座る少年派遣団を見た。

全員が男の子だ。今日のために用意したものか、みんな同じTシャツを着ていた。カプールワール市は比較的治安もよく、経済的に豊かな都市だと聞いているが、それでも貧困層はいるはずだ。二年ごとに兜市に派遣されてくる少年たちは、大体かなりの富裕層の子供らしい。

誰もが緊張した様子で教育長の話に――実際には日本語を理解しているとは思えないが、耳を傾けていた。そんな中、一番右端に座る男の子だけは、落ち着かない様子だった。急に周囲を見回したかと思ったら、今度はポケットからスマートフォンを出して眺めたりしていた。国が違っても、子供というのは見ているだけで面白い。

視界の端にこちらに向かって走ってくる男性職員の姿が見えた。秘書課の職員だ。彼は比南子の隣に立つ秘書課長のもとに駆け寄り、やや慌てた様子で言った。

「課長、大変です。市長室の前で市民が騒いでいます。大声で市長を呼んでいるんです」

「用件は？」

「苦情です。市長を出せの一点張りで、こちらの言葉に耳を傾けようとしません」

「わかった。私が行く」腕時計に目を落とし、課長は比南子に向かって言った。「あと五分もすれば終わるはずだ。今西君、セレモニーが終わり次第、市長を連れてきてくれ」

「わかりました」

課長は男性職員とともにセレモニーの列から抜け出し、庁舎に向かって駆けていく。胸騒ぎを感じながら、比南子は壇上でスピーチを続けている教育長の姿に目を戻した。

「つうか、遅いんだよ。市長は何やってんだ。会いに行ける市長っていうのは嘘なのかよ」

その声はフロア全体に響き渡っていた。市長室のある庁舎二階に比南子は戻ったところだった。隣には宍戸市長の姿もある。二人で廊下を歩き、市長室の前に向かう。一人の男が立っていた。派手なシャツを着て、半ズボンをはいた男だった。その男の近くには秘書課長と同僚の男性職員が立ち、懸命に説得に当たっている様子だった。

「ですから市長はセレモニーに参加しているんです。終わり次第、駆けつけることになっていますから」

「うるせえ。さっきからうるせえんだよ、お前ら。俺を誰だと思ってんだ」

宍戸市長とともに男に近づいていこうとすると、背後から呼び止められた。「市長、よろしいですか？」

振り返ると名札をつけた初老の男性職員が立っている。児童福祉課長だった。彼はやや青ざめた顔で市長に告げる。

「申し訳ありません。我々も食い止めようとしたんですが、市長に会わせろの一点張りで」

宍戸市長は足を止め、児童福祉課長に訊いた。

「どういう素性《すじょう》の男ですか？」

「延井《のぶい》雅志《まさし》。市内在住の無職の男です」児童福祉課長は声をひそめて続けた。「先月、彼の妻からうちの相談員に相談がありました。調査の結果、ＤＶの疑いが濃厚であることから、今月から一時保護の措置をとっております」

「奥さんはどこに？」

「彼女の知人宅に匿《かくま》ってもらっています。住所は市内です。頃合いを見て、実家のある神奈川県に移ってもらおうと思っていますが、そちらは旦那にも住所が割れているものですから」

ドメスティック・バイオレンス。つまり夫が妻に暴力をふるい、行政側の市役所で妻を保護した。その腹いせに市長室まで夫が乗り込んできたということか。

「ＤＶというのは間違いないですね？」

市長が念を押すように訊くと、児童福祉課長は答えた。

「間違いありません。うちの相談員が妻から詳しく事情を聞きましたし、全身にできた痣《あざ》も確認しています。近所の住人も妻の悲鳴などを聞いているようです。夫の延井に注意するように部下にも言っておいたのですが」

「部下のせいにするのはよくありません。責任はすべて課長にあります。もし責任を負うのが嫌ならば、すぐに降格してもいいのですが」

「申し訳ありません」

児童福祉課長が頭を下げた。責任を痛感しているのか、その顔色は優れなかった。

市長は延井という男に向かって歩み寄った。延井が市長に気づいて言った。

「やっと来やがったか。遅えんだよ、まったく」

「お待たせしました。市長の宍戸です。どうぞお入りください」

宍戸市長が手を前に出し、市長室に入るように延井を促した。二階のフロアはそれほど市民の出入りがないが、廊下で騒がれるより市長室に閉じ込めてしまった方がいい。

「さすが市長、広い部屋じゃねえか」

延井はソファにどすんと座り、両手を広げた。

「それで、私にお話とは何でしょうか？」

「俺の女房を返してほしいんだよ。お前たちが匿ってんのはわかってんだ」

「奥様を、ですか？　そういう話は私は聞いておりませんが」

「ふざけんなよ。俺だって馬鹿じゃねえ。お前たちがアケミをさらったんだ。いいか、これは誘拐だぞ、誘拐。人の女房誘拐しといてしらばっくれる気か？」

「本当です。私は何も知らないのです」

比南子の隣では児童福祉課長と秘書課長が立ったまま二人のやりとりを見守っていた。二人とも心配そうな表情で、特に児童福祉課長は体を丸めて小さくなっている。

「ふざけてんじゃねえよ、ええ？」延井は両足をテーブルの上に投げ出した。「知ってんだよ。お前たちがアケミを連れ去ったってことは。いいから早く居場所を教えろ。そうしたら帰ってやる」

こちら側に非はない。DVを受けていた女性を、法律に基づいて保護しただけのことだ。しかしこの男に正論が通じないことは明らかだった。目も血走っているし、もしかしたら酒を飲んでいる可能性もある。

「奥様がいなくなってから、どのくらいたちますか？」

「どのくらいって、そんなのお前らが知ってんだろうが。お前らが連れ去ったんだからよ」

「ご心配なら警察に相談されてはいかがでしょうか」

「何言ってやがる。警察なんか当てにならねえよ」

「相談してみないことにはわかりません。今西さん、兜警察署に電話をしてください。私からかけ合ってみましょう。こちら様の奥様を至急捜してほしいと」

「やめろ。やめろよ、畜生」延井は苛立ちを吐き出すように靴の裏でテーブルを蹴り、それから立ち上がった。「これで終わりだと思うなよ。俺は絶対にアケミを捜し出す」

延井は肩を怒らせるようにして市長室から出ていった。彼が廊下の奥に去っていくのを見届けてから、児童福祉課長が宍戸市長に向かって深く頭を下げた。

「市長、申し訳ありませんでした」

「いえ、市民の声を聞くのが私の仕事ですし、私が掲げた公約でもありますから。それより彼を放っておいて大丈夫でしょうか？」

「注意いたします。次に来たときは警察への通報も含めて検討します。課員にも接し方に気をつけるよう伝えておきます」

「よろしくお願いします。私はトイレに行ってきますので」

そう言って宍戸市長は立ち上がり、市長室から出ていった。続いて秘書課長と児童福祉課長も出ていく。比南子は延井が蹴って位置がずれてしまったテーブルを元に戻した。それから市長室を出ようとすると、市長のデスクの上で電話が鳴り始めた。受話器をとり上げて、耳に当てる。「はい、市長室でございます」

「今西さんね。市長がそちらにいらっしゃると聞いたんですけど」

受付の風岡さんだった。比南子は答える。

「今、席を外しています。すぐに戻ってくるとは思いますけど」

「そう。実はお客様がお見えになっているの」

風岡さんの声はいつになく真剣なものだった。受話器を握る手に力が入った。風岡さんが続けて言った。

「警察の方よ。刑事さんのようね。市長に会いたいとおっしゃっているわ」


二人組の刑事だった。一人は四十代、もう一人は比南子と同じ三十代くらいの年齢だと思われた。二人ともダークグレーのスーツを着ており、ソファに座らずに直立不動の姿勢で立っている。「どうぞおかけください」と宍戸市長が促すと、ようやく二人の刑事はソファに座った。

「それで私に用事とは何でしょうか？」

刑事が市長にどんな用があるのか、興味はあった。しかしここで話を聞いているわけにはいかないと思ったので、比南子は足を忍ばせてドアに向かう。すると宍戸市長に呼び止められた。

「今西さん、ここにいてください。刑事さん、私は開かれた市政を公約に掲げているものですから、密室で刑事さんと話してあとで詮索されたくありません。よろしいですね？」

年配の刑事がちらりとこちらに目を向けたので、比南子は小さく会釈をした。しばらく思案したあと刑事は言った。

「市長がそれでよろしければ」

「では始めましょう。私も次の用がありますので、手短にお願いします」

「了解いたしました。私は兜警察署刑事課の下山《しもやま》。こちらは原田《はらだ》といいます」

若い原田という刑事が胸元から黒い警察手帳をとり出して、身分証とバッジを市長に向かって見せた。市長はそれを見て小さくうなずいた。

「それで私に話とは？」

「市長の後援会長をしている田沼貞義さんのことをご存じですね」

「ええ」

「その田沼さんですが、今朝ご自宅で遺体となって発見されました」

比南子は思わず自分の耳を疑った。あの田沼が……亡くなった？　昨日も会ったばかりだ。いつもと同じくいやらしい笑みを浮かべて比南子をゴルフに誘ってきた。

「それは、本当ですか？」さすがの宍戸市長も声が震えている。「死因は何でしょう。持病を抱えていたとは聞いていませんが」

「刺殺です。田沼氏は何者かによって殺されたのです」

つまり殺人事件の捜査なのだ。比南子は驚く一方、なぜ警察が市長のもとに来ているのか疑問を覚えた。市長はややうろたえた表情で言う。

「殺されたって、いったい誰に……」

「それを捜査するのが我々の仕事です。正式な所見は司法解剖を待つしかありませんが、監察医の見解によると死亡推定時刻は昨夜の午後六時から午後八時の間です。市長、昨夜の午後六時三十分頃に田沼氏のご自宅を訪ねていらっしゃいますね？　近所の方が田沼家に入っていく市長の姿を目撃しているようです」

「はい」と宍戸市長は答える。「少し話があったものですから、訪問いたしました。三十分ほど話してそのまま帰宅しました」

昨日の送迎係は比南子だった。公用車のプリウスで宍戸市長を自宅に送り届けた。

市長の自宅に到着したのは、午後五時四十分過ぎだ。たしか宍戸市長は『今夜は用事がある』と話していた。おそらくそれが田沼後援会長との面会だったのだろう。

「失礼ですが、田沼氏とどのような話をされたか、お聞かせ願えますか？」

「私の市政に対するディスカッション、といったところですね」

「昨日も田沼氏はここを訪れて、市長と口論していたと聞きましたが、間違いありませんか？」

耳が早い。ここに来る前、職員に話を聞いたのだろう。自分に厳しく、同様に他人にも厳しい宍戸市長のことを快く思っていない職員は多数いる。

「口論、というと言葉が悪いですね。私はあくまでもディスカッションだと思っておりましたが」

「では昨夜も田沼氏とディスカッションをして、そのまま帰宅した。市長はそうおっしゃるわけですね？」

「ええ、その通りです」

二人の刑事は顔を見合わせた。ちょうど田沼の死亡推定時刻に宍戸市長が田沼の自宅にいた。つまりこの二人の刑事は宍戸市長を疑っているのか。

三十分話したのであれば、市長が田沼家を出たのは午後七時くらいだ。死亡推定時刻が午後八時までなら、七時から八時の間に田沼の自宅を訪れた何者かが田沼を殺害したことになる。

「市長、これは大変重要な問題です」下山という年配の刑事がやや声のトーンを落として言った。「現在、現場周辺の聞き込みをおこなっているのですが、これといった目撃証言が出ていません。これまでの捜査では、昨夜田沼家を訪れたのは市長ただ一人です」

「つまり、私が犯人だとおっしゃりたいわけですか」

「ですから重要な問題であると前置きさせていただきました。さすがに我々も自治体の首長を容疑者と断定するには、それなりの根拠がなければできません。是非とも捜査にご協力をお願いしたいと思い、こうしてお時間をとってもらった次第です」

昨夜、宍戸市長以外の人間が田沼家を訪れていないとなると、警察の目が市長に向くのは当然だろう。比南子は頬のあたりが熱くなっていることに気がついた。

有力な容疑者は市長だけ。私は今、大変な場面に立ち会ってしまっているのだ。

夕方六時前、比南子は市民体育館の屋内プールにいた。週に一度か二度、仕事帰りにここを訪れ、水泳をしている。比南子は高校まで水泳部だった。二十代の頃は運動などほとんどしなかったのだが、三十歳を過ぎてから、できるだけ体を動かそうと思って始めたのだ。料金も安いし、比較的空いているから気に入っている。市民体育館は民間委託されており、運営するのは民間の管理団体だ。十数年前までは市で運営しており、市の職員が勤務していたらしいが、比南子が市役所に入る前の話だ。

結局、二人の刑事はあのあとすぐに退室したが、彼らが宍戸市長に疑いの目を向けているのは明らかだった。市長の毅然《きぜん》とした態度を見る限り、市長は事件と無関係であると思う。しかしそれは比南子の推測に過ぎない。何もなければいいのだけれど。

プールの脇でストレッチをしていると、プールの一角で子供たちが泳いでいるのが見えた。泳いでいるというより、遊んでいるといった方が正確だろう。小学生くらいの子供たちが歓声を上げている。

すると一人の男性が騒いでいる子供の方に向かってプールサイドを走っていくのが見えた。五十代くらいの男性だった。男性はメガホンを口に当て、子供たちに向かって言った。

「君たち、ここは遊ぶ場所じゃない。泳ぐ場所なんだぞ」

男性の注意に耳も貸さず、子供たちはキャッキャッと笑いながら、男性に向かって水を浴びせた。男性は水で濡れた顔を手でぬぐいながら、メガホンを通してさらに注意する。

どこか微笑ましい光景だった。足首を回しながらその光景を見守っていると、背後から声をかけられた。

「こんばんは」

「あっ、こんばんは」

振り向くと一人の女性が立っていた。受付の風岡さんだった。比南子がプールに通うようになったきっかけは風岡さんに誘われたからだ。風岡さんは四十代のはずだが、その体型はもっと若く見える。彼女は毎日五キロ泳いでいるらしい。

「あの人、新しい館長さんなんだって」風岡さんの視線がメガホンを持った男性に向けられていた。「元はスタンダード製薬の社員だったみたい。結構偉い人だったらしいわ」

スタンダード製薬が兜市から撤退した影響はこんなところにも出ている。比南子は職員数の少ない秘書課にいるのでわからないが、兜市役所でもスタンダード製薬の元社員が臨時職員として採用されている部署があるらしい。一時期はハローワークに失業者が押しかけ、臨時の駐車場を開設したという話を聞いたこともある。

「ところで今西さん、昼間の刑事さんはどんな用件だったの？」

「あっ、その話ですか」

さすがに風岡さんといえども迂闊《うかつ》に話すことはできない。比南子の表情から何かを感じとったのか、風岡さんが言った。

「まずは歩こうか」

「はい」

プールの中に入る。ひんやりとした水が心地よかった。コースはフロートで仕切られている。比南子は五コース、風岡さんは六コースを歩く。水の中を歩くだけでも水圧で全身運動になる。急に泳ぐよりもウォーミングアップになっていい。

「そういえば」隣を歩く風岡さんが言った。「河川管理課の小林《こばやし》さんのところ、夫婦仲がうまくいってないみたいよ。もしかすると年内には離婚するんじゃないかって噂」

「へえ、そうなんですか」

職場結婚は多い。比南子も今年に入って職場結婚の披露宴に三度も呼ばれているくらいだ。しかしうまくいっている夫婦もいれば、そうではない夫婦もいるようだ。離婚した夫婦は何組もあり、そういった元夫婦は同じ職場に配属されないよう、人事課が配慮しているという噂もある。

「今西さん、今度紹介したい人がいるんだけど」

「いや、私はいいです。自分で見つけますから」

「そんなこと言ってるとどんどん年とっちゃうわよ。今西さんほどの器量なら、いい人いくらでも見つかると思うんだけど」

「性格に難があるんでしょうかね」

そう言って比南子は笑って誤魔化した。ちょうど二十五メートル歩いたところだったので、比南子はゴーグルをつけて水中に潜り、壁を強く蹴った。

※

「あんた、就職活動は順調に行ってんの？」

夕飯を食べようと一階に下りていくと、台所に立っている母がそう訊いてきた。

「もう九月じゃないの。このままだと就職浪人しちゃうでしょ。それだけは勘弁してほしいわ。どこでもいいから勤めるのが一番。お父さんを見ればわかるでしょ」

父の晴雄《はるお》は何も言わず、夕刊を眺めている。父は金型などを作る小さな製作所を経営しているが、ここ最近はうまくいっていないようだ。

父の経営する有限会社立花製作所は製作する部品の八〇パーセント近くがスタンダード製薬からの受注で、メインの取引先が兜市から撤退し、ほとんどの仕事を失った。稜がこの話を母から聞かされたのは去年の正月に帰省《きせい》したときだった。

稜が幼い頃には父は五人ほどの従業員を雇っていたが、今は父一人で工場を切り盛りしているらしい。こうして夕飯の時間に父が食卓にいることなど昔はほとんどなく、夜の九時くらいまで自宅の裏にある工場から機械が稼働する音が聞こえていたものだ。

兜市内で最大の工場が撤退したと聞き、稜も驚いた。小学校や中学校のクラスメイトには、必ずスタンダード製薬の社員の息子や娘がいたし、高校を卒業してスタンダード製薬に就職した同級生もたくさんいる。

「……だからね、稜。どんな小さな会社だっていいんだから、とにかく就職しなさい。昨日市役所行く用事があって、市長さんにも相談してみたけど、やっぱり市役所で働くのは難しいみたい。公務員の試験は先月終わったらしいのよ。ねえ聞いてるの？　稜」

「うん。聞いてるって」

念を押されるように母に言われ、稜は答えた。昨夜のことを思い出す。成り行きでピエロの助手になってしまったが、そんなことを母には言えない。さきほど駅前に足を運んでみたが、ピエロはいなかった。あの二十万円をどうやって返そうか。

「臨時職員なら枠があるみたいよ。もしあんたがその気なら、私がもう一度頼んでみてもいいけど」

「余計なことをしないでよ」

「あんたのためを思ってのことよ。父さんの会社を継ごうなんて考えちゃ駄目だからね。倒産寸前なんだから」

「父さん、だけにか」

不意に父の晴雄が口を挟んだが、母は晴雄の言葉を無視している。

玄関のインターフォンが鳴る音が聞こえた。母が手を拭いてから、「どちら様ですか？」と玄関に向かっていく。しばらくしてから、母が怪訝《けげん》そうな顔つきで居間に戻ってきた。

「稜、あんたにお客さんよ」

「僕に？」

「あんた、いつからあんな変なのと付き合うようになったのよ」

悪い予感がした。稜が玄関に向かうと、そこには昨日のピエロが立っていた。

「立花君、こんばんは。今日もよろしくお願いします」

「よろしくお願いしますって……なぜ僕の住所が……」

「履歴書に書いてありましたから。さあ仕事です。張り切っていきましょう」

「もう夜ですよ」

「ピエロの仕事は主に平日の夜間です」

言葉遣いは丁寧だが、こうして勝手に家に乗り込んでくるあたりが普通ではなかった。すでに外は薄暗く、午後七時を過ぎたところだった。

「さあ、立花君。街が私たちを待ってます」

背後に気配を感じたので振り返ると、そこには母が心配そうな表情で立っていた。母の存在に気づいたのか、ピエロが稜の肩越しに言った。

「お母さん、私はこんな格好をしていますが、極めて常識的な大人です。少し息子さんをお借りします。彼にはいい社会勉強になると思うので」

母は何も言えず、唖然《あぜん》としてピエロの顔を眺めている。当然だ。驚かない方がおかしい。

「立花君、早く行きましょう」

稜は二階にある自分の部屋に向かい、財布やスマートフォン、それからピエロから渡された給料の入った封筒を持って一階に下りた。外に出ると白いワンボックスカーが停まっており、ピエロはすでに運転席に座っている。このまま本当にピエロの助手になってしまうのだろうか。ただ家に居てもやることもないし、身に危険が及ぶことはないだろう。そんなことを思いつつ、稜はワンボックスカーの助手席に乗った。

連れていかれたのは駅前商店街の裏手にある居酒屋だった。汚れた暖簾《のれん》がかかっており、店内はお世辞にも綺麗とは言い難い。客はほとんどいないようで、有線放送の演歌が流れていた。ピエロが迷わず店の一番奥の座敷に向かうので、稜もあとに続いた。座敷には先客がいた。髭《ひげ》を生やした若い男だった。茶色に染めた髪が軽薄そうな印象を与えている。三十歳くらいだろうか。男はすでにビールを飲んでいる。

「お待たせしました」

そう言ってピエロが男の前に座ったので、稜も靴を脱いでピエロの隣に座る。男が怪訝そうな視線を向けてきた。ピエロがメニューを見ながら答える。

「私の助手です。名前は立花稜君」

「マジですか？」と男が言う。「助手が必要ならまずは俺に声をかけてくれてもよかったのに」

カウンターの中に一人の男が立っている。ピエロは男に向かってウーロン茶を二人分注文してから、稜に向かって言った。

「こちらは城島《じょうしま》君です。毎朝新聞の兜支局の記者で、いろいろと私に協力してくれる方です。東京でヘマをして、故郷の兜市に飛ばされてきました」

「そんなはっきり言わなくてもいいじゃないですか。でもピエロさんのお蔭で俺も救われました。その節はありがとうございました」

ウーロン茶が運ばれてきた。ピエロはそれを一口飲んでから説明した。

「半年前のことです。東京から飛ばされてきた城島君は落ち込んでおり、自殺を考えていたんです。子供の頃から勉強ができ、誰もが知る有名大学に行って、天下の毎朝新聞に就職できたと思ったら、酔ってタクシーの運転手に暴言を吐き、その様子がネットに投稿されてしまった。新聞社の上層部は城島君を兜市に飛ばすことで解決を図ろうとしました。エリートだった城島君はプライドが一気に崩れ落ちたんですね。私が彼を見かけたのは高架橋の上でした。飛び降りようとしてたんですよ」

願いごとを叶えましょう。ピエロがそう言うと、俺を殺してほしい、と城島は答えた。それを聞いたピエロは言った。お安いご用です。

「私は城島君を突き落としました。でもこの人は死ななかった。映画とかでよくあるでしょう。下に停まっていたトラックの荷台に落ちて、足首の捻挫《ねんざ》だけで済んだのです。よくわかりませんが、それ以来私に懐いてしまいました」

「あのときはマジで死んだと思いましたもん。でもあれがきっかけで、何か吹っ切れたんですよ」

「昔話はこのくらいにしましょう」

「あ、自殺で思い出したんですけど、先週助けた男いたじゃないですか。無事に仕事が見つかったみたいです。あと財布をなくして困ってた女子高生、交番から連絡があって財布が見つかったみたいですね」

「それは何よりです」

ピエロは満足そうにうなずいた。夜な夜な街に繰り出して人々の願いを叶えているというのは本当のことらしい。

「それで例のことは調べていただけましたか？」

「ええ」と城島はやや声をひそめて言った。「自宅の周りはマスコミがうろついてますよ。テレビの連中も来てます。殺人事件なんて兜市じゃ滅多に起きませんから」

殺人事件が起きたのか。まったく知らなかった。稜の表情から何かを感じとったのか、ピエロが訊いてくる。

「立花君、知りませんか？」

「は、はあ」

「夕方からテレビでは事件のことで持ち切りですよ。宍戸市長の後援会長が殺されたんです」

ピエロが説明してくれた。今の兜市の市長は宍戸という人で、その人の後援会長が殺されたというのだった。普段は東京に住んでいるし、あまり政治に興味がないので稜にはぴんと来ない。城島が手帳を開きながら言った。

「被害者は田沼貞義、六十二歳。不動産会社を経営しています。二年前の市長選で宍戸市長の後援会長となりました。宍戸市長とは中学校の同窓生にあたるらしく、その関係で後援会長を買って出たようです。殺害されたのは昨日の夜、遺体が発見されたのは今朝のようです。妻子は昨日から旅行に行っていたみたいですね。遺体を発見したのは、彼の会社の従業員です」

ピエロは真剣な顔をして城島の話を聞いている。稜はウーロン茶を一口飲んで、城島の話に耳を傾けた。

「記者の間の噂では警察は容疑者を絞り込んだようですけど、ヤバくて迂闊に記事にできるもんじゃありません」

「その容疑者というのは？」

「宍戸市長です。市長が犯人なんて前代未聞ですよ。昨夜、田沼の死亡推定時刻に田沼家を訪ねたのは宍戸市長ただ一人だったって噂です」

「田沼氏が運営する後援会ですが、ほかに働いている人はいますか？」

「後援会といっても実質的に田沼一人で運営していたようです。選挙の直前には多くの支持者を臨時スタッフとして雇い入れるみたいですが、次の市長選まで二年ありますからね」

「そうですか」

　ピエロは腕を組んだ。無言で何か考え込んでいる。城島が口を開いた。

「でもピエロさん、何でこの事件に興味を持ったんですか？」

「城島君、宍戸市長のことをどう思いますか？」

「どう思うって言われても。何か神経質そうで、正直俺は好きじゃないですね。ああいうのが上司だったら最悪だと思いますけど」

「将とは、智、信、仁、勇、厳なり」

「何すか？　それ」

「孫子の言葉です。私が思うに宍戸市長は将たる器。兜市の未来を託すに値する人間です。そんな人間が窮地《きゅうち》に陥っているんですよ。助けてやりたいと思うのが当然でしょう」

「なるほど。こいつは大仕事になりそうですね」

城島が髭を撫でながらうなずく。ピエロはグラスのウーロン茶を飲み干してから言った。

「市長の潔白《けっぱく》を証明しましょう。私たち三人でね。私の勘ですが、田沼氏が一人で後援会を仕切っていたとは思えません。彼を手伝っていた人がいたはずです」

「事務員みたいなものでしょうか?」

城島が手帳にペンを走らせながら訊くと、ピエロはうなずいた。

「そうです。ここ最近で市役所を辞めた職員を調べてみてください。何か出てくる可能性があります」

居酒屋を出たあと、ピエロはパトロールと称して車で兜市内を走っていた。たまにワンボックスカーを路肩に停め、通りかかった高校生に「早く帰った方がいいですよ」とか、ウォーキング中の女性に「気をつけてください」とか声をかけていた。その都度、声をかけられた方がぎょっとした顔をして、まるでピエロから逃げるように足早に立ち去っていくのだった。パトロールというより、ただ市民を怖がらせているだけだ。

稜はポケットの中に入っていた封筒を出し、ダッシュボードの上に置いた。昨夜、ピエロからもらった給料だ。手つかずの二十万円が入っている。

「これ、お返しします」

ピエロは封筒をちらりと見てから言った。

「この金額では不服ですか？」

「違います。受けとるわけにはいきません」

この金を受けとってしまったら、本当にピエロの助手として働いてしまいそうで怖かった。今は就職活動をしている身の上なのだ。来年の春までに就職先を見つけなければならない。

「そのお金は私のポケットマネーです。やましいお金ではありません」

「そういう問題じゃないです。僕、就職先を探さないといけないので」

「私は立花君を雇って仕事がはかどり、あなたは職を得る。ウィンウィンです」

「もっとちゃんとした就職先がいいです。ピエロさんだって昼間は普通に仕事してるんですよね？」

こうして夜に行動するということが、昼間は正業をしている証だ。ピエロが曖昧にうなずいた。

「ええ、まあ」

「どんな仕事なんですか？」

「サービス業、みたいなものですね」

サービス業といっても多くの仕事がある。しかしピエロの口振りから、昼間の正業についてあまり語りたくなさそうな雰囲気が伝わってきた。

車が減速するのを感じた。ピエロは車を路肩に寄せて停車させた。ハンドブレーキを引きながら、ピエロは言う。

「立花君の言いたいこともわかります。では見習いということでどうでしょう？」ピエロはダッシュボードの封筒を手にとり、中から紙幣をとり出して自分のポケットに入れる。そして封筒を稜の胸に押しつけて言う。「三万円残っています。一週間分の報酬です。就職活動をしながら、私の仕事を手伝ってください。バイトみたいなもんですね」

封筒の中を覗いてみる。たしかに一万円札が三枚、入っていた。稜はピエロに言う。

「なぜ僕なんですか？　ほかにも手伝ってくれる人は大勢いるんじゃないですか」

「昨日、あの場所で会ったのは何かの縁ですよ。私は人との出会いを大切にします。それに私と行動をともにすれば、いろんな経験ができます。いつかちゃんとした仕事が見つかるかもしれません」

そのとき携帯電話の着信音が聞こえた。ピエロはポケットから携帯電話を出し、それを耳に当てる。

「俺だ。何か用か？　悪いがマージャンの途中なんだよ。……わかったって。もうすぐ帰るから。……牛乳を買って帰ればいいんだな、わかった。切るぞ、じゃあな」

携帯電話を切り、ピエロは大きく溜め息をつく。

「奥さんですか？」

「ええ、家内です」

「マージャンに行くと嘘をついて、家を出てきているってことですか？」

「当たり前です」ピエロは憮然《ぶぜん》とした表情で答える。「こんな格好をして街を歩いているなんて知られたら、それこそすぐに離婚されてしまいます。この着替えもメイク道具も車のトランクに置いてあるんですよ」

妻の目を盗んでまでこの格好をしたいというピエロの発想が理解できない。いったたいこの人は何を考えているのだろうか。怖いもの見たさもあり、もう少しだけこのピエロに付き合ってもいいような気がしてきた。それに妻帯者で家族もいるのなら、信用してもよさそうだ。

「私の顔に何かついてますか？」

「い、いいえ。別に」

「今日はここまでにしましょう。コンビニで牛乳を買ってから帰らないといけませんから」

そう言ってピエロはワンボックスカーを発進させた。

※

比南子が市長室に足を踏み入れると、宍戸市長は書類に判を押していた。兜警察署の刑事が来たのは昨日のことだ。市長から特に口止めはされていないが、比南子は昨日のやりとりを誰にも話していない。

「市長、お客様がお見えになりました」

「どうぞお入りください」

比南子はドアの脇に立ち、道を譲る。二人の女性が市長室の中に入っていった。比南子もあとに続く。

「ようこそいらっしゃいました。市長の宍戸です」

「このたびはお話しする機会を作っていただいて感謝しております。小松江《こまつえ》利香《りか》と申します」

グレーのスーツを着ている女性が頭を下げた。年齢は四十歳くらいだろう。ショートカットで吊り目が印象的な女性だ。もう一人の女性も小松江利香と同年代だと思われるが、こちらはジーンズにシャツというラフな格好だ。二人がソファに腰を下ろしたのを見て、宍戸市長も彼女たちの前に座った。

「私は」と小松江利香が話し出した。「〈兜市の未来を考える会〉の代表をしております。こちらは牛山春香《うしやまはるか》といい、フリーペーパーの記者です。私たちの機関紙を手掛けてもらっています」

小松江利香が一枚の名刺と、一冊の薄い冊子をテーブルの上に置いた。「失礼します」と言ってから、宍戸市長は名刺と冊子を手にとって、ぱらぱらと冊子を眺め始めた。

「宍戸市長、私は宍戸市長の後輩に当たるんです」

小松江利香がそう言うと、市長は冊子をめくる手を止めて顔を上げた。

「というと？」

「高校、大学の後輩です。大学では法学部でした」

「そうなんですか。それは嬉しいですね」

比南子は少し不快な気分になった。小松江利香という女性は親密感をアピールすると同時に、自分の学歴が市長と同等であると宣言したようにも思われたからだ。

「私は兜市の保育問題に一抹の不安を覚えています」小松江利香が語り出した。「宍戸市長が二年前、市長選で掲げられた公約の中に『待機児童をゼロに』というものがあります。先日、市役所が発表したデータでは待機児童はゼロになったとありましたが、問題の本質はそこではないと思っております」

全国的に問題になっている待機児童だが、東京などの大都市と違い、兜市ではそもそも待機児童数が少ない。保育園を割り振り、待機児童がゼロになったのだろう。

「定員をオーバーしているんです。要するに保育園が寿司詰め状態です。これでは保育士の目がすべての子供に行き届いているとは思えません。市長はそのあたりをどのようにお考えでしょうか」

「小松さんのご指摘はもっともです。ですから私たちも保育士を増員する対策をとっております」

「私は甥《おい》と姪《めい》が一人ずついるのですが二人とも市内の保育園に通っています。たまに妹に代わって二人を迎えにいくと、保育園に子供がぎゅうぎゅうに押し込まれていて可哀想です。もっと広いところで自由に遊ばせたいと思うのが親心というものでしょう。失礼ですが、市長はお子様は？」

「息子が一人います。今、小学校六年生です」

宍戸市長は今年で五十四歳になる。遅くに授かった子で、今も市長は積極的に子育てをしていると聞く。

「ならば私の気持ちを理解していただけるのではないでしょうか。新たに建設を予定している保育園の進捗《しんちょく》状況はいかがでしょうか」

「現在、鋭意取り組んでいると報告を受けていますが」

新しい保育園を建設しようという計画は数年前からある。市内にある各保育園の老朽化と待機児童の解消策として、市が目をつけたのは、市役所からほど近い場所にある廃工場だった。しかしいまだに工事が始まっていない。

「実はここに来る途中、建設予定地を見てきましたが、工事が始まる気配がありません。本当にあの場所に保育園は建設されるのでしょうか？　市長に就任されて二年がたっています」

「やや難航していると報告を受けていますが、計画は進んでいます。私の任期中には、つまり二年後には完成予定です」

「それなりに大きな建造物ですよね、保育園って。そろそろ建設工事が始まらないと、二年後の完成は難しいのではないでしょうか？」

「建設期間は一年ほどであると聞き及んでおります。二年後の完成は難しいことではないでしょう」

「ということは、一年以内に工事が始まるのですね」

「そう考えていただいて構いません」

「今の市長のお言葉、私どもの機関紙に掲載してもよろしいですか」

「ええ。問題ありません」

たいした女性だ。いろいろな来客を見ているが、市長とここまで対等に話せている人は久し振りに見た。同じ女性として尊敬の念を感じるが、どこか好きになれない。

牛山という女性はさきほどからしきりにメモをとっている。この面談の詳細を記事にするつもりなのかもしれない。

「本日は貴重なお時間を割《さ》いていただき、誠にありがとうございました」

小松江利香が立ち上がった。宍戸市長も立ち上がり、二人はテーブル越しに握手を交わした。牛山という女性も慌ててノートを閉じて立ち上がった。

市長室のドアから出る手前で、小松江利香は思い出したように言う。

「市長、もし一年以内に新保育園の工事が始まらないようでしたら、考えがあります」

「考え、と申されますと？」

「二年後の市長選に立候補させていただきます。そして当選した暁には私の手で新保育園を建設します」

比南子は思わず耳を疑っていた。これは事実上の宣戦布告ではなかろうか。しかし宍戸市長は余裕の笑みを浮かべて言った。

「それは困りました。あなたのような聡明な方を敵に回したくありません。そうならないよう、全力で市政に当たることにいたしましょう」

小松江利香が市長室から出ていくのを見届けてから、宍戸市長はデスクの上にある受話器を手にとった。おそらく新保育園の計画状況を確認するためだろう。数分後には保育園を所管する健康福祉部、もしくは実際に工事を担当する都市整備部あたりの部長が市長室を訪れることになるはずだ。

比南子は一礼して市長室を出た。

「あれは多分……そうねえ、引っ越しかしら」

今西比南子は一階の受付の前にいた。受付には風岡さんが立っている。一階の出納《すいとう》室に書類を出した帰りに立ち寄ったのだ。

一人の男性が受付の前にやってきた。長袖のシャツを着ており、大きなバッグを持っていた。男性はあたりを見回している。二十代くらいの男性だ。

「こんにちは。どのようなご用件でございましょうか？」

風岡さんがそう訊くと、男性は遠慮がちに答えた。

「ええと、転入届を出したいんです」

「かしこまりました。それでは一階正面の市民課の、三番窓口で番号札をおとりいただいてお待ちください」

男性が立ち去っていく。男性が間違いなく三番の窓口に向かっていくのを見届けてから、比南子は風岡さんに訊いた。

「凄いですね、風岡さん。どうしてわかったんですか？」

「ふふ、そうねえ。まず九月は四月に次いで転入や転出が多いのよ。それにさっきの彼、大きなボストンバッグを持ってたでしょ。電車で兜市までやって来て、そのままここに直行したんじゃないかって思ったのよ。長袖だったし、比較的涼しい地方からやってきたかもしれないわね」

風岡さんはこの道十五年のベテランだ。毎日のように一階の受付に立ち、来庁者の案内をしている。来庁者を見ただけで、その人がどんな用件で市役所を訪れたのかわかるらしい。

「じゃあ今西さん、あの方はどう？」

悪戯《いたずら》っ子のような目つきをして、風岡さんが訊いてきた。ちょうど正面玄関から一人の女性が庁舎内に入ってくるところだった。黄色い封筒を手にしており、足をわずかに引き摺っている。年齢は五十代から六十代といったあたりだろう。

「うーん、そうですねえ」比南子は女性を観察しながら答える。「障害をお持ちのようなので、介護関係かな」

「私は国保年金課だと思うわ。あっ、こんにちは」

足を引き摺った女性が受付にやってくる。風岡さんは笑顔を浮かべて言った。

「どのようなご用件でございましょうか？」

「ええ。ちょっと障害年金のことで話を聞きたいんだけど」

「それでしたら国保年金課でございます。ここを真っ直ぐ行って左手にございますので」

風岡さんは受付から出て、女性に手を差し伸べようとした。しかし女性は「お構いなく。お気遣いありがとう」と礼を述べ、国保年金課に向かって歩いていく。

「凄い、風岡さん。よくわかりましたね」

「今のはちょっと反則かも。あの女性、封筒持ってたでしょ。その封筒に『日本年金機構』って書いてあったのが見えたのよ」

「さすがの観察眼ですね」

「封筒の色や差出人で、その人がどんな用件で市役所に来ているのか、大体予想がつくわ。基本中の基本よ」

「勉強になります」

新たな発見というか、知らなかったことを知ることができるのは楽しい。こういうとき、市役所に入ってよかったなと比南子は思う。一般的に市の職員というと、市役所のことなら何でも知っていると思われがちだが、実際は違う。兜市役所には三十近い課があるが、一人の職員が四年周期で異動するとしても、その公務員人生で十くらいの課にしか配属されない。比南子は市役所に入って今年で十二年目で、秘書課で四つ目の課だ。早いサイクルで異動している方だが、まだまだわからないことばかりだ。たまに親戚や知人にゴミの分別方法やら確定申告について質問されて困ることもある。

数人の来庁者がやってきたので邪魔をしてはいけないと思い、比南子はその場を離れた。二階の秘書課に戻り、自分のデスクで書類の作成にとりかかっていると、課長に呼ばれた。

「ねえ、今西君。ちょっといいかい」

ちょうど秘書課の執務室には課長と比南子の二人しか残っていない。

「何でしょう」

比南子が顔を上げると、課長が訊いてきた。

「昨日、二人組の刑事が来ただろ。昼休みに噂で聞いたんだけど、市長のことを嗅《か》ぎ回っているみたいだ。今西君、何か知らない？」

折を見て課長には話しておこうと思っていたので、比南子は包み隠さず報告した。

課長はさほど動揺することなく、比南子の話を聞き終えて言った。

「やはりそうだったか。市長と後援会長の不仲は庁舎内でも話題になってる。何人か刑事に事情を聞かれた職員もいるらしい。あの市長がまさか人を殺すとは思えないが、マスコミにバレたら大変なことになるぞ」

田沼殺害の事件は昨夜から全国ネットのニュース番組で報道されていた。今日も朝から庁舎内ではその話で持ち切りだ。殺人事件、しかも殺されたのが現市長の後援会長なのだ。話題にならない方がおかしい。

「市長の様子はどうだい？」

課長に訊かれ、比南子は答える。

「特に変わりはありません。いつもと同じく仕事をされています」

「そうか。さすが鉄仮面だな」

市長は滅多に自分の感情を表に出すことはなく、陰で鉄仮面と呼ばれている。市長が優秀であることは庁舎内の職員の誰もが認めているが、会議での歯に衣《きぬ》着せぬ発言から、市長を露骨に嫌う職員もいるらしい。

秘書として二年間市長と間近に接していて、尊敬に値する人物だと思っている。仕事もできるし、決断力もある。それに二十四時間いかなるときも市長で居続けなければいけない仕事だ。並の人間では務まらないと、比南子は秘書課に配属になって初めて感じた。

「いずれにしても大変だよ。田沼さんの事件もそうだし、来週からの九月議会じゃいよいよ増税に向けた動きが本格化する。台風も来てるみたいだし、気が抜けない日が続きそうだよ」

課長が溜め息まじりに言った。気持ちはよくわかる。市長に対する風当たりが強くなれば、その分秘書課の仕事も増える。

今、市長は外出中だ。市内在住の百歳になった高齢者を訪問し、花束と記念品を贈呈しているはずだった。

今日は金曜日だった。今週土日は珍しく市長の仕事が入っていない。土曜日や日曜日は式典での挨拶や会議への出席が多い。当然秘書課の職員も同行しなければならず、交代制で休日出勤することになっていた。

「今西さん、ちょっと観光課へ打ち合わせに行ってくる。よろしく頼むよ」

そう言って課長が出ていったので、比南子は執務室内で一人きりとなった。仕事を再開すると、デスクの引き出しの中で低い振動音が鳴った。

引き出しからスマートフォンを出すと、一件のメールを受信していた。

※

「ねえ、まだなの？　予約の時間、とっくに過ぎてるじゃないの」

「説明してよ。何で診察が始まらないの」

「もうこれ以上待っていられない。お薬だけでも処方してくれないかしら」

患者たちから不満の声が上がっている。すでに午後四時を回り、稜が兜市中央病院に到着してから一時間以上が経過している。

自宅にいたところ、母から祖母を病院に連れていってほしいと頼まれた。午後三時に予約を入れてあると聞いていたが、まだ祖母の名前は呼ばれていない。

ベンチにはぎっしりと診察を待つ患者が座っており、座れない者は立っていた。待っている患者は全部で五十人近くいるだろうか。さきほどまで祖母は稜の隣に立っていたのだが、あまりに可哀想なので正面ロビーの空いたベンチに座らせており、順番が回ってきたら呼びにいくつもりだった。待っている患者は増える一方だ。

「すみません」稜の隣に立っていた老人が、通りかかった看護師を呼び止めた。「診察、まだ始まらないんですかね？　もう一時間も待っているんですけど」

すると女性の看護師が立ち止まり、困惑したような表情で答える。

「申し訳ありません。午前中の診察が予定通りに終わらなかったので、午後の診察に回ってもらったんです」

「午前中に予約していた患者さんが終わらないと、私たちの診察が始まらないってこと？」

「何それ。予約の意味がないじゃないの」

誰もが不満の声を洩らしている。どうやら今日は退散した方がよさそうだ。稜はその場をあとにして、祖母の待つ正面ロビーに向かった。

廊下の向こうから一人の看護師が歩いてきた。どこかで見た顔だと思ったら、一昨夜おでんの屋台で一緒だった藤井伶奈だった。向こうは稜の存在など気にも留めずに、すたすたと歩いてくる。あのとき彼女はかなり酔っていた。稜のことを憶えていない可能性は高い。

稜は立ち止まり、藤井伶奈に目を向けた。こちらの視線に気づいたらしく、藤井伶奈は立ち止まった。稜は会釈をして言った。

「ど、どうも」

「申し訳ありません。どちら様ですか？」

やはり憶えていないらしい。稜は「すみません」とぎこちなく言い、立ち去ろうとした。すると彼女が声をかけてくる。

「冗談だって、憶えてるわよ。こんなところで何してんの？　病気？」

一昨日は髪を下ろしていたが、今日は上の方で留めているので、少し印象が違う。看護服を着ているのでなおさらだ。

「いや、祖母の付き添いで来たんですよ。でも混んでるから諦めて帰ろうと思ってます」

「外科ね。今日、診察してくださる東京の先生が電車で人身事故があったとかで二時間遅刻したの。まあ不可抗力だから仕方ないんだけど。私、外科の入院病棟だから今日も帰りは何時になるかわかったもんじゃないわ」

あっけらかんとしているが、伶奈の顔色はあまりよくない。相当疲れているように見える。

「まったくどうにかしてほしいわ。あっ、ところで立花のおばあちゃん、何の病気？」

「関節リウマチ、だったかな」

手首の関節が痛いと去年くらいから言い出し、診察の結果は関節リウマチだったらしい。二週間に一度、この病院に通っているという。

「リウマチだったら、うちの病院じゃなくても大丈夫よ。個人病院でも診てくれると思うから、連れていったらどう？　ええと、ワタナベ整形外科でしょ。それからクサノ外科。あとはヒガシ外科クリニックもいいわね。それから……」

「ちょ、ちょっと待ってください」

稜は慌ててスマートフォンを出し、メモ機能を使って伶奈が言った病院名を記す。ネットで診察時間を調べて、今からでも足を運んでみてもいいかもしれない。

「ありがとうございました」

「ねえ、立花。私、一昨日かなり酔ってたんだけど、あんたと一緒にピエロがいたわよね？」

「ええ、いました」

「よかった。酔って変な夢でも見たのかと思ったわ。ピエロによろしくね」

そう言って伶奈は立ち去っていく。ちょうど手にしていたスマートフォンがメールを受信していたので、その場で読んだ。都内の中堅どころのメーカーからの面接案内だった。

七月くらいにこのメーカーの筆記試験を受けた記憶があるが、不採用の通知を受けとった記憶がない。企業から送られる不採用の通知は「お祈りメール」と言われており、書類であれメールであれ、必ず文章の最後が「今後のご活躍を心からお祈りしております」とあることが由来だ。最近では不採用の通知を送らない企業も増えており、就活生からは「サイレントお祈り」などと呼ばれている。

企業が「サイレントお祈り」をする、つまり不採用の通知を送らない理由は主に二つで、一つは単純に人事担当者の怠慢によるもの。もう一つは内定辞退者が続出した場合に備え、採用不採用のボーダーライン上にいる学生をキープしようというものだ。

今回、稜にメールを送ってきたメーカーは後者だと思われた。内定辞退者が出たので、追加試験をおこなうことになり、七月の筆記試験でボーダーラインにいた学生にメールを送ってきたというわけだ。

スマートフォンをポケットにしまい、稜は祖母を待たせているロビーに急いだ。

※

待ち合わせ場所は駅近くの喫茶店だった。午後七時に比南子が店に着くと、すでに男は窓際の席で待っていた。

「悪いね、比南子ちゃん。急に呼び出しちゃって」

「いいよ、予定入ってなかったし」

「何飲む？　飯がまだなら食べてもいいけど」

「温かい紅茶。ご飯は帰ってから食べる」

男の名前は城島英明《ひであき》といい、比南子とは小学校時代からの同級生だ。高校まで一緒だった。小中学校のときには何度か一緒に学級委員をやったことがあったが、高校卒業と同時に進路は分かれた。大学を卒業して大手新聞社に勤めていると聞いていたが、今から三ヵ月前、市長の定例記者会見で再会した。比南子も仕事中だったので二言三言しか話せなかったが、もらった名刺には〈毎朝新聞・兜支局・記者〉と書かれていた。比南子は仕事柄マスコミ関係の応対をすることが多く、それから何度か顔を合わせていた。

「あっ、お姉さん。アイスコーヒーとホットの紅茶、一つずつ」

通りかかった店員にそう告げてから、城島は煙草《たばこ》をくわえた。彫りが深い顔立ちはイケメンといって差し支えがなく、合コンに行ったらモテそうだ。ライターで火をつけようとして、思い出したように言う。

「煙草、駄目だっけ？」

「ううん、別にいいよ」

かつては真面目で先生の言うことに逆らわない男の子だったが、目の前にいる城島は少し不良っぽいというか、どこか拗《す》ねたような雰囲気だった。しかしそれはそれで悪くはないのではないかと勝手に分析する。兜市のようなローカル支局に飛ばされてきたからには、城島の人生にも紆余《うよ》曲折があったのだろう。

「比南子ちゃんを呼んだのはほかでもないんだ」世間話もせず、城島は本題に入ってきた。「去年まで兜市の職員だったムラオカって人、知ってるかな？ ちょっと調べてるんだ」

村岡陽行《むらおかはるゆき》のことだろう。面識はないが、顔と名前くらいは知っていた。

「知ってるよ。面識はないけどね」

「今、どこで何をしてるか知らない？ 噂とかでもいいんだけど」

城島が記者であることを思い出し、比南子は気を引き締める。プライベートで同級生とお茶をしているわけではないのだ。少なくとも城島は仕事のつもりだろう。

「知らないって。話したこともないから」

「どんなことでもいいよ。彼、市役所辞めてから何してるんだろ」

村岡陽行は四十代前半の元職員で、一年前に市役所を懲戒免職となっていた。理由は飲酒運転だ。仕事帰りに酒を飲み、代行運転で帰ったまではよかったが、自宅の手前で代行を降り、みずから運転して帰宅したところをパトロール中の警察官に見つかったのだ。村岡の自宅は入り組んだ路地の奥にあり、代行運転に任せるより自分で運転した方がいいと思ったらしい。途中まで代行で帰ってきたのに、最後の最後で警察に捕まってしまうなんて、不運きわまりない。

しかし彼が飲酒運転で警察に検挙されたのは事実で、宍戸市長は即刻彼を懲戒免職にすると発表した。村岡自身は仕事もそつなくこなすし、真面目で人当たりもいい職員だったため、処分の軽減を訴える声も職員から出たが、市長の下した決定が覆《くつがえ》ることはなかった。

「さあ、何してんだろうね」

「彼の親しい友人とか知らない？」

「そうねえ……」

城島に訊かれて比南子は首を捻《ひね》った。村岡の交友関係など知らない。伝手《つて》を辿れば少しくらいは情報を得られると思うが、城島にそこまでしてやる義理もない。そもそも公務員である以上、情報の漏洩《ろうえい》には気をつけなければならない。

「参考になるかどうかわからないけど」比南子はそう前置きした。少しヒントを与えるだけならよかろうと判断した。「村岡さん、草野球のチームに入ってたと思う。そのチームメイトなら何か知っている可能性はあるわね」

「そこまでは知らない。城島君、新聞記者でしょ。そのくらいは調べればわかるんじゃない」

「何てチーム？」

「まあ、そうだな」

城島はアイスコーヒーを飲み干し、灰皿で煙草を揉み消した。

「ありがとう、比南子ちゃん」

「お役に立てたかどうかわからないけど。でも何で村岡さんのことを調べてるの？」

「悪いけどそれは明かせない。たとえ比南子ちゃんでもね」

今、兜市を騒がせているのは田沼後援会長の殺害事件だ。だがその事件と村岡の間には接点がないように思われた。比南子が紅茶を口にすると、城島が伝票を手に立ち上がった。

「もう行くの？」

「悪い。比南子ちゃんほどの美人を一人残していくのは気が引けるんだけど」

「城島君、変わったね。そういうことを言える人じゃなかったと思うけど」

「うん、変わった。生まれ変わったんだよ」

城島はなぜか嬉しそうに笑った。一見して軽薄そうな表情の裏には、どこか悲しみが感じられた。挫折して吹っ切れたのだろうか。伝票を手にレジに向かった城島だったが、何かを思い出したように比南子のもとに戻ってきた。

「比南子ちゃん、宍戸市長だけど、ちょっと大変なことになるよ」

「大変って、どう大変なの？」

「明日になればわかる。じゃあ、また」

城島が立ち去っていく。

もしかして田沼殺害の容疑者になっていることがマスコミにバレてしまったのだろうか。

喫茶店から出ていく城島の背中を見送り、比南子は不安を抱きながら紅茶を口にした。

※

「これでは中にも入れません。どうしたものやら」

「そうですね」

稜は松戸町《まつどちょう》の住宅街に来ていた。一昨日の夜、殺害事件があったという現場だ。殺されたのは現市長の後援会長らしく、ピエロは事件を解決すると張り切っている。現場となった一軒家は黄色いテープで封鎖されていた。

周囲には今もマスコミの人間がたむろしていた。ピエロの姿を見て好奇の視線を向けてくるが、ピエロはお構いなしだ。

ピエロは路肩に停めていたワンボックスカーに乗り込んだ。稜が助手席に座ると、ピエロが訊いてきた。

「立花君、どう思いますか?」

「どう思うって、何がですか?」

「この事件のことです。城島君の情報だと、田沼氏が殺害された日の夜、この家を訪れたのは宍戸市長ただ一人だったようです。翌朝、発見者である田沼氏の会社の関係者が訪れるまで、この家に足を踏み入れた人間は見つかっていません」

「市長だって人間です。人を殺したくなることだってあるんじゃないですか」

「たしかにその通りです」ピエロがエンジンをかけ、ワンボックスカーを発進させる。「ハンドルを操りながらピエロが続ける。「市長も殺意を覚えることはあるかもしれません。ですが立花君。人間というのは損得で動くものです。市長が人を殺した場合、ダメージの方がはるかに大きいんですよ。それに市長はこの市の最高権力者です。どうしても邪魔な人間がいた場合、自分で殺すよりも別の方法を考えるはずでしょう」

携帯電話の着信音が鳴った。ちょうど赤信号で停まったところだったので、ピエロが携帯電話を耳に当てた。「わかりました。すぐに向かいます」と言ってから、ピエロは携帯電話をポケットにしまい、再びワンボックスカーを発進させた。

車は駅に向かって走っていた。駅前通りの路肩で停車すると、後部座席のドアが開いて一人の男が乗り込んでくる。城島という記者だった。

「いやあ、さすがピエロさん。目のつけどころが秀逸です」

開口一番、城島が言った。ピエロがウインカーを出しながら訊く。

「何かわかりましたか？」

「ここ数年で市役所を辞めた職員を調べてみたんです。そしたら一人、疑わしい者がいました。名前は村岡陽行。一年前に飲酒運転で懲戒免職になった男です。彼が所属していた草野球チームの友人に話を聞いてみると、村岡は後援会の事務員をしていたようです」

「懲戒免職になった男が、なぜ後援会の事務員になったんでしょうか」

「そのあたりの経緯は不明ですが、後援会の事務所が田沼の自宅近くにあり、そこに出入りしていた村岡の姿が目撃されてます。俺も村岡が飲酒運転で市役所を懲戒免職になったことは知ってました。宍戸市長の強い意向だったようです」

「やはり宍戸市長は情に篤い人間のようですね。世間の目もある手前、厳しい処分を下さざるを得なかった。市役所を懲戒免職された男の再就職は厳しい。そこで自分の後援会で雇うことにしたんでしょう。おそらく村岡氏が事務員をしていたことは周囲に伏せられていたはずです」

「そうみたいですね。当の村岡ですが、昨日から行方をくらましているようです」

「消えた後援会の事務員、ですか。おそらく警察も村岡氏に目をつけているはずです。何としてでも村岡氏を捜し出してください。村岡氏なら市長の無実を証言できるかもしれません」

「わかりました。引き続き村岡について探ってみますよ。今夜は社に戻って原稿を書かないといけないので、これで失礼します」

後部座席のドアを開け、城島が車から降りた。そのあと一軒の雑居ビルに入っていくのが見えた。あのビルの中に〈毎朝新聞〉の支局があるのだろう。

「食事をしましょうか」と言い、ピエロがコインパーキングに車を入れた。ピエロが運転席から降りたので、稜も慌ててシートベルトを外して助手席から降りる。駅前通りを少し歩くと、前方に赤い提灯が見えた。一昨日の夜も来た、おでんの屋台だ。

「あっ、ピエロじゃん。立花も一緒か。まあ座りなよ」

今日も藤井伶奈が飲んだくれていた。昼間見たときとは大違いだ。仕事をテキパキこなしていた看護師の姿はそこになく、どこから見ても酔っ払いだ。

「早く座りなって、立花」

伶奈が立ち上がり、稜に腕を絡めてきた。胸の膨らみを肘のあたりに感じて赤面してしまう。

「ほう。随分仲がよろしいようですね。お付き合いされているんですか？」

ピエロが言うと、伶奈が答える。

「まあね」

「ち、違いますって」稜は慌てて否定した。「今日、病院で会っただけです。祖母を中央病院に連れていったんですよ。そのときに少し話しただけです」

「まあいいでしょう。大将、ビールください」

伶奈を挟む形でカウンター席に座る。今日はほかにも先客がいるようで、サラリーマン風の若い男性二人がおでんをつまみながら日本酒を飲んでいた。

「伶奈さん、医者の件はもう少し待ってください。いろいろと忙しいもので」

大将から缶ビールを受けとりながらピエロが言うと、伶奈はコップの日本酒を飲んで言った。

「あれ、本気なの？」

「当たり前です。ピエロに二言はありません」

「あまり期待しないで待ってる」

「そうしてください」

稜も缶ビールをもらい、それからおでんを適当に頼んだ。男性客の視線が気になった。話しながらちらちらとピエロを見ている。その視線に気づいたピエロが二人に話しかける。

「私の顔に何かついてますか？」

「い、いえ。別に」

「あまり人の顔をじろじろ見るものではありません。あなた方、お仕事は何ですか？」

男の一人が代表して答えた。

「金融関係です」

「景気はどうです？　儲かっていますか？」

「全然ですよ。スタンダード不況ってやつですね。お先真っ暗ですよ」若い男が話し続けた。頬が赤く染まっている。「俺なんて独り身だからいいっすよ。最悪の場合、転職してこの街出ていけばいいから。でもこいつは可哀想ですよ。三年前にローン組んで家を建てちゃってね。しかも子供が小学生だから、転校は絶対に嫌だって奥さんに反対されてるようです。この街を出ていけないんですよ」

「ふーん、なるほど。大変ですね」ピエロがビールを一口飲んで訊く。「どうすればこの町の景気を回復させられると思いますか？」

ピエロがそう訊くと、別の男が答えた。

「スタンダードの跡地に企業を誘致すればいいんです。簡単なことじゃないと思いますし、市役所だって企業誘致を働きかけてるはずですけどね」

父親の経営する製作所の実情を知っているので、稜も兜市の不況を体感していた。あの広大な跡地に企業を誘致するのは並大抵のことではないだろう。兜市の不況はまだまだ続きそうだ。

そういえば明日の午後は東京で面接が入っている。午前中には家を出なければならないだろう。ピエロに伝えた方がいいだろうか。いや、迂闊に告げて引き留められてしまったら厄介だ。

「お二人とも、今日は私に奢《おご》らせてください。兜市の将来を本気で憂《うれ》えている若者に会えて私も嬉しかったです」

ピエロがそう言って胸を叩き、一万円札を一枚、カウンターの上に置いてから立ち上がる。

「私はこれにて失礼させていただきます。立花君と伶奈さん、ごゆっくり」

ピエロが立ち去っていく。「もう帰っちゃうの。つまらない」と伶奈が頬を膨らませた。稜が立ち上がると、伶奈が腕を絡めてくる。

「立花、もう少し飲もうよ」

「いや、僕もそろそろ」

伶奈の腕を払いのけ、稜は暖簾をくぐって屋台から出た。ピエロの姿を探す。二十メートルほど向こうにピエロの姿が見えた。やはりあの姿は目立つ。稜は尾行を開始した。

ピエロなる人物が何者なのか。そこに興味があった。興味がない方がおかしいだろう。あんな格好をして街に現れ、人々の願いを叶える。いったいどういう素性の人物なのだろうか。

ピエロとの距離が近づいていく。ピエロは稜が尾行していることなどまったく気づいていないようで、携帯電話で喋りながら夜道を歩いていく。

「……ああ、今から代行で帰るところだ。……柔軟剤？　俺は柔軟剤の種類なんてわからんぞ」

今日も奥さんからお使いを頼まれているようだ。やがて一軒のドラッグストアが見え、ピエロは店内に入っていく。稜は自動販売機の陰に隠れ、ピエロが出てくるのを待った。スマートフォンでゲームをして待っていたが、いっこうにピエロが店から出てくる気配はない。

痺《しび》れを切らし、稜は店内に足を踏み入れることにした。店内は明るく、それほど客の姿はない。ピエロの姿を捜していると、いきなり背後から声をかけられた。

「立花君、どうしました？」

振り返るとピエロが立っている。稜はしどろもどろになって答えた。

「い、いえ、別に。ちょっと買い物を……」

「まさか私を尾行していたなんてこと、ありませんよね」

疑っている目つきだった。稜は否定した。

「違います。そうじゃありません」

「でしたら柔軟剤を探すのを手伝ってください。種類が多くて私にはわかりません。

妻は絶対にこれを買ってこいと命じるんです。間違ったものを買っていったら、それこそ怒られてしまいます」

そう言ってピエロが紙片を寄越してきた。そこに書かれた柔軟剤の名称を読み、稜はピエロとともに柔軟剤を求めて店内を歩き始めた。

※

歩行者用の信号が点滅し始めたので、比南子はスピードを落とした。赤信号の間、その場で屈伸運動をする。信号が青に変わると、また走り始めた。

今日は土曜日なので仕事が休みだ。予定のない休日の午前中は、必ずジョギングをすることにしている。以前はトレーニングジムに通っていたが、給与が六パーセントカットされたことを機に、ジムを辞めた。それから街中を走るようになったが、ランニングマシンの上を走るより、外を走った方がはるかに気持ちがよかった。平日の水泳と休日のジョギングは欠かすことのできないエクササイズだ。

腕に水滴が当たるのを感じ、比南子は空を見上げた。どんよりと曇《くも》っている。昨夜のニュースによると、台風は本州に接近しており、明日の昼過ぎには東海地方に上陸するという。予想進路図の示す暴風域にはこの兜市も含まれていた。雨脚は徐々に強まってくる。自宅のアパートまであと二キロほどだ。比南子は走るペースを速めた。まだ暴風域に入ったわけではないが、今日も局地的に大雨が降るだろうと昨夜のニュースで告げていた。この分だと週末は台風で潰れてしまうだろう。

十分ほど走り、自宅のアパートに辿り着いた。比南子の実家は兜市内にあるが、五年前に兄が結婚して実家に入ったのを機に、実家を出て一人暮らしを始めた。といっても週に二、三回は実家に戻って夕食を食べたりする。二歳になる甥っ子が可愛くて仕方がなく、ついつい玩具《おもちゃ》やお菓子を買い与えてしまう。

シャワーを浴びる前にスマートフォンを確認すると、着信があったことに気づいた。課長からだった。

嫌な予感がした。昨日、城島が言った言葉を思い出す。宍戸市長が大変なことになると城島は言っていた。

スマートフォンを耳に当てた。数回のコールのあと、課長の声が聞こえてくる。

「今西君、朝刊見たかい？」

「いえ」と比南子は返事に窮した。実は新聞をとっていない。市役所に行けば読めるからだ。「すみません、課長。今、ジョギングから帰ってきたばかりで」

「まあいい。すぐに役所に来てほしい」

「えっ？　今からですか？」

「そうだ。頼んだぞ」

いったい何が起こったというのだろうか。ネットで検索しようかと思ったが、急いだ方がいいと思って身支度を整えた。十分ほどでアパートを出て、車に乗り込んだ。雨脚はさきほどより強くなっていた。土曜日の午前中、しかも雨が降っているせいか、道は空いている。台風が接近しているので外出を控えている市民も多いのかもしれない。

市役所前の駐車場に車を停め、職員専用の通用口から庁舎内に入った。二階の執務室に向かうと、秘書課の職員が全員揃っていた。三台ある電話がすべて鳴っている。

「ご苦労様、今西君」と課長が声をかけてきたので、比南子は訊いた。

「課長、いったい何が……」

すると近くにいた職員がＡ４サイズの紙を寄越してきた。今日の朝刊をコピーしたもののようだ。そこには『兜市長、公費で海外旅行か』という文字が躍っている。〈駿河《するが》ニュース〉という地方紙だった。記事を読み進めると、宍戸市長は半年前の三月中旬、インドネシアのバリ島に旅行に行った際、往復の航空券や現地でのホテル代などを公費で支払ったというのだった。公費というのは、いわゆる市の予算のことで、つまり市長はプライベートな旅行に市民の血税を使用したことになる。

「今西君、あの日のことは憶えているだろ」

課長に訊かれ、比南子は答える。

「ええ、憶えてます」

市長がバリ島に行ったとされる日、比南子は課長とともに市長の東京出張に同行していた。宍戸市長は静岡県後期高齢者医療広域連合の議長を務めており、その全国会議に出席する市長に付き添っていたのだ。会議の終了後、宍戸市長は単身、成田空港に向かった。ちょうどその日は金曜日で、市長は翌週の火曜日まで休暇をとることになっており、旅行に行くとの話だった。翌週の水曜日、登庁した市長からバリ島土産のチョコレートをもらったことも憶えている。

「まさか旅費がうちの予算から出ていたとは思わなかった。すでに出納室の職員も来ている。確認したら間違いないそうだ」

「待ってください、私には憶えがありません」

市長が出張などで使った経費については、秘書課の経理担当である比南子が領収書や請求書などを管理し、出納室に提出することになっていた。航空券代やバリ島のホテルの支払いなどを財務システムで処理した記憶はない。

「すみません。それ、俺です」近くにいた男性職員が手を挙げた。「たしか今西さんが休みの日だったと思います。市長に言われたので書類を作って出納室に支払いをお願いしました」

三台の電話が鳴り続けている。おそらく新聞記事を見た市民からの苦情の電話だ。土曜日なので出る必要はないのだが、鳴り続けている電話を無視するのは気が重かった。

「今、市長はこっちに向かっているところだ。ほかにも部長級の幹部が数人、来る予定だ。対応策を協議するから、会議室の準備をしておこう」

課長がそう言って執務室から出ていった。あとを追うため、比南子は手に持っていたハンドバッグを自分のデスクの上に置いた。中から出したスマートフォンを確認すると一件のメールを受信していた。城島からだった。

『予言通りになっただろ？』

メールには短くそう記されていた。

「説明してください。なぜ公費でバリ島に行ったんですか？」

一時間後の午前十一時、市役所二階の会議室には十五人ほどの職員が集まっていた。比南子たち秘書課の職員五名以外は、副市長、部長などの幹部職員、それから広報部門の職員だった。

「本当のところを教えてくれないと対応ができませんよ」

副市長が代表して宍戸市長に質問していた。副市長は兜市職員ＯＢで、部長の各ポストを歴任したあと、定年退職後に副市長に就任した。四十年以上の実務経験があるので、職員からの信頼も篤い。兜市の舵とり役とも言われていた。

「さきほどから説明している通りです。私は公務のためにバリ島を訪れました。それ以上のことは申し上げられません」

「だから市長、それじゃあ市民が納得しませんって」

市長にスキャンダルが発覚した場合のマニュアルなどなく、誰もが困惑していた。幹部職員たちは押し黙り、市長と副市長のやりとりを注視している。

「そもそもバリ島に仕事なんてないでしょう。どう考えても観光目的と思われてしまいます。潔く非を認め、謝罪するのが得策だと思いますが」

「観光目的ではありません。公務です」

「だったらその公務の内容を説明してください」

「お話しできません」

もう無理だ。そう言いたげな顔つきで副市長が肩をすくめた。副市長の方が宍戸市長より年上だ。いつもは温厚だが、今日はどこか苛立っている。

「いずれにしても説明責任は果たさないといけませんね」

幹部職員の一人がそう発言すると、ほかの職員たちも次々と口を開いた。

「記者会見ということになりますね、これは」

「当然でしょうね」

「それにしてもいったい誰がこんな記事を……」

「内通者がいるのかもしれませんよ」

市役所内部から洩れた情報だと考えて間違いない。さきほど廊下で課長もそう言っていたが、比南子もその意見に同調した。公費の用途など、外部の人間にわかるはずがない。

残念なことに宍戸市長は多くの職員を敵に回している。そのうちの誰かが記者に情報を洩らしたとしか考えられなかった。公務員としてあるまじき行為だと思うが、今は犯人探しをするより、市民への説明が先だ。

「わかりました。来週の月曜日、記者会見を開きます。段取りは皆さんにお任せします」宍戸市長は立ち上がった。「休日のところ登庁していただき申し訳ありません。私は所用がありますので、今日はこれで失礼します」

「市長、お待ちください。まだお話が……」

副市長が引き留める声を無視して、宍戸市長は会議室から出ていってしまった。しばらく沈黙していた一同だったが、副市長が嘆くように言った。

「参ったな、これは。どうしたもんやら」

「本当ですよ。ただでさえ市役所に対する風当たりが強いのに」

「まあ記者会見で何を喋るか、拝見させてもらおうよ。原稿、秘書課で書くの？」

「勘弁してくださいよ。市長が自分で喋るんじゃないですか」

「それがいい。じゃあ、俺も帰るとするか。孫の面倒をみなきゃいけないんだよ」

「お孫さん、いくつ？」

「二歳。可愛くてたまらんよ。あれ？　部長のところの息子さんも結婚したんじゃなかったっけ」

「それが恥ずかしい話だけど、息子と嫁が喧嘩しちゃってね。嫁が実家に帰っちまったんだよ」

「どうせ息子が浮気したんだろ。血は争えないねえ」

部長クラスの幹部たちは、長年同じ職場で働いてきた同僚だ。市長がいなくなると途端に素の顔が現れる。幹部たちはそれぞれ会話を交わしながら会議室を出ていく。比南子は彼らを見送ってから、秘書課の職員とともに会議室の片づけをした。

これから記者会見の段取りをしなければならない。窓の外を見ると、大粒の横殴りの雨がガラスを叩いていた。

※

就職活動とは何だろうか。立花稜は最近そんなことを考えている。

いわゆるカイシャの正社員になるための活動のことだと、稜は漠然と思っている。正社員でなければ駄目なのだ。たとえばパートやアルバイトなら仕事はいくらでもあるし、それこそ街を歩いていると飲食店の壁には『パート募集』の貼り紙をたくさん見かける。しかし大学を卒業したからには、できるだけちゃんとした会社の正社員にならなければならないのだ。

稜が自宅のある東京都中野区のアパートに辿り着いたとき、午後五時を過ぎていた。築十五年の木造アパートで、家賃は五万五千円だ。駅から少し遠いが、日当たりがいいので気に入っている。

西新宿のタワービルでおこなわれた面接の感触は最悪で、おそらく採用はないと思われた。面接官に「最近一番楽しかったことは何ですか？」と問われ、稜の脳裏《のうり》に浮かんだのはここ数日ピエロと過ごした時間だった。正直に話しても信じてもらえないと思い、「映画鑑賞です」と答えた。すると面接官が興味を惹かれたように「へえ、私は大学時代に映画研究部に入っていたんですよ。どんな映画を見たんですか？」と質問が重ねられ、本当は映画など見ていないため、しどろもどろになってしまった。

稜はフローリングの上に寝そべり、天井を見上げる。やはり東京で就職活動を続ける方が無難なのかもしれない。会社の数も多いし、兜市よりも正社員になれる確率は高そうだ。

インターフォンが鳴った。同時に部屋の外から「宅配便です」という声が聞こえてきた。荷物を頼んだ覚えはないが、稜は立ち上がって玄関に向かい、ドアを開けた。

「こんにちは、立花君。勝手に帰らないでくださいよ」

そこに立っていたのはピエロだった。驚きで声も出ない。どうしてピエロがいるのだ。ここは兜市ではなく、東京なのだ。兜市から車だと二時間半、新幹線でも一時間以上かかる。

「へえ。なかなかいい部屋に住んでいますね」

ピエロは靴を脱ぎ、部屋の中に上がってくる。稜は何も言えず、ただ口を開けてピエロを眺めていることしかできなかった。ピエロは冷蔵庫を開けたり、ユニットバスを覗き込んだりしていた。

「ど、どうして」ようやく稜は声を発することができた。「なぜ東京に来たんですか？　なぜ僕がここに住んでるってわかったんですか？」

「履歴書に書いてありましたので」

たしかに初めてピエロに会った日に履歴書を渡していた。そこには実家の住所の下に中野の自宅アパートの住所も書いてあった。

「こんなところで時間を潰している場合ではありません。行きましょう、立花君」

ピエロが靴をはき、玄関から出ていった。わけがわからない。いきなり訪れるなんて非常識にもほどがある。もし僕が行かないと言ったら、ピエロはどうするのか。稜はその場にとどまることに決めた。しばらくするとピエロがドアの向こうから顔を覗かせた。

「どうしました？」

「僕は行きません」

「それは困りました。では一人で行くことにしましょう」

そう言ってピエロは姿を消した。何だか自分が悪いことをしている気分になってしまう。溜め息をつき、稜は靴をはいた。こうやって人の意見に流されるところがいけないのだ。

「待ってください」

ドアに鍵をかけ、廊下を歩いて階段を下りていくと、ピエロはすでに歩き始めていた。ピエロに追いつき、稜は訊いた。

「いったい何しに来たんですか？」

「仕事です」

わざわざ東京に来て何をするつもりなのだろうか。ピエロは稜の胸中など知らずに、悠然と中野の街を歩いている。通行人は物珍しげな視線をピエロに向けている。

「まさかその格好で電車に乗ってきたんですか？」

稜が訊くと、ピエロが胸を張って答えた。

「当たり前です。しかし正直参りました。乗客が無断でスマホを向けてくるんです。プライバシーも何もあったもんじゃありません」

自業自得だ。こんな格好をして電車に乗るのは、写真を撮ってくださいと宣言しているようなものだ。今頃、ピエロの姿は誰かのSNSにアップされているだろう。

「だからタクシーで行こうと思います。立花君、タクシーをお願いします」

言われるがまま、稜は通りに出て空車のタクシーを停めた。ピエロが先に乗り込み、稜もあとに続く。「ここに行ってください」とピエロが一枚の紙切れを運転手に手渡した。ピエロを見て、運転手は一瞬うろたえたような顔をしたが、すぐにタクシーを発進させた。

「どこに行くんですか?」

稜がそう訊いてもピエロは答えなかった。タクシーの窓から外を眺めている。東京の街並みが珍しいのだろうか。ピエロが何も語ろうとしないので、稜も黙って窓の外の景色を眺めていた。

十五分ほど走ったところでタクシーから降りた。電柱に貼られた街区表示から、ここが目白《めじろ》であることがわかった。ピエロは周囲を見渡してから、あるマンションに向かって歩き始めた。

「ここですね」

エントランスに書かれたマンション名を確認し、ピエロはうなずいた。オートロック式のマンションだ。ピエロはプッシュボタンで『701』と押した。しばらくして男の声がスピーカーから聞こえてくると、ピエロは稜の背中の後ろに隠れた。カメラに映るのを警戒しているのだろう。

「どちら様ですか？」

ピエロが稜の背後で言った。

「警察の者です」

「ご用件は？」

「事件のことで確認したいことがありまして」

しばらく待っていると、目の前のドアが開いた。ピエロは悠然と中に入っていく。なぜ警察を名乗ったら中に入ることができたのか。そもそもピエロは誰に会おうとしているのか。わからないことだらけだったが、ピエロといるときはいつもこうなので慣れてきた。稜は黙ってあとに従う。

エレベーターで七階に上がった。廊下の一番奥が七〇一号室だった。ピエロがインターフォンを押すと、すぐにドアが開いた。

ドアの向こうに立っていたのは二十代後半くらいの男だった。紺色のスウェットの上下を着ており、あごには無精髭が生えていた。男は目を見開いてピエロの顔を見つめている。

「中路《なかじ》聡史《さとし》さんですね？」

ピエロがそう訊いても男は答えない。いきなり目の前に出現したピエロに戸惑い、思考が麻痺《まひ》してしまったようだ。

「私はピエロです。あなたの願いごとを叶えにきました」


ピエロは勝手に靴を脱ぎ、部屋の中に上がり込んだ。表札を確認してみると、そこには間違いなく『中路』と書かれていた。「立花君、遠慮しないでいいですよ」とピエロに言われ、少しくらい遠慮した方がいいとは思ったが、稜も仕方なく靴を脱いだ。

「いい年した男が昼間から映画鑑賞ですか。優雅な生活ですね」

ピエロはそう言いながらソファの上に腰を下ろした。ピエロの視線の先にはデスクトップのパソコンがあり、そこには映画が映っている。

「待ってください。あなたたち、いったい何者なんですか？」

「ピエロです。こちらは助手の立花君。静岡県の兜市から来ました」

「け、警察呼びますよ」

中路という男がテーブルの上のスマートフォンを手にとった。しかしピエロは余裕の表情で言う。

「中路さん、私はドクターであるあなたに用があるんです」

「僕には用なんてないし、第一あなた方のことを知らない。帰ってください」

「裁判は始まりましたか？」

中路は答えなかった。ピエロが稜に説明した。

「いいですか、立花君。この中路聡史さんは先日山手線の車内で痴漢の容疑で捕まりました。まったく馬鹿なことをしたものです。ＯＬのお尻を触っただけで将来を棒に振ったわけですから」

「僕は触ってなんかいない」

「痴漢の常習者は大体そう言います」

「あんたたち、何者なんだよ。いいから帰ってくれっ」

稜は思い出した。先日、インターネットのニュースサイトに山手線の車内で痴漢をした医師が逮捕されたというニュースが載っていた。あの医師というのが、この中路なのか。

「まあそんなに熱くならないで。私たちはあなたにオファーを持ってきたんです」

「もういい」

そう言って中路はスマートフォンを操作し始めた。警察を呼ぶつもりなのか。しかしピエロは焦ることなく中路に言う。

「中路さん、兜市の病院で働いてみる気はありませんか？」

稜はピエロの真意を知った。医師を連れてきてほしい。あの藤井伶奈の願いごとを叶えようとしているのだ。

中路はスマートフォンから顔を上げ、ピエロに訊いた。

「いきなり何ですか」

「兜市はいいところです。空気も旨いし、水も美味しい。示談《じだん》交渉は始まりましたか？　自分の冤罪《えんざい》を晴らすために裁判でとことん戦うつもりなのですか？」

「質問に答える義理はありません」

中路の言葉を無視して、ピエロは話し続ける。

「痴漢の冤罪を晴らすのは難しい。弁護士も示談に応じることを勧めるはずです。どうせ示談金は高くて百万程度。弁護士費用が別途かかったとしても、医者のあなたには払えない金額ではないでしょう。でもね、中路さん。示談に応じるということは、痴漢をしたと認めるということです。違いますか？」

「だから僕はやってないんですって」

「世間はそうは見てくれません。痴漢をした医師というレッテルがあなたには付きまとうことになります。噂が広まるのは早いものです。あなたはどの病院に行っても痴漢医師という渾名を頂戴することになりますね」

「仕方ないだろ」中路は顔を真っ赤にして反論した。「示談に応じた方がいいと弁護士の先生に言われたんだ。本当は僕だって自分の無罪を証明したい」

「示談に応じるのは結構。弁護士の先生が言うのだから、あなたの無罪を証明するのは難しいのでしょう。それで、その先はどうするんですか？　ほとぼりが冷めるのを待ってどこかの病院に雇ってもらいますか？　いつになるでしょうね。あなたの噂を世間が完全に忘れ去るのは」

　中路は黙りこくってしまった。ピエロの言葉が的を射ている証拠だった。たとえ冤罪であると本人が主張しても、示談に応じてしまったら痴漢で捕まったという事実だけが残る。その噂が綺麗さっぱり消え失せるのは何年先になるのか、稜には見当がつかなかった。

「あなた、お医者さんですよね。ドクターですよね。子供の頃からたくさん勉強して、やっとお医者さんになったんでしょう。医者というのは患者を診てなんぼです。こんなところでこそこそ映画を観ているのは医者じゃありません。ただの負け犬です。ほら、外をご覧なさい」

稜もつられて窓の外を見た。東海地方に台風が接近していることはニュースで知っていたが、東京は晴れている。雲一つない夕空だ。

「天気がいいでしょう。あれこれ思い悩む暇があるのなら、一歩前に踏み出すべきです。一歩が難しいなら半歩でもいい。あなたの心は曇り空かもしれませんが、外は晴れているんですよ」

ピエロは上着のポケットから一枚の封筒を出し、それをテーブルの上に置いた。

「兜市は医者を必要としています。こちらと違って田舎だし、不便なこともあるかもしれません。でも患者が待っています。まずはお試し期間ということで、兜市に足を運んでみませんか？　その封筒には今夜の新幹線のチケットが入っています。よかったら来てください」

中路は何も言わず、壁にかけられた額縁を見つめていた。額縁の中には卒業証書のようなものが入っている。医大の卒業証書だろうか。

「給料のことは心配要りません。きちんと兜市が払ってくれるはずですから」

ピエロが立ち上がり、部屋から出ていった。稜は中路に会釈をしてから、ピエロのあとを追う。エレベーターの前でピエロに追いついて言った。

「あの人、来るんですか？」

「善く戦う者は、勝ち易きに勝つ者なり」

「孫子、ですか？」

「そうです。私は勝算のある戦《いくさ》しかしないのです」

※

インターフォンの音で今西比南子は目を覚ました。時計を見ると午後七時を過ぎたところだった。帰宅したのが夕方四時のことで、シャワーを浴びてソファで読書をしているうちに眠ってしまったらしい。読みかけの文庫本がお腹の上に載っている。

再びインターフォンが鳴ったので、比南子は立ち上がって玄関に向かった。ドアの向こうに声をかける。

「どちら様ですか？」

「兜警察署の者です。少しお話を聞かせてください」

ドアチェーンを外し、比南子はドアを開けた。外にはスーツを着た二人の男が立っていた。先日、市長のもとを訪ねてきた刑事たちだ。年配の方が下山という名前で、若い方の刑事は原田といったか。

「今西比南子さんですね。先日はどうも」

なぜ自宅を訪ねてきたのだろうか。事情を聞きたいなら市役所に来ればいいはずだ。下山という年配の刑事が言い訳するように言った。

「休日にすみません。市役所では話しにくいこともあるかと思いまして、ご自宅に伺いました」

「どういうご用件でしょう?」

比南子が訊くと、下山が答えた。原田という刑事は手帳を開いて、右手にペンを持っている。

「例の田沼殺害の件です。一応、秘書課の方々にはお話を聞いておこうと思いまして、足を運んだ次第です」

「何か進展があったんですか?」

「特にありません。目撃証言も少なく、宍戸市長のほかに容疑者はいません。ところで、村岡陽行さんという方をご存じですか? 去年兜市役所を懲戒免職になった元職員です」

城島にも村岡のことを訊かれた。昨日のことだ。警察まで村岡のことを調べているとはどういうことなのか。

「名前は知っている、という程度です。村岡さんがどうかしたんですか？」

「村岡さんは宍戸市長の後援会の事務員をしていました」

初耳だった。同時に疑問も覚える。宍戸市長は村岡を懲戒免職にした張本人だ。

「村岡さんですが、遺体が発見された日から行方がわかりません。我々は彼を捜しています。何か思い当たることがありましたら、兜署までご一報ください」

「わかりました」

「それと宍戸市長のことなんですが、秘書の今西さんから見て、どのような方ですか？　いつもああいう感じ――厳しいというか、とっつきにくい方なんでしょうか？」

比南子自身はさほどとっつきにくいと思っていないが、それは日常的に宍戸市長と接しているからだろう。市の職員の大半は市長に対していいイメージを抱いていないし、外部の者ではなおさらだ。

「そうですね。他人にもご自分にも厳しい方だと私は思っています」

「なるほど。我々にとっては市長というのは近寄り難い存在です。直接お会いしたのも先日の事情聴取が初めてでした。そんな市長が容疑者なんて、我々も困惑しているのです。まあそうは言っても」下山は咳払いして続けた。「たとえ市長であっても遠慮はしません。人が一人、亡くなっているんです。遺された家族のためにも犯人は必ず逮捕します」

殺された田沼貞義に対し、比南子はあまりいいイメージを抱いていない。しかしあんな男であってもその死を悲しんでいる妻子がいるのだった。当然と言えば当然だ。

「お役に立てず、申し訳ありません」

「いやいや。ではこれで失礼します」

サンダルをはき、玄関の外に出て二人の刑事を見送った。二人が階段を下りていくのを見届けてから、比南子は室内に戻った。

※

発車のアナウンスが告げられ、稜はピエロとともに新幹線の車内に乗り込んだ。土曜日の夜、しかも下りの新幹線のせいか、指定席の車内は空いている。

ピエロは窓際の席に座った。三人並びの席をピエロは予約していた。稜は通路側に座り、持っていた紙袋を真ん中の席に置いた。東京駅の売店で買ってきた弁当だ。一つ二千円もする特製焼肉弁当で、ピエロが奮発して買ったものだ。三人前入っている。

「来ませんでしたね」

稜がそう言うと、窓の外を見ながらピエロが言った。

「まだわかりません。品川駅から乗ってくる可能性もありますので」

例の中路という医者には、この便のチケットを渡しているらしい。さきほどは勝ち目があるようなことを言っていたピエロだったが、今は少し落ち込んでいるようだった。すでに新幹線は走り出している。

「ビールをください」

稜は紙袋から缶ビールを一本とり出してピエロに手渡した。ピエロはプルタブを開け、それを飲み始めた。自棄酒《やけざけ》といった感じの飲みっぷりで、すぐに缶ビールを空にしてしまう。

「でもまあ、あれですね」ピエロが前の座席の背もたれについたテーブルをセットしながら言う。「中路さんを責めることはできません。ずっと東京で暮らしていた医者が、いきなり見知らぬ土地に来てくれと誘われたのですから。心の準備というものが必要でしょう」

兜市はメジャーな町とは言い難い。特産品もなく、観光地もない。十年ほど前からカバディというスポーツで町興しをしているらしいが、効果がないことは素人の稜にもわかった。

「なぜ僕なんですか？」

稜は思わずピエロに訊いていた。なぜ自分がピエロの助手に選ばれたのか。前にも訊いたが、ほかに理由があるような気がしてならなかった。ピエロが不思議そうな顔をする。

「何のことですか？」

「僕を助手にしようと思った理由です」

「この前も言った通りです。あの場所で会ったのは何かの縁ですよ」

やはりそれだけなのか。稜は少し落胆した。三万円のバイト代で、わけのわからない慈善事業のようなものに付き合わされているだけなのだ。

「立花君。君は何者でもありません」

「はあ」

「たとえば私はピエロです。城島君は新聞記者で、あの中路という男は医者だし、伶奈さんは看護師です。君は何です？　まだ何者でもありません。そして自分が何者になりたいかもわからず、ただ就職活動をしているだけです。違いますか？」

当たっている。周りの大学四年生と同じように就職活動をしているだけで、どんな仕事をしたいのか、具体的なことは何も考えていない。

「私の助手をしていれば、いろんな人と会うことができます。たとえば以前の君だったら、痴漢の冤罪で悩む医者と会うことはなかったはずですし、おでんの屋台で看護師と話すこともなかったでしょう。人生とは出会いです」

理解できた。ピエロと行動をともにしていなければ、城島や藤井伶奈、さきほどの中路という医者とも一生会うことはなかっただろう。

「立花君は就職して何をしたいんでしょうか。お金を稼ぎたいんですか？　それともスキルを身につけたいんですか？」

「わかりません。ちなみにピエロさんはなぜ仕事をしているんですか？」

「私の場合、人々をハッピーにするためです。全世界の人口は七十六億人と言われていて、今も増え続けています。そのすべてを幸せにすることなど私には到底無理です。それならば私が出会った人々、私の手が届く範囲でいいので、できるだけ多くの人をハッピーにしたい。それが私が仕事をしている理由です」

車内アナウンスで品川駅に到着する旨が告げられた。「一応空けておきましょう」

とピエロに言われ、稜は真ん中の座席に置いてあった紙袋を荷物棚の上に載せた。

列車が品川駅の構内に入り、やがて停車した。稜たちの乗る十二号車に乗り込んできたのは五人ほどだ。自分のチケットと座席の表示番号を見ながら、それぞれ席についていく。中路の姿はない。

発車のベルが鳴り、新幹線が走り出した。ピエロが憮然とした顔つきで言った。

「ビールをください。それからお弁当も」

稜は荷物棚から紙袋を下ろし、中から缶ビールと弁当の箱を出して、ピエロに渡した。ピエロは缶ビールを一口飲んでから、弁当の紐を解く。

「美味しそうですよ。二千円もしたんですから、美味しくないわけがない。さあ立花君、食べましょう」

稜も缶ビールと弁当箱をテーブルの上に置いた。缶ビールを飲んでから、弁当箱を開けてみる。肉がぎっしりと詰まっていて美味しそうだ。

車内アナウンスが停車駅と停車時刻を告げていた。稜は箸を割り、弁当を食べる。旨かった。肉は柔らかいし、甘辛いタレも美味だ。弁当の域を超えている。かなり上等な肉を使っているようだ。

「すみません。ちょっといいですか？」

頭上で声が聞こえ、顔を上げると中路だった。

重そうなボストンバッグを持っている。さきほどのスウェット姿ではなく、きちんとスーツを着てネクタイも締めている。無精髭も綺麗に剃《そ》られていた。ピエロが素っ気ない口調で言った。

「来たんですか」

「ええ」と中路は答えた。「家にいても仕方ないし、話に乗ってみるのもいいかなと。勘違いしないでください。まだ兜市で医者をやるって決めたわけじゃありませんから」

「まあいいでしょう。お座りください」

稜は自分の弁当や缶ビールを持ち、テーブルを持ち上げた。中路がボストンバッグを荷物棚の上に載せてから、真ん中の席に座った。「立花君。中路さんに弁当を」とピエロに言われ、稜は紙袋から最後の弁当を出して中路に手渡した。

「ありがとうございます」

「美味しいですよ、この弁当」

飲み物がないことに稜は気づいた。缶ビールを三本買ってきたのだが、すでにピエロが一本飲み干してしまっており、残りの二本は稜とピエロの手元にある。こだまでは車内販売はおこなっていない。

ピエロもそれに気づいたのか、咳払いをしてから中路に言った。

「飲みかけですけど、飲みますか？」

「いえ、結構です」

「そうですか」

列車は徐々にスピードを上げていく。ピエロは焼肉弁当を頬ばっていた。その表情は明るかった。

※

比南子は兜市役所に向かっていた。土砂降《どしゃぶ》りでワイパーを高速にしないと前が見えない。日曜日の午後二時を回ったところだった。本来であれば道路が混み合う時間だが、道は空いている。

予報によると、台風十五号はそろそろ東海地方に上陸する。すでに静岡県全域に大雨洪水波浪警報が出されており、台風の暴風域に入っていた。最大風速二十メートルが予想され、明日朝までの雨量も三百ミリを超えるという。年に何度か兜市にも台風が接近するが、これほど大きな台風が勢力を保ったまま接近するのは近年ないようで、防災対応のために市長も市役所に来るという話だった。

駐車場に車を停め、職員専用の通用口に急ぐ。風が強く、横殴りの雨が降っている。手にした傘が役に立たなかった。庁舎内に入った比南子は、まずトイレに入って濡れた服をハンカチで拭き、それから階段で二階に上がった。

秘書課の執務室は無人だった。自分のデスクの引き出しを開け、中から防災関係のファイルをとり出してから市長室に向かう。すでに宍戸市長と数名の職員がソファに座ってミーティングを始めていた。比南子が市長室に入ると、秘書課長は小さくうなずいてきた。比南子も会釈をする。

「どのタイミングで避難準備情報を出すかを協議しなければなりませんね」

宍戸市長がそう言うと、その前に座る防災危機管理課長が答えた。

「資料にある通り、風水害による避難勧告等の対象となる災害は三種類で、河川洪水、暴風、土砂災害です」

テーブルの上に資料が余っているのが見えたので、比南子はその冊子を手にとった。防災危機管理課長が説明を続ける。

「現在市内を流れる河川を担当職員が巡回しておりますが、氾濫の恐れはないとのことです。浸水している家屋もなく、河川洪水については現時点で心配する必要がありません。暴風に関しては、避難指示の発令基準が最大瞬間風速で毎秒五十メートルの風が吹く場合と規定されているので、現在の風速では家屋への被害はないと予想されます。問題は土砂災害です」

比南子は手元の資料に目を走らせる。避難情報の警戒レベルは五段階に分かれていて、一と二については警戒レベルはそれほど高くなく、三以上のものについては高齢者等避難、避難指示、緊急安全確保の順に強制力が高まっていくとされていた。

「土砂災害については、気象庁から『土砂災害警戒情報』が発表された場合、避難指示等の発令をおこなう規定になっています。ただし避難指示の前段階である高齢者等避難に関しては、『我が市に大雨警報が発表され、土砂災害が発生する危険性が高まったとき』と規定されているだけです」

比南子は資料を確認した。『避難指示』は市民に避難行動の開始を促すことだ。その前段階である『高齢者等避難』は、高齢者や病人などの要配慮者に対して避難行動の開始を促し、それ以外の者はすぐに避難できる準備を整える指示だった。

「兜市内に『土砂災害警戒情報』が発表される確率は？」

宍戸市長に訊かれ、防災危機管理課長が答える。

「わかりません。ただし過去十年、同警戒情報が発表されたことはありません」

「仮に高齢者等避難を発令した場合、当市ではどのような態勢が敷かれるのでしょうか？」

「当市には合計四百弱の土砂災害危険箇所があり、その危険箇所を含む区域に対して発令することになります。市の総世帯数のおよそ三分の二、住民数は約十万人です。高齢者等避難が発令された場合、我々は小中学校、公民館など合計十二ヵ所に避難所を開設し、避難者の受け入れ態勢を整えます。市の職員には一斉メールを送信し、避難所開設の担当職員およそ百名がすぐに各避難所に向かう手はずになっています。そして市民が避難してきたらそのまま受け入れます」

「そうですか」

宍戸市長はそう言って、手元の資料に目を落とした。『高齢者等避難』の発令に関しては、市長の判断に委ねられている。

難しいところだった。避難情報を発令した場合、市内全域に同報無線が流れる。市民の不安を煽りかねないし、問い合わせの電話も多数あるかもしれない。被害がそれほど出なかった場合、勇み足だと批判される可能性もある。

ではは避難情報を出さない方がいいかといえば、一概にそうとは言い切れない。もし今後も雨量が増し、避難指示を出さなければいけない事態になった場合、要配慮者の避難が遅れることになってしまうのだ。

こういうとき、市長というのはいかに責任のある職務なのかと比南子は痛感させられる。

宍戸市長は目を瞑《つむ》っていた。ほかの職員は黙って市長の言葉を待っている。市長室は沈黙に包まれ、外の雨音が微《かす》かに聞こえてきた。

「わかりました」市長は目を開いて言った。「昨日から雨が降り続いており、地盤が弱まっていることも考えられます。十五時をもって、兜市内の土砂災害危険箇所を含む区域に対し、高齢者等避難を発令します。各自、準備にとりかかってください」

その言葉を聞き、ソファに座っていた職員たちが立ち上がり、市長室から足早に出ていった。防災危機管理課長が携帯電話を耳に当てながら、秘書課長に向かって告げた。

「一階の会議室に災害対策本部を設置する。課長、そちらの職員にも手伝ってもらいたいのですが」

「わかった。防災服に着替えてすぐに向かう」

比南子はその言葉を聞き、更衣室に向かって歩き始めた。今日は徹夜になるかもしれない。

午後六時。比南子は一階の会議室にいた。災害対策本部が設置された会議室で、無線やパソコンなどがテーブルの上に置かれていた。テレビも設置されていて、今はNHKの夕方のニュースが流れていた。現在、台風十五号は東海地方をすっぽり覆い、時速四十キロのスピードで北東に向かって進んでいる。

テレビではJR名古屋駅前の様子が映し出されており、東海道新幹線を含むJR線のほとんどが運行を見合わせているとのことだった。テレビの前には宍戸市長が座っており、腕を組んでテレビの中継に見入っている。

すでに市内にある十二ヵ所の避難所は開設され、現在のところ合計で三十人近くの市民が避難所に避難してきていると、さきほど報告が上がってきた。三十人という数字が多いのか、それとも少ないのか、専門外である比南子にはわからない。ただ高齢者等避難というのはあくまでも高齢者の避難を促すものであるが、実際に避難するかしないかは市民の自主的な判断に委ねられる。問い合わせの電話もあったが、それほど市民がパニックに陥っていないことは推測できた。

「今西君、交代で夕食をとろうか」

そう言って秘書課長が近づいてきた。日曜日、しかもこの天候のため出前や宅配の弁当を注文することはできなかったので、少し前に比南子は数名の職員と一緒に近くのコンビニエンスストアに買い出しに行き、おにぎりや菓子パン、カップ麺や飲料水などを買い込んできていた。

「まずは市長からだ。今西君、市長に……」

秘書課長がそう言いかけたとき、一人の男性職員が部屋に入ってきた。防災危機管理課の若手職員だった。彼はやや焦ったように言った。

「今、消防から連絡がありました。蟹沢地区の県道で倒木《とうぼく》が確認されたようです。一部の市民がとり残され、孤立した状態にあるようです」

蟹沢地区は市内最北部の地域だ。夏には釣りやキャンプなどを楽しむことができ、キャンプ場などのレジャー施設もある。

「孤立している市民は何名ですか？」

宍戸市長に訊かれ、若手職員は答える。

「十五名です。蟹沢地区のキャンプ場にいるようです。インドからの少年派遣団が五名、市内在住の小学生が七名、引率《いんそつ》の教師が三名とのことです」

友好姉妹都市である、インドのカプールワール市から派遣されている少年たちのことだ。両市の交流のため、少年派遣団一行は市内の小学校から選ばれた児童たちとキャンプをするのが恒例行事になっていた。市長が重ねて訊いた。

「彼らの状況を詳しく教えてください。どこに避難しているのか、食料はあるのか、詳細をお願いします」

「すみません、そこまではまだ……」

「すぐ情報収集にとりかかってください。少年派遣団を危険に晒《さら》すわけにはいきません」

「わ、わかりました」

若手職員は慌ただしく会議室から出ていった。宍戸市長が携帯電話をとり出して、どこかに電話をかけていた。しばらくして市長の押し殺した声が聞こえてくる。

「もしもし、宍戸です。今、私のもとに報告がありまして、子供たちが蟹沢のキャンプ場にとり残されているという話を聞きました。……ええ、そうです。昼にお電話したとき、キャンプは中止にして引き返すと聞いていたのですが、どうなっているのでしょうか」

丁寧な言葉遣いではあるが、言葉の端々から市長が珍しく苛立っている様子が伝わってきた。

「わからない？　わからないなら調べてください。いちいち指示をしないと動けないんですか。とにかくすぐ校長に確認してください。迅速にお願いします」

ほかの職員たちは情報収集などそれぞれの業務に追われているため、比南子のほかに市長の様子に気づいている者はいない。比南子は市長のもとに歩み寄り、思わず訊いた。

「市長、今のお電話ですが、もしかして……」

「私の息子も蟹沢地区にとり残されているようです」

宍戸市長には小学校六年生の息子がいる。子育てと仕事を両立できる町を作りたいというのは、市長の公約の一つでもあり、育児に追われる世代の支持を受けて市長選に当選した。

「昼に息子の通う小学校の教頭から連絡があり、キャンプは中止にして帰宅させるという報告を受けていました。まさかキャンプを続けていたとは」

インドの少年派遣団と一緒に市長の息子も蟹沢地区のキャンプ場にとり残されているということだ。市長には二重にショックだろう。自治体の首長として友好姉妹都市の派遣団の無事を優先しなければならないし、息子も心配でたまらないだろう。市長の表情はいつもとほとんど変わらない。が、少し青ざめているように比南子には見えた。

※

「それにしてもよく降るわねえ」

母が窓の外を見て言った。雨が止みそうな気配は全然ない。稜はテレビのニュースを眺めていた。隣には中路がいる。

昨夜遅く帰宅したのだが、駅前にあるホテルは満室だった。台風で足止めされた人たちが急遽《きゆうきよ》チェックインしたのが理由らしく、仕方ないので稜の自宅に中路を泊めることになったのだ。ちょうど今年から大学に入って上京した弟の部屋が余っていたので、中路にはそこに泊まってもらった。真面目そうに見えて意外に人懐こいところがあるようで、すでに中路はこの家に馴染んでいる。

「できたわよ。中路さんもどうぞ」

母の声に稜は立ち上がり、台所に向かった。中路も一緒についてきて、稜の前の席に腰を下ろした。夕飯はカレーライスだった。

「お口に合うかどうかわからないけど、お召し上がりになって」

「いただきます」

お客さんが来ているせいか、カレーに入っているのは豚肉ではなく牛肉だった。牛肉の入ったカレーなど、家では食べたことがない。

「ところで中路さん、やっぱりこの街でお医者さんをおやりになるの？」

母が興味津々といった顔つきで訊いてくる。何も言わないのもおかしいので、母にはそれとなく事情を話してある。もちろん、痴漢の冤罪で失職中であることは伏せている。

「どうでしょうかね。それは僕にもわかりません」

「でもお医者さんなんて立派よね。子供の頃からさぞかし勉強もおできになったんでしょう。うちの稜とは大違いだわ」

昨夜、寝る前に二時間ほど中路と語り合った。その多くは中路の医者という職業に対する思いと、痴漢の冤罪に遭って躓《つまず》いてしまったことへの不満だった。

中路は現在二十九歳で、大学病院で外科医として働いていたらしい。仕事と医療の勉強で寝る間もないほどだったが、充実していたという。それが通勤途中の山手線の車内で、いきなり「痴漢」と言われて右手を摑まれ、次の駅で降ろされたという。気がつくと駅構内の部屋に押し込まれて痴漢の犯人にされてしまった。

すぐに新聞沙汰となり、ネットにもとり上げられた。病院から解雇を言い渡され、弁護士からは裁判で争うより示談にした方がいいと勧められ、自宅で悶々《もんもん》と過ごしていたようだ。

中路は語っていた。

ピエロさんに言われて、見知らぬ土地で医者をやってみるのもいいかもしれないって思ったんだ。まだ決心はつかないけどね。東京に未練があるのも事実だけど、やっぱり医者ってのは患者と接していなきゃいけないと思うんだよ。

中路の話を聞いていて、羨ましいと稜は思った。そして昨日、新幹線の車内でピエロに言われたことを思い出した。

中路は医者だ。たとえ痴漢の冤罪に遭ったとしても、医者であることは変わらない。それに引き換え自分は何者でもない。ただの大学生だ。

自分が何者になろうとしているのか、何者になりたいのか。これまでの人生で考えたこともなかった。このまま漠然と就職活動を続けていいものなのか、そんな疑問を覚え始めていたが、いざ自分が何者になりたいかと考えても、答えは浮かんでこない。

「せっかく兜市に来たのに、こんな天気じゃどこにも行けないわね」

母がそう言うと、中路が訊いた。

「観光名所みたいなところがあるんですか？」

「ないわよ、そんなの。あ、これから兜市に住もうって人にこんなこと言っちゃ駄目ね。そうねえ、蟹沢って土地が北部にあるんだけど、すごくいいところよ。川ではヤマメが釣れるし、空気も美味しいしね。夏場は若い人たちがキャンプをしてるわ。実は私が主人と会ったのも蟹沢なの」

初耳だった。そんな話は聞いたことがなかった。そういえばこれまで友達をこの家に泊めたことなどない。息子が友人を連れてきたので母も少し舞い上がっているのかもしれない。

「ところで中路さんはスポーツをおやりになるの？」

「スポーツですか……。特にやらないですね」

「体を動かすことはいいことよ。カバディなんてどうかしら？」

「カバディ、ですか？」

「そうよ、カバディ。インドのスポーツよ。兜市ではカバディが盛んなの。市のスポーツ教室でもカバディがあるのよ」

「ちょっと待ってよ」たまらず稜は口を挟む。「普通の人はカバディなんて知らないし、最近は誰もカバディなんてやってないだろ」

「そうなの？　だって市のスポーツなのよ」

「そういう問題じゃないんだよ」

玄関の方で物音が聞こえ、しばらくして父がリビングに入ってきた。まるでシャワーを浴びてきたかのように全身濡れそぼっている。側溝が氾濫するといけないので、町内会の有志で土嚢《どのう》を側溝脇に積んできたようだ。

「いやあ、凄い雨だぞ。こんな大雨は久し振りだな」

父はそう言って風呂場の方に向かっていった。兜市では高齢者等避難という警報が発令されたらしいが、幸いにも稜の自宅は区域外だった。

カレーライスを食べ終えた。おかわりしようか迷っていると、テーブルの上に置いてあったスマートフォンが細かく震えた。開いてみるとピエロからのショートメールを受信していて、そこには『待機していてください』と短く記されている。

※

午後九時を過ぎていた。比南子は災害対策本部となっている兜市役所庁舎一階の会議室にいた。依然として蟹沢地区のキャンプ場には少年たちと教員計十五人がとり残されている。

一時間ほど前、消防と市の土木課の職員が倒木のあった県道に辿り着いたようだが、この雨では倒木の撤去作業は難しいとのことだった。雨に加えて強風の影響もあり、ヘリコプターを飛ばすことも困難のようだ。

宍戸市長は会議室中央の席に座ったまま動こうとしない。とり残された児童の中に市長の息子がいることは職員たちに知れ渡っていた。引率している教師とは携帯電話で連絡がとれるようで、今はバンガローにいるため風雨をしのげる状態にあり、十五人の中で体調を崩している者もいないのが幸いだった。

十五人がとり残されることになった経緯も明らかになっていた。派遣団や選ばれた市内の児童たち、引率の教師を乗せたマイクロバスは、スケジュール通りに今日の午前十一時に蟹沢地区のキャンプ場に到着した。しかし昼過ぎに教育委員会では派遣団のキャンプを中止することを決定し、引率している教師にその旨が伝えられた。同じ頃、キャンプ場を運営している会社も自主的に避難誘導を始め、キャンプ場の利用者たちの避難が始まった。派遣団たち一行のマイクロバスは駐車場の一番奥に停車していたため、ほかのキャンプ場利用者が先に避難を始め、派遣団一行は最後にキャンプ場を出た。そして運悪く倒木で県道が塞がれ、キャンプ場に引き返したという。

電話が鳴り、男性職員が受話器をとった。二言三言話してから、市長に向かって言う。

「市長、引率している先生からの電話です」

宍戸市長は立ち上がり、男性職員から受話器を受けとった。何やら話し始める。

「宍戸です。状況はどうですか？」

しばらく話してから、宍戸市長は受話器を置いた。それから周囲の者に聞かせるように言った。

「怪我人や病人はいませんが、食料がないようです。キャンプのための食材はあるようですが、屋外で火をおこすことは難しく、野菜などをかじっているようです」

それを聞いた一人の男性職員が冗談混じりに言った。

「まあ人間は一晩くらい何も食べなくても死にはしませんから」

宍戸市長はその言葉を完全に無視した。たしかにそうだ。ただ、台風で孤立してしまったという状況下で、野菜以外に口にできるものがないというのは辛いだろう。しかも多くの者が小学生で、インドから派遣されている少年もいるのだ。彼らは異国の地で台風に遭遇するなど思ってもいなかったはずだ。パニックに陥らなければいいのだけれど。

防災危機管理課長が前に出た。

「市長、ここは我々に任せて、少しお休みになってはどうでしょうか？」

ほかの幹部職員もそれに同調する。

「状況が変わり次第、すぐにご連絡いたします。それまで少しお休みになってください」

「災害対策本部長として、休むわけにはいきません」

「職員は交代で休憩に入ります。市長にも休んでもらわなければ、我々も気兼ねして休憩をとれません」

「そうですか」

市長は少し考え込むように下を向いて、それから顔を上げて言った。

「わかりました。では休憩をとることにします。何かあったら連絡をください」

宍戸市長が会議室から出ていったので、比南子もあとを追って会議室を出た。比南子に気づいたのか、宍戸市長が言った。

「今西さんも休んでください。体がもちませんよ」

「ありがとうございます。もしよければお食事などをお持ちしましょうか？」

「結構です」

とり残された児童の保護者たちは、キャンプ場からもっとも近い蟹沢地区の公民館で子供たちの帰りを待っているらしい。そこには不測の場合に備えて消防車や救急車も待機しているとの話だった。当然、宍戸市長の家族も蟹沢地区の公民館に行っているはずだが、やはり市長も親として、現地に駆けつけたい心境だろう。

二階の市長室の前に辿り着いた。比南子は宍戸市長に向かって言う。

「仮眠室もあります。そちらをお使いになりますか？」

「私はここで大丈夫です。ソファで横になりますから」

仮眠室は職員も利用する。職員に気を遣っているのだろう。市長は市長室のドアを開け、中に入っていった。比南子がその場から立ち去ろうとすると、市長がドアの隙間から顔を覗かせて言った。

「今西さん、私を呼ぶときは必ずドアをノックしてください。ソファで寝ている姿など見せたくありませんから」

「わかりました。そうします」

宍戸市長がドアを閉めるのを見て、比南子は廊下を歩き始める。課長に言って私も休憩させてもらおうか。市長が休んでいるのだから、秘書の私に出番はないだろう。

※

「前が見えませんね」

稜はワンボックスカーの助手席に座っていた。隣の運転席にはピエロが座っている。雨は弱まる気配がなく、大粒の雨がフロントガラスに打ちつけていた。風も強く、時折車体が揺れるような感覚がある。県道を走っている車はほかにない。

「それにしても中路君はとことん不運な男ですね」とピエロはハンドルを操りながら言う。「せっかく兜市に来たというのにこの雨です。もしかして雨男じゃないですか？」

後部座席に乗っている中路聡史が反論する。「雨男じゃありません。それよりまだですか？　本当にこの先にとり残された人たちがいるんですか？」

今から一時間前の午後十時、いきなりピエロから連絡があり、稜の自宅前にワンボックスカーが停車した。事情を聞くと、蟹沢地区に子供たちがとり残されているので救出に行くという。そんなのは消防とか警察の仕事じゃないかと稜は思ったが、無理矢理ワンボックスカーに乗せられてしまった。

不意に車が大きく揺れた。タイヤから振動が伝わってくる。どうやら県道から逸れた脇道に入ったようで、アスファルト舗装《ほそう》がされていないようだった。

「迂をもって直となす。孫子の言葉です」

ハンドルを握ったピエロが言った。周囲は森林だった。すっぽりと木々に覆われているせいか、さほど雨脚が強くはない。

「このあたりだと思ったんですが」

車が減速し、やがて完全に停車した。道は二手に分かれていて、片方には通行止めの柵が置かれていた。『危険、熊に注意』という看板も見えた。ピエロが車から降り、通行止めの柵をどかしてから、また車内に戻ってくる。

「五年ほど前に熊が頻繁に目撃されたので、この道は通行止めになったんです。地元の人間でも今では忘れている抜け道ですよ」

ピエロがそう言って車を発進させた。長年通行止めになっていたせいか、路面はさらに荒れている。細かい枝が時折フロントガラスに当たった。

「昔から蟹沢地区というのは渓流《けいりゅう》釣りにはもってこいの場所でした」ピエロが語り出す。「私も若い頃は釣りをしていたものです。だからこのあたりの林道は熟知しているんですよ。若い頃にはよくキャンプをしましたね」

林道に入ってくねくねとした道を十五分ほど走った頃、ようやく視界が開けてきた。日の前には傾斜地があり、段々状になっていた。その一番手前に数棟のバンガローのような家屋の影が見え、そのうちの一軒にほのかな明かりが灯っている。

「着きましたよ」

ピエロがそう言ってワンボックスカーを停めた。稜は助手席から降り、中路とともに後部座席に積み込んであった荷物を手にバンガローに向かった。たった五メートルほど走っただけなのに、全身が雨で濡れてしまう。車のエンジン音を聞きつけたのか、入り口には子供たちの姿が見えた。

「お待たせしました」

ピエロがそう言い、子供たちの頭を撫でていた。突然現れたピエロの姿に子供たちは驚き半分怖さ半分といった顔つきだった。引率の教師は三人おり、一番年配の教師が驚いたように言った。

「あ、あなた方はいったい……」

「助けに来ました。お腹減ってませんか？　食料を持ってきましたので」

稜は手に持っていたレジ袋を近くにいた男性に手渡した。中路も同じようにしていた。ここに来る途中、コンビニエンスストアに立ち寄って、おにぎりやお菓子や飲み物などを大量に買い込んできたのだ。

子供は全員で十二人いて、そのうち五人がインド人だった。とり残されたのがインドから派遣されてきた少年たちであることは、車中でピエロから聞かされていた。教師の手からおにぎりやお菓子をもらい、少年たちはその場で食べ始めていた。日本人とインド人に分かれて、それぞれが車座を作っている。インド人たちはおにぎりの食べ方がわからないらしく、チョコレートなどのお菓子を食べているだけだった。

すると日本人の少年の一人が立ち上がり、インドの少年たちの方に向かっていった。その少年は一人のインド人少年の肩を叩き、おにぎりの包装紙の剝がし方を教えていた。

「あれはシシドコウキ君です」

隣に立っていた若い男性教師が説明した。

「優秀なお子さんですよ。今回のキャンプでもリーダーを務めているんです。あの宍戸市長の息子さんです」

宍戸少年の話をインド人少年は真面目な顔つきで聞いている。すぐに理解したのか、おにぎりの包装紙を剝がしてみせ、今度は仲間たちにそれを説明していた。宍戸少年がピエロの顔をちらちらと見ていた。するとピエロが稜に言ってくる。

「私はちょっとマイクロバスの様子を見てきます」

ピエロがバンガローから出ていった。宍戸少年はインド人少年たちと一緒におにぎりを食べている。宍戸少年の隣には同じくらいの背の高さの少年がいた。教師が説明する。

「彼はアジャンダ君といって、インド人少年派遣団のリーダーです。彼もかなり優秀らしく、あの若さで来年からハイスクールに通うみたいです。いわゆる飛び級ですね」

すぐにインド人少年たちは全員がおにぎりの食べ方を覚え、笑みを浮かべておにぎりを食べていた。しばらくその様子を見守っていると、ピエロがドアから顔を覗かせて言った。

「マイクロバスのほかに動かせる車はありますか?」

答えたのは若い男性教師だった。

「あります。僕は先発隊として自家用車で来ているので」

「何人乗りですか?」

「七人、子供だったらもっと乗れます」

「上出来です」とピエロは手をパンと叩いた。「腹ごしらえが済んだら出発しましょう。多少揺れますが、問題ありません。ここで一晩明かすよりはいい」

「県道は倒木で通れませんよ」

「迂回することになりますが、通り抜けることはできます。実際に私たちはここに来たわけですから。先生たちは子供の荷物をまとめて車に乗せてください。できるだけ荷物は軽くするように」

「わ、わかりました」

三人の教師たちはバンガローの奥へと入っていく。ピエロという異質な存在に仕切られているわけだが、ピエロの口調は自信に満ちていて、不思議とリーダーシップがあった。状況が状況なだけに、助かるならば藁《わら》にもすがる思いなのだろう。

子供たちは無邪気におにぎりやお菓子を食べていた。日本人とインド人が一緒になって笑い合っている。

稜たちが乗ってきたワンボックスカーと引率の教師の自家用車の二台に分かれ、キャンプ場をあとにした。教師のミニバンには運転する教師のほかにもう一人の教師と日本人の子供が七人乗ることになり、ピエロの運転するワンボックスカーには初老の教師一人とインド人の少年五人が乗ることになった。二台ともかなり窮屈だが、贅沢を言っている場合ではない。

車が走り出すと、しばらく小降りだった雨が急に勢いをとり戻し、フロントガラスを雨粒が強く叩いた。視界も悪く、前を走るミニバンのテールランプも霞んでいた。ミニバンを運転する教師には道を教えてある。

「君たち、心配要りませんよ。絶対に助けます」

ピエロがハンドルを握りながら後部座席に座っている五人のインド人少年に声をかけるが、反応はまったくない。誰もが押し黙っている。

「日本語、わからないんじゃないですか？」

稜がそう言うとピエロが笑って答える。ピエロは口紅のせいでいつも笑って見えるのだが、だんだんとその表情を判別できるようになっていた。

「こういうのはニュアンスで伝わるものなんですよ、立花君」

車は山道に入っている。舗装されていないため、座席を通して路面の凹凸《おうとつ》が伝わってくる。歯を食い縛《しば》っていないとうっかり舌を嚙んでしまいそうなほどだ。

不意に車が停車した。ピエロがアクセルを踏むのだが、車は前に進まない。バックも試みたようだったが、車はそのまま動かなくなってしまう。

「立花君、見てきてください」

「は、はい」

ピエロに命じられ、稜は助手席のドアを開けた。途端に雨粒が顔を叩き、強風が車内に吹き込んでくる。稜は気合いを入れ、助手席から降りた。

すぐに全身濡れてしまう。それでも稜はワンボックスカーの背後に回り込み、しゃがんで観察した。左の後輪がぬかるみにすっぽり嵌《は》まってしまっていた。タイヤの三分の一ほどが泥土に埋もれてしまっている。

稜は運転席に向かう。ピエロが窓を開けたので、稜は叫ぶように言った。

「左の後輪です。完全にぬかるみに嵌まっています」

「そうですか」ピエロが風にかき消されまいと大声で言う。「立花君、車の運転はできますか？」

「すみません。ペーパードライバーです」

「牽引してもらいたかったのですが、気づかず行ってしまったようだ」

前を見ると、さっきまで前方を走っていたミニバンのテールランプは消え失せていた。ピエロは後部座席に座る中路たちと何やら話している様子だった。しばらくしてピエロと中路が車から降りてくる。ピエロが言う。

「先生がアクセルを踏むので、私たちは後ろから押しましょう」

引率の初老の教師が運転するらしい。三人で車の背後に回り、両手で車を押す。車輪は回っているのだが、車はまったく前に進まない。排気ガスが直接顔に当たるので、気持ちが悪くなるほどだった。

「行きます、もう一回」

ピエロの掛け声で再び車を押す。駄目だった。ピエロがバランスを崩したのか、片膝をついた。立ち上がったピエロはもう一度両手で車を押す。すでに全身濡れそぼっており、かつらのアフロヘアーもぐしゃぐしゃになってしまっているし、顔には泥がついている。車を押すピエロの姿を見て、稜は思った。なぜこの人はこんなに一生懸命になれるのだろう。家族でもない赤の他人を助けるために、なぜこうまで果敢になれるのだろうか。

「立花君、もっと力を込めてください」

「はい」

稜が車体に手を置いたとき、車の後部座席から降り立つ影が見えた。その体つきからしてインド人少年だとわかる。人影は素早い動きで木立の中に消えていく。隣で車を押していた中路もそれに気づいたらしく、声を張り上げた。

「君、どこに行くんだ？」

しかし中路の声は風雨にかき消されてしまう。いったん車から手を離したピエロが訊いてくる。

「誰か降りたんですか？」

「ええ。少年が森の方に走っていくのが見えました」

答えたのは中路だった。すでに少年の姿は見えない。この雨だし、一度道を外れてしまったら車まで戻ってくるのも難しそうだ。少年を捜すべきか、それともここで待つべきか、ピエロが悩んでいる様子が伝わってくる。

「立花君、子供を捜してきてください。この車のヘッドライトを見失わないように」

「わかりました」

稜は叫ぶように言い、車から離れた。周囲は鬱蒼《うっそう》とした森林だった。気温は低くはないのだが、全身が濡れているせいか、寒気を感じた。枝をかき分け、稜は木立の中に足を踏み入れる。せり出した木の根に足をとられぬよう、注意しながら前に進む。

十メートルほど進んだ頃、不意に小さな影が向こうからこちらに向かって歩いてくるのが見えた。インド人の少年だった。たしか名前はアジャンダ君といったか。インド人少年派遣団のリーダー格の男の子だ。

アジャンダ君は大きな板を胸に抱えていた。それは明らかに人工的に加工された板で、ベンチの背のようでもあるし、住宅の壁材のようでもある。いずれにしても不法投棄された板だろう。

稜を見て、アジャンダ君はうなずいた。彼の意図がわかったので、稜もうなずいて板の片側を持った。

木立を抜け、再び車に戻る。ヘッドライトに向かって二人で慎重に板を運ぶ。

の後輪の前に差し込もうとすると、まだ車は立ち往生したままだった。運んできた板を左の後輪の前に差し込もうとすると、それを見たピエロが言った。

「この少年のアイディアですね。ナイスです」

全員がずぶ濡れだった。衣類の繊維が雨を吸い、体が重い。ピエロのメイクだけはさほど崩れていないのが不思議だった。

稜は立ち上がり、ピエロの隣に立って車体に手を置いた。ピエロが「それっ」と叫ぶと、車のエンジン音が高まった。小さな腕が見え、隣を見るとアジャンダ君も懸命な顔をして車を押していた。

徐々に車が前に進む。さらに強く押していると、急に腕が軽くなるのを感じた。車が自力走行を始め、一気に前に進んだ。

「よし、脱出しましょう」

ピエロがそう言って近くにいた中路とハイタッチを交わす。稜は隣を見た。アジャンダ君は満足そうな笑みを浮かべている。額を流れる水滴は、雨なのか汗なのか判別がつかない。稜が右手を差し出すと、アジャンダ君はその小さい右手をはにかみながら差し出した。

※

深夜零時過ぎ。比南子は仮眠室を出て、市長室のある二階に向かった。さきほど蟹沢地区の公民館から連絡が入り、とり残されていた子供たちが引率の教師とともに自力で公民館まで辿り着いたというのだった。

全員が無事で、体力を消耗している者もいないらしい。すでに保護者と合流して、それぞれ帰宅の途についたようだ。その一報を市長の耳に入れようと、比南子は誰もいない廊下を歩いていた。二階はすべての執務室の電気が消えているため、廊下は暗い。

市長室の前で立ち止まる。「失礼します」と声をかけ、ドアをノックしてみたのだが、中から応答はなかった。

深夜零時を回っている。熟睡してしまったのだろうか。もう一度ドアをノックしてみたのだが、やはり応答はなかった。試しにドアノブを回そうとしたが、中から鍵がかけられているのかまったく動かない。

すでに知らせを受け、念のため一階の会議室に向かったのか。いや、鍵がかかっているということは、中に市長がいるのだ。

比南子は踵を返し、一階に下りてみることにした。一階の会議室には煌々《こうこう》と明かりが灯っており、数名の職員が無線でやりとりしていた。比南子はそのうちの一人に訊いた。

「市長、見ませんでしたか？」

「市長？　うーん、見てないなあ」

「そうですか。すみません」

比南子は会議室を出て、再び二階へと引き返した。「失礼します」ともう一度市長室のドアをノックしてみると、中から物音が聞こえ、しばらくしてドアが開いた。防災服を着た宍戸市長がそこには立っている。さきほどは熟睡していてノックの音に気がつかなかったのだろう。

「お休みのところ申し訳ありません。市長、息子さんたちが救出されたようです」

「そうですか。それはよかった」

その言葉とは裏腹に、市長の表情から安堵の色は窺えない。親として喜びを発散してもいいと思うが、いかなるときも冷静なのが宍戸市長という人だ。

「災害対策本部に向かいましょう」

市長とともに一階に下りた。市長がお出ましという情報が伝わったのか、さきほどより職員の数が増えている。

「蟹沢地区の状況を説明してください」

市長の声に反応し、防災危機管理課長が説明を始めた。

「さきほど蟹沢地区の公民館から連絡があり、キャンプ場にとり残されていた教師児童計十五名が公民館に辿り着いたとのことです。倒木で不通となっている県道を大きく迂回し、長年通行止めになっていた林道を通ってきたとのことです」

「わかりました。ほかには？」

「ええと、これは未確認の情報なんですが」と一人の若い男性職員が手を挙げた。「児童たちを救出して、公民館まで誘導したのは三名の男性とのことです。うち一人はピエロの扮装をしていた模様です」

会議室内がわずかにどよめく。比南子も皆と一緒に首を捻った。なぜピエロの扮装をしていたのか。そもそも児童たちの救出作業に当たるピエロの姿というものがうまく想像できなかった。市長が先を促した。

「それで、その方々はどこに？」

「公民館に児童たちを降ろしたあと、すぐに車で立ち去ってしまったようです。名前も言わなかったといいます」

「そうですか。ところで今の台風の状況は？」

答えたのは防災危機管理課長だった。

「はい。現在台風十五号は神奈川県を北東に進んでいます。勢力も弱まりつつあるようで、兜市も間もなく暴風域から抜けると予想されます。蟹沢地区の倒木以外には目立った被害は確認されていません。おそらく数時間以内に大雨洪水波浪警報も解除になるかと思われます」

「各避難所の状況は？」

「三十分前の報告では、避難していた市民は全員帰宅したとのことです」

「わかりました。大雨洪水波浪警報が解除され次第、災害対策本部を解散します。交代で休むなど各自体調に配慮のうえ、業務に励んでください」

宍戸市長は会議室を出ていった。比南子はその背中を追いかけて言う。

「市長、息子さんがお待ちだと思われます。いったんご自宅に戻られてはいかがでしようか？」

「まだ災害対策本部は設置されたままです。解散まではここに待機します。息子のことは家族と担任の先生に任せてありますので」

その場で市長の背中を見送っていると、肩を叩かれた。振り向くと秘書課長が立っている。

「今西君、君は帰っていい。あとは我々がやるよ」

「ですが……」

「いいんだよ。雨も小降りになったらしい。明日は市長の会見も控えていることだし、君には通常通り出勤してもらわなくてはならない。今日はもう帰っていいよ」

「わかりました。お気遣い感謝いたします」

比南子はそう言って頭を下げた。課長が立ち去るのを待ってから腕時計を見ると、時刻は深夜一時になろうとしていた。

※

「晴れてきましたね」

中路にそう言われ、空を見上げると雲の間から星がちらほらと見えていた。さきほど信号待ちをしているとき、「私は急いでいるので降りてください」とピエロに命じられ、稜は中路とともにワンボックスカーを降り、徒歩で自宅まで帰る途中だった。雨もやみ、もう傘も必要なかった。ついさきほどまで市内最北部の蟹沢地区にいたことが夢のようだった。

「ところでピエロさんって、どういう人なのかな？」

中路に訊かれ、稜は答えた。

「見たまんまの人ですよ。我がままで自分勝手で、意味不明な人です」

「そういう意味じゃなくて」中路が苦笑して続けた。「あの人の正体だよ。普段は何をしている人なんだろうね」

「わかりません。僕も正体が気になったので一度尾行をしてみたことがあるんですけど、失敗してしまいました。でも平日の昼間は活動していないみたいですね。僕が会うのは大体夜ですから」

「つまり平日は普通に仕事をしているってことか。凄いバイタリティだな」

たしかにそうだ。おそらくピエロの年齢は五十代くらいだろう。昼間にどんな仕事をしているか定かではないが、夜になってあそこまで精力的に活動するなど――屋台でビールを飲んでいるだけのこともあるが、とても理解できるものではない。

「昼間はどんな仕事をしている人なのかな？」

中路にそう話を振られ、稜は考えた。

「サービス業って言ってました」

「随分抽象的だなあ。僕は意外にお堅い仕事なんじゃないかって思うんだよ。銀行員とか」

「そうですかね」

たしかに言葉遣いは丁寧だし、物腰も柔らかい。しかし意外に自己中心的なところがあり、人使いが荒い。そういう部分を踏まえ、どこかの会社の社長ではないかと稜は思っていた。

「ビールでも飲まない？」

中路がそう言って前方を指でさした。そこにはコンビニエンスストアの看板が灯っている。「いいですね」と稜は応じて、二人で店内に入った。深夜のせいか、客は一人もいなかった。バイトらしき若者が欠伸《あくび》を嚙み殺していた。それぞれビールやスナック菓子などを買い、外に出た。

中路は店の前にある車止めに腰を下ろした。稜もその隣に座る。まだ路面は濡れているが、下着までずぶ濡れなので気にならない。昼間ならコンビニの前で座り込むなんて恥ずかしくてできないが、今は深夜で人通りもほとんどない。

缶を合わせてから、ビールを飲んだ。沁み入るような旨さだった。中路も同じことを感じたのか、しみじみとした口調で言った。

「いやあ旨いなあ。こんなに旨いビールを飲んだのは久し振りだな」

「やっぱり、人助けのあとのビールは格別ですね」

「いいこと言うね。俺たちさっきまで山奥にいたんだもんな。東京にいたらこんな経験できなかったよ、絶対」

この天候からして、すでに台風は過ぎ去ったものと思われた。やや風が強いが、雨はもう降っていない。

「東京の病院に勤めていたときは、お酒とか飲まなかったんですか？」

稜が訊くと、中路が答えた。

「ほとんど飲まなかった。医局の飲み会があったりしたけど、俺は下っ端だったから、そういうときは大体当直だったしね。夜勤明けでたまに一人で飲むこともあったけど」

「どうして中路さんは医者になったんですか？」

「そうだねえ。姉妹に聞こえたら悪いけど、俺の場合は頭がよかったから、かな。それほど勉強したわけじゃないけど、ずっと成績がよかったんだよ。できれば国公立の大学に行きたかったし、自分の成績に見合った大学を探したら、医学部しかなかったんだ」

そういう人もいるんだな、と稜は素直に感心した。

「でも後悔してないけどね」中路が缶ビールを一口飲んでから続けた。「たしかに医学部に入ったのは成り行きだけど、今では医師になってよかったと思ってるよ。オペが成功したときの達成感は格別だ。元気になっていく患者さんを見守るのはとても嬉しいしね」

こうしてコンビニエンスストアの前で座ってビールを飲んでいるが、やはりこの人はお医者さんなんだなと稜は思った。自分の仕事に誇りを持っていることが羨ましかった。

「中路さん、明日兜市中央病院に行ってみましょうよ」

「人手が足りないっていう、例の病院？」

「そうです。別に明日から働いてほしいってわけじゃなくて、ただの見学です」

「昨日からの付き合いの俺が言うのも何だけど、何か立花君、本当にピエロさんの助手なんだね」

「いや、別に……。だって家に居ても仕方がないし」

「わかったよ、了解だ。じゃあそろそろ行こうか」

そう言って中路が立ち上がったので、稜も缶ビールを飲み干して腰を上げた。さきほど助けた子供たちの姿が脳裏をよぎった。楽しそうな顔をして、みんなでおにぎりを食べていた。そんなことを考えると自然と頰が緩んだ。

※

月曜日の午前九時、兜市役所の二階にある会議室で宍戸市長の緊急記者会見が始まった。比南子は記者会見の様子を会議室の後方から見守っていた。

会議室に集まった報道陣の数は二十人ほどだった。毎月おこなわれる定例記者会見に集まる記者は十人程度なので、かなり多い。

時計の針が九時を回ったのを見て、宍戸市長が席を立つ。市や県のマスコットキャラが描かれた屛風《びょうぶ》の前に立ち、宍戸市長がスタンドマイクに向かって話し出した。

「皆さん、本日はお集まりいただき、誠にありがとうございます。市長の宍戸です。

先週の土曜日、一部報道において私の公費旅行疑惑が報じられました。市民の皆様にご心配をおかけしていることをお詫び申し上げたいと思い、今日のこの場を用意させていただきました」

そこまで話して宍戸市長は深く頭を下げた。昨日——というより正確に言えば今日だが、宍戸市長が帰宅したのは災害対策本部が解散となった午前五時過ぎのことらしい。おそらくほとんど眠っていないだろう。しかしその表情から疲れは感じられなかった。

「半年前の三月中旬、私がインドネシアのバリ島に行ったことは間違いございません。報道機関のご指摘の通り、旅行代等は公費、つまり市民の皆様の税金から支出されていることも間違いありません。ただし、バリ島に行ったのはあくまでも公務です。どのような公務か、現時点でその詳細をお話しすることはできません」

「ちょっといいですか？」

記者の一人が手を挙げた。〈兜市ニュース〉というローカル紙の記者で、偏屈なことで有名だった。今日もジーンズにTシャツという、およそ記者会見の場に相応《ふさわ》しくない服装でパイプ椅子に座って足を組んでいる。

「質疑応答はのちほどまとめて……」

そう言いかけた司会の言葉を制して、宍戸市長が言う。

「どうぞ。質問してください」

「ええと」〈兜市ニュース〉の記者が座ったまま言った。「バリ島ですよね、リゾート地のバリ島。市長がバリ島に公務って、いったい何なんですか？　現時点で詳細は説明できない？　馬鹿言っちゃいけないよ。そんなんで市民が納得すると思っているんですか？」

市長はその質問に答えた。

「市民の皆様に納得していただくには、時間が必要かと考えております。いずれお話しできるタイミングが来るかと思っております。それまでは私のことを信じていただけたら」

「なぜなんですか？　公務で行ったのなら、それがどんな公務だったのか、説明できるんじゃないですか？」

「一言で申し上げまして、政治的判断とさせていただくよりございません」

「政治的判断ってどういうことですか？　バリ島と兜市が関係する政治的何かがあるってことですか？　バリ島と兜市の間に接点があるなんて、少なくとも私は知らないよ」

たしかに宍戸市長の釈明は腑に落ちないし、いつもの市長らしくない。過去二年間、市長の言動を目にしてきたが、これほど歯切れの悪い説明は初めてだった。ほかの記者たちも一斉に口を開く。

「そうですって。バリ島に公務で行ったなんて、誰も信じません」

「本当にそうおっしゃるなら、せめて公務の内容を明らかにしてくれないと。こっちだって記事にしないといけないんだから」

「説明しないとは言っておりません」宍戸市長が記者たちに向かって言った。「お時間をください。そう申し上げているのです。非常にデリケートな問題ですので、現時点で口にすることができないのです」

普段の定例記者会見には関係部署の職員しか来ないのだが、今日は数人の職員が会議室の後方で市長の記者会見を見守っていた。それほど市役所内でも関心を集めているのだろう。

「だからどうデリケートなんですか？　そのあたりをはっきり語ってください」

「同意見。市長、プライベートで行ったと認めた方がいいですよ」

記者たちの追及は止まらなかった。口ぐちに発言するので、場は混乱の様相を呈してきた。司会をしている広報の担当職員がマイクを使って言った。

「本日のところはこれにて記者会見を終了します。市長のスケジュールを調整して、またこうした場を設けたいと考えております」

宍戸市長は記者たちに向かって深く頭を下げてから、会議室から退出していった。納得がいかないのか、記者たちは立ち上がって市長の背中に向かって言う。

「こんな記者会見じゃ市民は納得しませんよ」

「待ってください。逃げるってことですか」

これほど荒れた記者会見は見たことがない。比南子も課長らと一緒に会議室をあとにした。廊下を歩き始めると、近くを歩いていた同僚の男性職員が言う。

「いやあ、マズイっすね。あの会見じゃ記者たちが黙っていませんよ」

「そうだな。言い訳としては苦しい。明日からは九月の議会が始まるしな。議員たちが騒がなければいいんだが」

課長がそう言うと、男性職員が続けて言う。

「本当ですね。しかも田沼後援会長を殺害した犯人もまだ捕まっていません。課長のところにも警察来ました？」

「ああ。君のところにも来たのか？」

「ええ。土曜日に来ました。市長のことをいろいろ聞かれました。警察は本気で市長を疑っているんですかね」

明日の午前九時三十分からは九月議会の本会議が始まる。初日はいくつかの議案を審議し、翌日からは一般質問がおこなわれる予定になっていた。現在のところ、各議員の一般質問の内容には市長の公費旅行問題は含まれていない。しかしここまで問題が大きくなってしまった以上、何かしらの方法で議員から質問を受けるだろう。

秘書課の執務室に戻った。ちょうど電話が鳴り始めたので、比南子は受話器をとった。市長室からの電話だ。

「はい、今西でございます」

壁にかけてあるホワイトボードのスケジュールに目を向ける。来客の予定は入っていないはずだ。電話の向こうで市長が言った。

「お茶をお願いできますか？　二人分です。今から二本松《にほんまつ》議員がお見えになるようです」

※

駅前のコンビニエンスストアの前に立花稜は立っていた。今日は中路を連れて病院見学をしようと思っていたのだが、出かける間際になってスマートフォンが鳴り、記者の城島に呼び出されたのだ。事件のことが気になったし、城島と行動すれば新聞記者という仕事を間近で見られるいい機会になると思った。中路は一人で市内見学をすると言っていた。昨日までの荒れた天気が嘘のように空は晴天だった。

目の前に白い軽自動車が停まった。運転席に城島が座っているのが見えたので、稜は軽自動車に近づいて助手席のドアを開けた。「乗って」と短く言われたので、稜は助手席に乗り込んだ。すぐに軽自動車は出発する。

「どういうご用件ですか？」

稜がそう訊くと、城島が前を見たまま答えた。

「村岡の件だよ。俺はずっと村岡を追っているんだ。週末は台風で動けなかったけどね」

市役所を懲戒免職になった元職員のことだ。殺された田沼のところで事務員をしていたらしい。

「警察も村岡の行方を追っているみたいだ。村岡が立ち寄りそうなところは警察も見張ってる」

「で、どうするんですか？」

「村岡は独身だ。実家に帰るとは考えづらいし、生まれてからずっと兜市だから、別の土地に逃げるとも思えない。俺が目をつけたのは、村岡が付き合ってた女だ」

城島は村岡が草野球のチームに入っていたことを聞き出し、チームメイトに聞き込みをしたようだった。親しくしていた友人や、過去に付き合っていた女性など、彼の交友関係を徹底的に洗ったらしい。

「あまり女には縁のない男のようでね、だが一人、少し引っかかる女がいた。手島優《てしまゆう》子《こ》という女だ」

五年ほど前まで手島優子は村岡が所属するパンサーズという草野球チームのマネージャーをしていた。村岡と手島優子は比較的仲がよく、チームメイトの間では二人が付き合っているのではないかという憶測も流れたらしい。しかしそんな噂が流れ始めた途端、手島優子はマネージャーを辞めてしまった。

「二人は結婚するんじゃないかと思っていたチームメイトもいたみたいだ」

そう言いながら、城島は車を路肩に停めた。何の変哲もない商店街の一角だ。兜市の商店街は大手のショッピングモールに客を奪われ、半分ほどの店がシャッターを下ろしてしまっている。

「そろそろだな」

城島がそう言ったとき、その視線の先に一台のバスが停まった。大型のバスではなく、小型のマイクロバスだった。バスから数人が降りるのが見えた。

「あれは郊外にある惣菜製造工場のバスだ。三交代らしくて、ああやって工場に勤めるパートの女性たちを送迎してる。見えるかい？　あの白いシャツにジーンズの女性が手島優子だ」

城島の視線の先に一人の女性が立っていた。日傘をさし、バスから離れていく。城島が軽自動車を発進させた。

「まだ警察も彼女のことは知らないようだ。少し張ってみようと思うんだよ。一人より二人。そう思って立花君を呼んだってわけ」

城島は信号を左折し、商店街の裏手へと車を進めた。しばらくして再び路肩で停車する。ちょうどさきほどの女性が向こうから歩いてきて、一軒のアパートに入っていった。

「あそこが彼女の自宅だ。二階の真ん中あたりが彼女の部屋だ。彼女の動きをここで見張ろう」

「彼女は今でも村岡と付き合いがあると城島さんは思っているんですね」

「それはわからない。でも見張ってみる価値はあると思うぜ。警察も村岡の居場所を特定できてないんだからね。立花君、ちょっと見張りをお願いできるかな」

　そう言って城島は後部座席から薄型のノートパソコンをとり、膝の上で広げた。記事を書くつもりなのかもしれない。稜はアパートに目を向けた。

　何の変哲もない木造モルタル壁のアパートだった。稜が東京で住んでいるアパートと似ている。眺めていても風景に変化がなく、とても退屈だ。寂《さび》れた商店街の裏手にあるため、人通りもほとんどない。

「そうだ。そろそろ昼だな」

　しばらく見張りを続けていると、ノートパソコンのキーボードを叩きながら城島が言った。時刻は午前十一時になろうとしていた。

「少し早いが、今のうちに食べておこうか。いつ彼女が外出するかわからないしね」

城島がスーツのポケットから財布を出し、一万円札を出した。それを稜に渡しながら言う。「これで弁当でも買ってきてくれ。そこの角を曲がって少し行ったところに弁当屋があったはずだ」

「わかりました」

　紙幣を手に軽自動車から降りた。手島優子が住むアパートの前を通り過ぎ、角を曲がる。五十メートルほど歩いたところに弁当屋の看板が見えた。チェーン店ではなく、個人経営のこぢんまりした店だ。人気のある店らしく、主婦やＯＬ風の女性たちが並んでいた。

店の壁にメニューが表示されていたので、それを眺めながら列の一番最後に並ぶ。唐揚げ弁当にするか、それともハンバーグ弁当にするか、悩みどころだ。背後から自転車の鈴の音が聞こえたので、稜は少し内側に入って自転車をよけた。その自転車に乗っている女性の姿を見て、稜は思わず目を見開いた。

さきほどの女性だ。ワンピースに着替えている。稜は上着のポケットからスマートフォンをとり出して、着信履歴の一番上の番号に電話をかける。すぐに繋がった。

「城島さん、大変です」

「どうかした？」

稜は弁当屋の列を離れ、走り出した。まだ彼女の自転車は通りを走っている。

「彼女です。手島さんが自転車に乗っています。弁当屋の前です」

「何だって？　アパートに裏口があったってことか。立花君、見失うんじゃないぞ。今から俺も向かう」

「わ、わかりました」

彼女の自転車が角を曲がるのが見えたので、稜は走る速度を上げた。息が上がっている。走るのなんて久し振りだ。

※

「失礼します」

ドアをノックしてから、比南子は市長室のドアを開けた。応接セットのソファに宍戸市長と白髪の老人が座っている。比南子は前に出て、老人から先にお茶を出した。

「ありがとう」

老人はそう言って頭を下げた。この老人は二本松信輔《しんすけ》という市会議員で、長老と呼ばれている。すでに在職期間は三十年を超え、比南子が生まれた頃から市会議員の座にいるベテラン議員だ。

「それで市長」二本松議員が湯吞みをとりながら話し出す。「さっき記者から連絡があったが、酷《ひど》い会見だったらしいじゃないか。いったいどういう理由でバリ島に行ったのか、私に教えてほしいのだが」

「申し訳ございません。二本松議員であっても、この件に関してはお話しすることはできません」

宍戸市長がその場で頭を下げた。二本松議員は今年で七十五歳になり、宍戸市長とは親子くらい年が離れているが、二本松議員は非常に若く見える。六十代といっても通用しそうな若さで、血色もいいし声にも張りがある。

「うちの会派の若い連中は君をとことん追及する気でいるぞ。もし私に話してくれれば、うまく調整できるかもしれない。君だってまだ二年も任期が残っているんだ。ここで議会を敵に回したら、今後が大変だぞ」

二本松議員は温厚そうな顔をしているが、目つきだけは鋭かった。

もう三十年以上市会議員をしているだけのことはあり、彼の影響力は絶大だ。歴代市長も二本松議員にだけは頭が上がらなかったという。

「近々詳しいご説明をさせていただきたいと思っております。二本松議員、それまでお待ちください」

「強情だな、市長」

「政治的な配慮が必要なんです。ところで議員、おいくつになられました？」

「私か？　私は今年で七十五歳だ」

「精力的でいらっしゃいますね。頭が下がります。前々から考えていたのですが、議員にも定年制度というのがあってもよいかと思います。長年にわたって議員を務めることは素晴らしいことですが、それによる弊害もあるかと思うのです。たとえば癒着《ゆちゃく》であったり、若き政治家の妨げになったり」

国会議員から市会議員に至るまで、日本では議員に定年という概念がない。議員というのは選挙によって有権者の票を勝ちとって議員になるため、それを定年という理由で辞めさせてしまえば民主主義に反するとも言われている。若かろうが、老いていようが、選挙に勝った者が議員になるのであり、高齢で政治家としての職務を全《まっと》うできるかできないかの判断は、有権者がするわけだ。

「何を言ってる？　私が癒着しているとでも言いたいのか？」

「そうではありません。私の個人的な考えを申し上げているだけです」

「ふざけるな。私は市民の信を得ているんだ。選挙というのはそういうものだ」

何だか不穏な空気になってきたので、比南子は市長室から出ようとした。しかしそれより先に二本松議員が立ち上がる。

「不愉快だ。私に逆らったことを後悔するぞ」

二本松議員は憮然とした表情で市長を見下ろしていた。その目つきは鋭かった。一方の宍戸市長は口元に穏やかな笑みを浮かべたまま言う。

「それは脅しと考えてよろしいですか？　議員」

二本松議員は何も答えず、市長室から出ていった。宍戸市長はソファから立ち上がり、自分のデスクに戻っていく。

「市長、二本松議員は随分お怒りのようでしたが、大丈夫でしょうか?」

「自分に逆らう者などいないと彼は思っているんです。たまには歯向かうのもいいかと思いましてね」

涼しい顔で宍戸市長が言った。

※

稜の乗った軽自動車は郊外にあるアパートの駐車場に停まっている。手島優子はスーパーマーケットで買い物をしたあと、このアパートの三階の一室に入っていった。今から一時間前のことだ。時刻は午後一時になろうとしていた。

「何してるんですかね?」

稜がそう訊くと、運転席の城島が煙草を吸いながら言った。

「決まってるだろ。男と女だぜ」

このアパートに村岡陽行が潜伏していると城島は確信しているらしい。問題はどうやって村岡と接触するかだった。いきなりインターフォンを押しても中に入れてくれるとは思えなかった。

「ピエロさんがいたら、どうにかしてくれると思うんだけどな」

城島がつぶやくように言う。たしかにピエロがいれば、あの常識外れの行動力で状況を打破してくれるように思う。しかし今、ピエロはいない。

「立花君って、就職活動の最中なんだろ。どんな企業に入ろうと思ってるんだい？」

軽い世間話のようなノリで城島が訊いてくる。こうして見張っているだけなのも退屈なので、暇潰しのつもりかもしれない。

「最初はゲーム業界に就職できればいいなと思ってました。でもすぐに現実の壁にぶつかっちゃって……。今は地元の企業を中心に就活してます」

「ふーん、そうか。俺の時代と違って就活も大変みたいだね。お父さんは何やってるの？」

「小さな製作所を経営してます。最近は不況みたいですけどね」

「へえ。代々やってるの」

「ええ。ただ、父は婿《むこ》養子なんですよ。父方の祖父は警察官だったみたいですけど」

「そうなんだ、警察官ねえ」

「もう死んじゃいましたけどね」

祖父は兜市の交番勤務一筋だったという。十年ほど前、稜が小学生の頃に癌で他界しており、強面《こわもて》の人たちが葬式に集まったことを憶えている。

「でも立花君、ピエロさんって勇気があると思わない？」

不意に城島がそう言ったので、稜は訊き返した。「どういうことですか？」

「だって立花君、あんな格好して街の中を歩くなんて芸当は俺には無理だね。恥ずかしくてたまらないよ」

城島は運転席のシートに深くもたれた。稜は試しに訊いてみることにした。昨日、中路にも訊いた質問だ。

「城島さんはなぜ新聞記者になったんですか？」

「ん？　立花君、記者になりたいのかい？」

「そういうわけじゃないですけど、就職活動の参考になるかと思って」

「俺の家、子供の頃から貧乏だったんだよ」城島は淡々とした調子で語り出した。「三歳の頃に親父が蒸発しちまってね。俺は母親に育てられたんだ。でも母親は体が弱くて、仕事が長続きしなかった。生活保護を行ったり来たりの生活だった」

隙間風が吹き込む木造アパートに住んでいたという。城島の母はスーパーマーケットのレジ打ちなどをしながら、家計を支えていたらしい。

「小学校のときに国語の授業で習字があっただろ。墨とか筆とかの習字道具は先生が貸してくれたんだけど、習字をするときに下に新聞紙とかを敷くじゃん。うちは新聞なんてとってなかったから、困ったんだよ」

小学生だった城島は廃品回収の新聞紙を抜きとり、学校に持っていったらしい。

「新聞って憧れだったんだよ、俺にとって。いつしか新聞を書く人にも憧れるようになっていったんだ。それがきっかけかな」

稜にとっては想像できない話だった。どのようにして城島は新聞も買えないほどの生活から抜け出したのだろうか。稜の疑問を察したのか、城島が続けて言った。

「中学生に上がった頃、ある人に出会ってね。その人が学費の面倒もみてくれたし、奨学金の手続きも全部してくれた。お陰で俺は大学まで進学して、念願の新聞記者になれたんだ」

「どういう人なんですか？」

「父親みたいなものかな」

城島の母の再婚相手といったところだろうか。いずれにしても波乱万丈とも言える人生だ。自分がいかに恵まれていたか、それを痛感させられる。

「人との出会いってやつは大事だぜ。もしかすると立花君もピエロさんとの出会いが何かのきっかけになるかもしれない」

人と出会うことの重要性。ピエロも同じようなことを話していた。思えばここ最近の自分は出会いの連続だ。企業の説明会に行っても出会いはある。企業の担当者や、同じ就活生と会うことはある。しかしピエロと付き合い出して出会った人々は、少し違う気がする。縁、のようなものだろうか。

「おっ、出てきたよ」

城島の声に稜はアパートの方に目を向ける。例の手島優子という女性が階段を降りてくるのが見えた。彼女は自転車にまたがって去っていった。

「さて、行こうか」

彼女の自転車が視界から消えるのを待ち、城島が運転席から降りていった。慌てて稜も降りる。

「待ってください。中に村岡がいるとは限らないじゃないですか。それにどの部屋なのかもわからないし」

アパートは外階段なので、彼女が三階まで上ったことはわかっているのだが、どの部屋に入っていったかはわからない。すると城島が肩をすくめて言った。

「仕方ないだろ。警察より先に村岡と接触しなければならないんだ。それがピエロさんからの指令だからね」

城島はピエロに心酔しているようだ。あんな無鉄砲で意味不明な人物でも、それなりに人望があるらしい。城島がアパートに向かって歩き始めていたので、稜も慌てて彼を追う。

階段を上って三階に辿り着いた。城島は全部で五つのドアを丹念に眺めたあと、三つ目のドア、三〇三号室の前で立ち止まった。

「この部屋だけ表札がついていない。多分ここだ」

城島がそう言っていきなりインターフォンを押した。しかし中から反応はない。城島はドアをノックしてから声を張り上げた。

「すみません。管理人です。ちょっといいですか」

しばらく待っていると、ドアの向こうでロックが解除される音が聞こえた。ドアが開き、無精髭を生やした四十前後の男が姿を現す。

「何か用ですか？」

「すみません。失礼しますね」

城島が強引にドアの内側に体を入れた。男が慌てた口調で言う。

「おい、勝手に入ってくるな」

「村岡陽行さん、少しお話を聞かせてください」

「あ、あんたら、何者だ？」

村岡本人で間違いないらしい。城島が涼しげな顔で答えた。

「僕は新聞社の者です。あなたの証言を記事にさせてもらいたくて、お邪魔しました。協力していただけませんか」

「何のことだ。俺は何も知らないって」

「あなたは殺された田沼氏の後援会事務所で働いていましたね。そのあたりのことは調べがついてるんです」

「だから何も知らない。警察呼ぶぞ。不法侵入じゃないか」

村岡は白を切るが、目が泳いでいた。「仕方ないな」と城島は肩をすくめてから、一歩前に出た。

「どうぞどうぞ。警察を呼んでください」

村岡はテーブルの上に目を走らせた。そこにはスマートフォンが置いてある。しかし村岡はそれを手にとろうとしなかった。

「警察を呼ばれて困るのはあなたの方ですよね、村岡さん。僕たちはあなたを救いにきたんです。それをわかっていただきたい」

城島は勝手に靴を脱ぎ、中に上がり込んだ。村岡が警察に通報することはないと確信しているようだ。稜も恐る恐る靴を脱いだ。一歩間違えれば犯罪だ。

「入ってくるんじゃない。勘弁してくれよ。何なんだよ、あんたら」

村岡は半分泣き顔になっていた。少し可哀想な気持ちになってくる。この人は人を殺せるようなタイプではない。おそらく事件に巻き込まれて困っているのだろう。

不意に城島が上着のポケットからスマートフォンを出し、耳に当てて喋り始める。

「はい、城島です……今からですか？　それは勘弁してください。取り込み中なんです……ほかに人はいないんですか。結構な特ダネをとれそうなんです。……そうですか、そこまで言うなら仕方ないですけど、はい、わかりました」

通話を切った城島が稜の方を見て言った。

「悪い、立花君。支局長に呼ばれた。ここは頼むよ」

「た、頼むって言われても……」

「大丈夫。少しこの人の相手をしていてよ。終わり次第、すぐに引き返してくるから」

城島はそう言うと急いで靴をはき部屋から出ていってしまう。村岡がこちらに訝しげな視線を向けてくる。

「あんたも出てけよ。ここは俺の部屋だ」

素早く部屋を見回した。引っ越してきたばかりらしく、壁際に数個の段ボール箱が積まれていた。テレビがぽつんと置いてあり、一昔前の家庭用テレビゲーム機が接続されている。

「あの、僕は立花といいます。よろしくお願いします」

村岡は答えない。ただこちらを睨《にら》んでいるだけだ。彼から話を聞き出すなんて僕には無理だ。そう思って立ち去ろうとしたが、なぜかピエロの顔が脳裏に浮かんだ。昨夜、蟹沢地区の山奥で、必死になって車を押すピエロの顔だった。

自分にはピエロや城島のように見ず知らずの他人から話を聞き出せる技術もないし、度胸もないことはわかっていた。しかし、このまま立ち去ってはいけない気がした。

床にゲームソフトのケースが落ちていた。十年ほど前に発売されたサッカーゲームだった。稜も小学生くらいのときにやったことがある。

「そのゲーム、やりますか？」

稜がそう提案すると、村岡は困惑気味に目をしばたたいた。

「一人でやってもつまらないと思います。対戦した方が楽しいじゃないですか」

「あんた、勝手に人の家に上がり込んでゲームって、どういう神経してんのさ」

「すみません。ご無礼は承知してます。でも僕だって困ってるんですよ。こういうときはゲームでもやって気を紛らわせるのが一番じゃないですかね」

　自分のどこにこんな根性があったのかと、稜は驚いていた。しかし不思議と怖さは感じない。稜は勝手にテレビゲーム機の電源をオンにしてみた。それから立ち尽くしている村岡にコントローラーを差し出す。


「この頃のロナウジーニョって神ってたよね」

　村岡がぼそりと言う。ゲームを始めて二時間近く経過していた。サッカーゲームには当時の選手たちが実名で登場している。

「俺、高校時代はサッカー部でね。海外のサッカーはよく見てたんだよ。ロナウジーニョは本当凄かった。魔法を見てるみたいだったもんな」

　ゲームをやりながら、特に話をしていたわけではない。しかし一緒にゲームをすると、そこに連帯感が生まれることを稜は経験上知っていた。ピエロや城島のように積極的に他人に干渉するのは苦手だから、時間をかけて相手と打ち解ける戦術しか思い浮かばなかった。

「あ、シュート惜しい」

村岡が声を上げた。対戦型のサッカーゲームで、村岡はブラジルばかり選んで戦っていた。稜もそれなりに上手いつもりなのだが、村岡が操るカナリア軍団にはほとんど勝てなかった。村岡はさらに喋り続ける。

「噂だとロナウジーニョってほとんど練習しないで、ナイトクラブに入り浸っていたらしいんだよ。でもそういう噂話も含めて天才だと思うんだよね。ええと……君、名前何だっけ？」

「立花です」

「立花君、何か飲む？」

「ありがとうございます。でもお構いなく」

そう断ったが村岡は立ち上がり、冷蔵庫から缶コーヒーを出してきて、一本を稜の前に置いた。

「俺、一年前まで市役所で働いていたんだよ。ところが飲酒運転で捕まっちゃって懲戒免職になったんだ。まさか馘《くび》になるとは思ってなかった。公務員だし、定年まで勤める気でいたし、どうしようかって思ったんだ。そんなとき、市長が急に俺の家に来たんだ」

　ゲームが再開された。村岡はブラジルを選び、稜はフランスを選んだ。試合開始早々、ブラジルのカカが右サイドを走るカフーにパスを送り、その折り返しをロナウジーニョが受け、二人のディフェンダーを簡単に抜き去ってシュートを放つ。それを稜が操るフランスのキーパー、バルテズが弾き返した。

「お、ナイスキーパー。それでさ、いきなり市長が『私の後援会で働いてみないか』って言うんだ。市役所にいた頃は市長と話したこともなかったし、そもそも俺を懲戒免職にした張本人だからね。最初は断ろうと思ったけど、どうせ仕事も見つかるわけないし、誘いを受けたんだよ」

　給料は安かったが、特に不満はなかった。週に五日、後援会長である田沼貞義の自宅近くにある事務所に出勤し、名簿の整理や後援会の経費などをパソコンで入力したり、後援会のパーティーの準備などをした。

「先週の水曜日、俺は五時三十分に仕事が終わったあと、事務所を出て田沼さんの自宅に行ったんだ。ちょっと見せたい書類があったからね。田沼さんは俺の書類を見て、いくつかの不備を指摘した。その書類は次の日までに税理士に出さなきゃいけなかったから、俺はその場で書類を直してた」

ちょうどそのときインターフォンが鳴り、来客が訪れた。村岡は和室にいたので顔を合わせることはなかったが、田沼はもともと地声が大きいので、応接室から聞こえてくる声から来客が宍戸市長であることは想像がついた。田沼は怒っているようで、書類のミスを直し終えた村岡は辞するタイミングを失い、和室にとどまっていた。

「ていうか、この頃のフランスも強かったよな。アンリにジダンにマケレレだろ。それからヴィエラだ。アネルカがいまいち大成しなかったけど」

ゲームはまだ続いている。ブラジルが二点リードで後半戦に入ったところだった。

「で、どうなったんですか?」

稜が続きを促すと、村岡が言った。

「アネルカのこと?」

「違います。先週の話です」

「ああ、そっちか。で、三十分くらいしてから宍戸市長が帰っていった。俺は和室から出て、もう一度書類を田沼さんにチェックしてもらったんだ。今度はオーケーだったから、俺は帰宅することにした。夜の七時前くらいだったかな」

その日は田沼の妻子は旅行のため家におらず、田沼は夕飯をどうするかと悩んでいたという。

　そして村岡が玄関から出たときだった。ドアの向こうにフルフェイスのヘルメットを被った男が立っていた。

「向こうも驚いたみたいだった。ヘルメットを被っていたから表情は見えなかったけど、そういう気配が伝わってきたんだ。で、いきなり向こうが跳びかかってきた。俺は床に倒されて、頭を何度か殴られて気を失った。そのときの傷がこれ」

　村岡がコントローラーから右手を放し、左のこめかみのあたりを指でさした。そこには痣があり、出血もしたのか、薄いかさぶたもできていた。

「気がついたとき、周りは真っ暗だった。頭がガンガンしてた。何とか体を起こしたとき、右手が濡れる感触があった。頭は痛いし、わけがわからないし、とりあえず俺は電気のスイッチを探した。電気を点けて俺は叫びそうになったよ」

　そこは田沼家の応接室だった。フローリングの上に田沼が仰向けで倒れており、その胸から夥《おびただ》しい量の血が流れていた。田沼が死んでいるのは明らかだった。さらに驚いたことに村岡の右手には血が付着しており、フローリングの上には包丁が一本、転がっていた。

「時間は深夜一時くらいだった。すぐに警察に通報しようと思ったよ。でも俺は考え直した。体を起こしたときに、包丁を落としたような気がしたんだ。俺が包丁を持たされてたってことなら、俺が犯人にされてしまうんじゃないかと思ったんだ」

しばらくの間、混乱しつつも村岡はあれこれと考えた。自分がどうするべきか、と。出した結論は、逃げるというものだった。

「今になって思えば、警察に通報するべきだったと思う。でもあの状況じゃ冷静な判断を下せるわけがないって」

「包丁はどうしたんですか?」

「迷ったけど、持ってくことにした。俺の指紋がついているのは間違いないからね。包丁は途中で川に投げ捨てたよ」

村岡は親と同居していた。自宅に帰るのはまずいと思い、手島優子のもとを訪ねた。そこで一晩過ごしたあと、彼女に頼んでこのアパートを急遽借りてもらった。いつ警察が来るのか、自分はこれからどうなってしまうのか。そんなことを思いながら悶々と過ごしていた。

「あっ、試合終了だ。立花君、よかったらブラジル使ってみる?」

五対二でブラジルの勝利だった。ロナウジーニョがハットトリックを決め、フランスはPKとフリーキックでジダンが二得点を決めていた。

「いえ、いいです」と稜は答えた。村岡は去年まで公務員だった。なぜ市役所で働きたいと思ったのだろうか。「ところで村岡さんはなぜ公務員になったんですか？」

「俺？　もう鹹になったんだよ」

「でも一年前まで兜市役所で働かれてたんですよね」

しばらく考え込むようにしていた村岡だったが、やがて口を開いた。

「うちは両親とも公務員だったんだよ。父親も母親も兜市役所で働いていた。もうとっくに定年退職したけどね。子供の頃は公務員になりたいとは絶対に思わなかった。うちの親、二人とも真面目でさ、面白みに欠けるっていうか、割と静かな家だったんだ」

高校三年の夏、進路のことで父と揉め、村岡は家出をした。もう兜市には戻ってこないと決意しての家出だった。自転車に乗り、国道一号線を東に向かって走り続けた。東京に行けば何とかなると思っていた。

「でもね、小田原で挫折した。転んじゃって、右の手首を痛めたんだよ。ちょうど金も底をついて、腹が減って死にそうだった。小田原城が見える公園で野宿をすることに決めた。下手したらここで死ぬかもって本気で思った。馬鹿みたいだろ」

腹をすかせてベンチで横になっていると、一人の男性に話しかけられた。四十代くらいの男性で、近所に住んでいるようだった。村岡が事情を打ち明けると、男性は

「ちょっと待ってなさい」と言い残し、公園から出ていった。やがて男性は車に乗って公園まで戻ってきて、村岡の自転車をトランクに積んだ。

「わざわざ車で俺を家まで送ってくれたんだよ。途中、牛丼まで奢ってくれた。あんな旨い牛丼を食ったのは生まれて初めてだったよ」

テレビ画面ではまた次の試合が始まっている。稜が選んだチームは日本で、村岡はブラジルのままだった。ワールドカップのドイツ大会のメンバーで、中田英寿や小野伸二といった錚々《そうそう》たる選手が顔を揃えているが、ブラジル相手ではまったく歯が立たない。

「この頃の日本、強かったよな。それでね、車の中でいろいろ話をしてると、そのおじさんも公務員だということがわかったんだ。小田原市役所で働いている人らしくてね。ちょっぴり公務員を見直した」

その男性とは今でも年賀状のやりとりが続いているらしい。村岡にとって、小田原で見ず知らずの公務員に救われたことが、人生の転機になった。

人生って面白いなと実感する。城島や村岡に較《くら》べ、自分の人生はまだまだ薄っぺらい。

「今のお話、警察に行って全部喋った方がいいと思います」

「小田原の話？」

「違います、さっきの話です。犯人はフルフェイスのヘルメットを被った男で決まりです。今、警察は村岡さんじゃなくて宍戸市長を疑ってるみたいですよ。このままだと宍戸市長が犯人にされちゃいます」

ゲームは七対〇でブラジルの圧勝だった。「そろそろサッカーも飽きたね」とつぶやき、村岡はゲーム機を開けて中のソフトを交換した。テレビの画面に野球ゲームのタイトルが映し出される。村岡が缶コーヒーを一口飲んでから言った。

「警察か。やっぱり行かないといけないんだろうな」

「当然です。心配要りませんって」そう言ってはみたものの、村岡を一人で警察まで連れていくのは荷が重い気がした。「一人、心強い味方がいるんです。その人、夜になると現れると思うから、その人と一緒に行きましょう」

「夜になったらって、何か幽霊みたいだね」

「昼間は仕事をしてるらしいです。それまで時間を潰しましょう」

稜はそう言って再びコントローラーを握り締めた。

※

兜市役所は午後五時十五分に終業する。秘書課は市長が夜間の会議などに出席しない限り、五時三十分くらいには市役所を出ることができる。窓口によっては特定の曜日に時間を延長しているし、毎日のように残業をしている部署もあるらしい。

その声は午後五時を過ぎた頃に聞こえてきた。終業まであと十五分を切り、職員たちの肩の力が抜けてきた頃だった。廊下から大声で叫ぶ声が聞こえてきた。

「早く市長を出せって言ってんだよ」

何事かと秘書課の職員たちも立ち上がり、廊下を覗いてみる。一人の男が廊下に立ち、その周囲では数名の職員が男を宥《なだ》めていた。

「早く出さねえと承知しないぞ」

男の顔には見憶えがあった。先週、市長室を訪れた延井という男だった。DVの疑いがあり、妻が一時保護されている男だ。派手な柄シャツに濃いサングラスをかけている。

「仕方ないなあ、まったく」

秘書課長が溜め息をついて、男のもとに近づいていく。比南子は少し離れたところからその様子を見守った。

「すみません。市長は今、外出中なんですよ」

課長がそう言うと、延井という男が課長に目を向けた。

「じゃあ待たせてもらうとするか。市長室に案内しろよ」

「申し訳ありませんが、本日市長は戻ってきません」

「何だと？　ふざけんなよ」

課長の言う通りだ。今、市長は地元農業組合の会合に出席しており、午後六時に終わる予定になっていた。会合の場所が市役所ではなく農業組合の事務所のため、そのまま帰宅する予定になっている。

「ですから本日はお引きとりください。また日を改めてお願いします」

「てめえ、ぶっ殺されてえか」

「落ち着いてください。市長はいないんです。しょうがないじゃないですか」

「だから待つって言ってるじゃねえかよ」

「今日は帰ってこないんですよ」

「嘘つくな。俺を市長に会わせない魂胆だろ」

「そうではありません」

押し問答が続いた。そうこうしているうちに五時十五分になり、終業を知らせるチャイムが鳴り響いた。我関せずと席を立つ職員もいたし、顚末《てんまつ》を見届けようと自分のデスクにとどまっている職員もいる。バッグを手に廊下を去っていく職員の姿を見て、延井が言った。

「何だ？　終わりか？　まだ五時十五分だぜ。これだから役所はお気楽なんだよ。民間だったらこうはいかないぜ。税金で給料もらってんだから、もっと仕事しろよ」

この男に言われる筋合《すじあ》いはない。自分はどうなのだ？　市役所を訪れては、しつこく喚き散らす。常識というものがまったくない。

「なあ、あんた。偉いんだろ。偉い人なんだろ」

延井が課長に向かってそう言った。そしていきなり膝をつき、頭を床にこすりつけた。

「頼むよ。この通りだ。お願いだからアケミに会わせてくれ」

「ちょっと待ってくださいよ」課長が慌てた様子で膝をついた。「こんなことされても困ります。私はお力にはなれません。また後日、お越しください」

後日来てもこの男が妻と会えるわけがない。しかしそうでも言わないと、延井は引き下がりそうになかった。まったく困った男だ。

延井は立ち上がった。今度は開き直ったような態度で言う。

「俺が土下座までしてやったのに、アケミに会わせてくれねえのか……。わかったよ」

そう吐き捨てるように言い、延井は廊下を引き返した。途中、廊下の脇に置いてあったパンフレットの陳列台を引き倒した。甲高《かんだか》い音とともに陳列台が倒れ、そこに置いてあった広報誌やイベントのチラシなどが床に散乱した。延井はそのまま廊下の角に消え去った。

「まったくタチが悪い男だな」

「本当ですね。警察に通報した方がいいんじゃないか」

「酒でも飲んでるんですかね」

職員たちが口ぐちに言う。数人の職員が床に散乱したチラシを片づけ始めた。比南子は課長に歩み寄った。

「課長、お疲れ様でした」

「うん。ああいう輩には何を言っても通じないね」

「市長に報告は？」

「別にいいだろう。明日から議会も始まるし、市長に余計な気苦労をかけるのは可哀想だ。私から児童福祉課長に話しておくよ」

「そうですね」

足元にチラシが落ちていたので、比南子は腰を屈めてそれを拾い上げた。

※

「さすが立花君、私が見込んだ男です。よく聞き出しましたね」

ピエロが上機嫌で言った。手には缶ビールが握られている。場所は駅前通りにあるおでんの屋台だった。

夕方ピエロに電話をしてみると、六時半にこの屋台に来るように命じられたので、稜は村岡を連れて屋台を訪れた。最初は部屋を出ることを渋った村岡だったが、このところコンビニの弁当しか食べていなかったらしく、「美味しいおでんを食べましょう」と誘うと重い腰を上げた。今、合流したピエロに村岡の告白を聞かせたところだった。

「これで宍戸市長への疑惑は晴れたでしょう。犯人はヘルメットを被った男で間違いないですね。村岡さん、警察に行って洗いざらい喋ってください。警察だって馬鹿ではありません。あなたの話を親身になって聞いてくれるはずです」

「はあ」

村岡は当惑気味に返事をした。無理もない。事前にピエロのことは説明していたのだが、こうして対面すると面喰らうに決まっている。

「腹ごしらえが済んだら警察に行きましょう。その前に、村岡さんにはもう少し訊いておきたいことがあります」

ピエロがカウンターの上に缶ビールを置き、続けて言った。

「村岡さん、あなたは田沼氏の近くで仕事をしていた。田沼氏を恨んでいた人物に心当たりはありませんか？」

「動機、ですか」村岡が考え込むように言う。「うーん、特に思い当たりませんね。俺はあくまでも後援会の事務員なんで、田沼さんの経営する不動産会社についてはよく知らないんです」

「異性関係はどうでしょう？　女性にちょっかいを出したりとか」

「女好きでした。でも意外に小心者なんで、たまにキャバクラで遊んだりする程度だったみたいです。夫婦仲も悪くなかったと思いますけどね」

「だとするとやはり不動産絡みかもしれませんね」

そう言ってピエロは腕を組んだ。隣に座っていた村岡が稜の脇腹を肘で突いてきた。顔を向けると、村岡が小声で訊いてくる。

「この人、何者？」

どう説明していいか、稜もわからない。

「ピエロさんです。僕もいろいろお世話になってる人なんです」

「聞こえてますよ」ピエロが話に割って入ってくる。「村岡さん、私はピエロです。誰に頼まれたわけでもなく、兜市民のために日夜汗を流している篤志家《とくしか》です。覚えておいてください」

「は、はい」

村岡が神妙な顔つきで返事をする。稜は身を乗り出して、自分と村岡の分のおでんを注文した。まだ夜の七時前だからか、稜たちのほかに客はいない。ピエロが缶ビール片手に村岡に訊いた。

「ここ最近、田沼氏の行動で不審な点はなかったですか？　どんな些細なことでも結構です」

「特にないですね」

「しっかり思い出してください。いつもと違う行動です。そういうところにヒントが隠されているんです」

ピエロに強く迫られ、わずかに村岡の顔つきが変わった。何かを思い出すように、視線を宙に彷徨《さまよ》わせた。やがて村岡は話し出す。

「そういえば先週のことなんですけど、田沼さんに頼まれて図書館に行きました。今まで図書館に行けなんて命令されたことはなかったから、珍しいなと思いました」

「それで、図書館で何を？」

「三十年前の新聞のコピーをとってくるように頼まれたんです。三十年前の九月九日付。九が並んでたから記憶に残っています」

三十年前となると、まだ稜が生まれていない頃の話だ。すかさずピエロが稜に向かって言った。

「明日、図書館に行って三十年前の九月九日付の新聞を調べてください。城島君と一緒に行くといいでしょう。立花君、明日も暇ですよね」

「あ、はい」

ここ数日、就職活動をサボってしまっている。地元の企業で面接を受けても、あまり好感触を得られないからだ。反論しようがないので、稜はおでんの大根を口に運ぶ。ピエロは携帯電話でメールを打っている。城島にメールを送ろうとしているのだろう。

「村岡さんもどうぞ」とおでんを勧めると、「その前にトイレに行きたい」と村岡が言った。

屋台なのでトイレはない。ここから少し離れた公園の公衆トイレの場所を教えると、村岡がウーロン茶のグラスを置いて席を立った。これから警察に行くので、村岡だけはウーロン茶だ。メールを打ち終えたピエロだったが、すぐに着信音が鳴ったので携帯電話をそのまま耳に当てる。

「俺だ。……ああ、まだ終わりそうもない。……仕方ないだろ、仕事なんだから。先に寝てていいぞ。……わかった。六枚切りじゃないと駄目なのか？　じゃあコンビニで買って帰る」

通話を終えたピエロは顔をしかめた。

「今日は残業という設定です。まったくこの仕事も楽ではありません。私は毎日のように家を抜け出す口実を考えなければなりませんので。それより立花君、村岡さんはどうしました？」

「トイレに行きました」

「なるほど。トイレですか」

ピエロはそう言って缶ビールを口に運ぼうとしたが、すぐにそれをカウンターの上に乱暴に置いて立ち上がる。

「どうかしましたか？」

「迂闊でした。今、あの人を一人きりにするわけにはいきません」

ピエロは一万円札をカウンターの上に置き、そのまま走り出した。呆気にとられていた稜だったが、ただならぬ気配を感じて立ち上がる。ピエロを追って稜も走り出した。

「いましたか？　立花君」

「こっちにはいません」

公園のトイレに村岡の姿はなく、稜はピエロと手分けをして公園内を捜索していた。公園内に人の姿はほとんどない。たまに犬の散歩をしている人が通りかかるくらいだった。酒を飲んだ直後に走ったため、顔が火照《ほて》っているのが自分でもわかった。

ピエロの心配が的中したのかもしれない。村岡が警察で証言することを阻止しようとする人物がいる。

「立花君!」

ピエロがそう叫んだので、稜は声がした方に向かって駆け出した。公園の茂みの中、膝くらいの高さのフェンスを乗り越えてピエロのもとに向かう。

村岡が倒れていた。暗いのでよくわからなかったが、腹のあたりから血を流しているようだ。

稜は自分が目にしている光景が信じられず、その場で荒い息を吐くことしかできなかった。ピエロの声が聞こえてくる。ピエロは携帯電話で話していた。「早く来てください。刺されたようです。場所は……」

村岡は目を閉じている。息をしているので、死んでしまったわけではなさそうだ。苦しそうに呼吸をしており、顔が青白かった。どうしてこんなことになってしまったのだ。さっきまで隣でおでんを食べていたのに——。

「立花君」

名前を呼ばれ、稜は我に返る。まったく現実感が伴わず、ぼうっとしていた。ピエロが鋭い口調で言う。

「中路君に電話してください。早く」

「は、はい」

上着のポケットからスマートフォンを出したが、手が震えて仕方がない。何とか電話帳から中路の番号を探し出した。スマートフォンを耳に当てると、三回目のコールで繋がる。

「立花君？　どうかした？」

「今どこにいるか、訊いてください」

ピエロに言われた通りに中路に問いかける。「中路さん、今どこにいますか？」

「ショッピングモールの中。下着とかを買っておこうと思って」

ショッピングモールにいるようだと伝えると、「貸してください」と言ってピエロが稜のスマートフォンを奪った。

「中路君、私です。よく聞いてください。今、私の目の前に腹を刺された男性が倒れています……そうです、冗談ではありません。救急車はすでに呼びました」

咳込むような声が聞こえた。村岡だった。目を閉じており、苦悶の表情を浮かべている。

「応急処置の仕方を教えてください。救急車が到着するまでの時間を無駄にしたくないので……ガーゼなんてありません……服で代用していいんですね。それから中路君、すぐに兜市中央病院に向かうように。そこから歩いて五分もかかりません。……

いいから急いでくださいっ」

通話を切り、ピエロが稜に向かって言った。

「立花君、上着を脱いでください」

「は、はい」

稜が上着を脱ぐと、ピエロはそれを村岡の腹部に押し当てた。みるみるうちに服の繊維が血を吸収していく。村岡が薄目を開け、うめき声を上げた。ピエロが村岡に呼びかけた。「村岡さん、大丈夫ですよ。すぐに病院に運びます。絶対にあなたは助かります」

村岡は力なくうなずき、また目を閉じた。ピエロは村岡の腹を押さえたまま稜に言った。

「立花君、伶奈さんの連絡先を知ってますか？」

「あ、はい」

「電話をかけてください」

ピエロから渡されたスマートフォンで、今度は藤井伶奈に電話をかけた。しかし繋がらない。仕事中なのだろうか。

「繋がりません」

「じゃあメールを。すぐに折り返すように伝えてください」

ショートメールを作成するため、スマートフォンの画面に目を落とす。すると伶奈から着信があった。すぐに稜はスマートフォンを耳に当てる。

「立花、何か用？　悪いけど私、今夜は夜勤なんだよね」

「伶奈さん、大変です。僕の知り合いが刺されちゃって、今から中央病院に向かうところです」

「はあ？　何言ってんの？」

「本当なんです」

救急車のサイレンが聞こえてきた。サイレンは徐々にこちらに近づいてくる。その音が伶奈にも聞こえたのか、それとも稜の声色《こわいろ》で何かを感じとったのか、真剣な声で伶奈が言った。

「マジなの？」

「だからマジですって」

「当直の医師がいるか、訊いてください」ピエロが大きな声で言う。「多分すぐに手術が必要です。外科の医師がいない場合、どうなるのでしょうか」

言われるがまま、稜は伶奈に訊いた。腋の下に冷たい汗が流れるのを感じた。電話の向こうで伶奈が答える。

「今晩の当直医師の専門は内科。でも応急処置くらいはできると思う。手術が必要な場合は市内の専門医に連絡が行って、その医師がうちの病院に来ることになるわ」

伶奈の言葉をピエロに伝えた。ピエロがうなずくと同時に、公園の外に救急車が到着したのが見えた。救急車は公園内に入ってくることはできないようで、後部ハッチが開いて三人の男が担架《たんか》を手に駆け寄ってくる。

男たちは負傷者の隣に寄りそう異形《いぎょう》の男に戸惑う素振りを見せたが、村岡の姿を見て、すぐにただごとではないと悟ったようだった。男たちの動きは機敏だった。三人がかりで村岡を担架に載せ、持ち上げながら一人が言った。

「お二人とも付き添っていただけますか？」

「もちろんです」

そう言ってピエロが立ち上がる。蛍光灯に照らされたピエロの両手は真っ赤に染まっていた。

救急車が病院に停車すると、すぐに後部ハッチが開いた。村岡を載せた担架が救急隊員の手によって降ろされ、ストレッチャーに載せられた。ピエロと稜も救急車から降りた。

「立花」

伶奈が駆け寄ってきた。伶奈はピエロと稜を交互に見て口を開いた。

「いったいどういうこと？」

「説明はあとです」

ピエロがそう言って周囲を見回した。その視線が止まった先には中路の姿があった。中路がこちらに向かって駆けてくる。ピエロが言った。

「村岡さんが刺されました。中路君、村岡さんを助けてください」

「そう言われても」中路は困ったように指でおでこをかきながら言う。「僕はこの病院の医師ではありません。勝手に治療をおこなうのは許されないんです」

「ちょっと待って。この人、ドクターなの？」

伶奈が話に割り込んできた。ピエロが答えた。

「そうです。約束通り外科医を連れてきましたよ」

伶奈が訝しげな視線を中路に向けていた。ストレッチャーに載せられた村岡が急患用の搬送口から病院内に運び込まれていく。ストレッチャーの脇で白衣を着た男が大声で村岡に声をかけながら、その腕をとって脈を測っている。

「あの男性は今日の当直医で、専門は内科です。この病院には正規の外科医がいません。こういう場合、市内の個人病院から医師が派遣されることになっているようですが、到着はまだ先のこと。中路さん、あなたしかいない。あなたしか村岡さんを救えません」

稜は今日の午後、村岡とゲームをしながらいろいろな話をした。たった数時間の付き合いだが、彼には絶対に助かってほしいと心の底から思う。

「お願いします、中路さん」

稜はその場に両膝を突き、頭を下げた。

「立花君……」

「お願いします。中路さんしか村岡さんを助けられる人はいないんです」

稜は額を地面に押しつけた。背中に手が置かれるのを感じ、顔を上げると中路が言った。

「仕方ない。立花君にはお世話になったからね」

中路が立ち上がり、ストレッチャーを追って病院内に入っていった。ピエロとともにその背中を追う。

「状況はどうですか?」

中路の質問に、白衣を着た医師が不審そうな視線を向けた。

「あなた、何者ですか？」

「医師です。専門は外科で、中路といいます。先週まで東京の目白医大にいました。わけあって今は兜市に滞在しています」中路はポケットから財布をとり出し、一枚の紙片を医師に手渡した。

「以前働いてた病院の職員証のコピーです。電話で確認してもらっても結構です」

医師は紙片の写真と中路の顔を見較べていた。中路が医師に訊く。

「容態は？」

「脈拍が低下しています。出血が酷いですね」

「すぐに腹部エコー、並びに腹部造影ＣＴで臓器への損傷を確認しましょう。輸血と麻酔の準備をお願いします」

中路の表情は普段とまったく別のものだった。目が活き活きと輝いていた。真摯《しんし》に何かに向き合っているときの男の顔だ。医師が中路に言う。

「今、別の先生がこちらに向かっているところです。その先生の指示を仰いでからでないと」

「そんな余裕がありますか。私が付き添います。準備をお願いします」

怜奈が中路のもとに駆け寄り、白衣を手渡した。中路は上着を脱いで白衣をまとう。村岡を載せたストレッチャーとともに、中路は廊下の奥へと消えていった。

「あとは中路君に任せるしかありません」

背後でピエロの声が聞こえた。稜は振り向き、ピエロに向かって言った。

「許せないです。誰がこんなことを……」

「いい顔つきになってきましたね、立花君。絶対に犯人を見つけ出してやりましょう。そのためには立花君の協力が必要です」

「わかりました。何だってします」

「その意気です」

ピエロは踵を返して歩き出した。

※

『……宍戸市長の横暴を断固として許すわけにはいきません。我々の血税を利用してバリ島に旅行に行くなど、自治体の首長として許される行為なのでしょうか』

翌日の火曜日、兜市役所の庁舎前では市民による抗議デモがおこなわれていた。出勤してくる市の職員にビラを配りながら、拡声器で呼びかけている。拡声器を持って声を発しているのは、先日市長室を訪れた小松江利香だった。

『……宍戸市長は説明責任を果たすどころか、苦しい言い訳で市民を煙《けむ》に巻こうとしています。兜市を覆う不況の元凶は、宍戸市長にあるのです』

「比南子、おはよう」

庁舎前で信号が変わるのを待っていると、背後から声をかけられた。振り向くと同期の土屋《つちや》真緒《まお》だった。

「おはよう、真緒。朝からうるさいね」

抗議デモの方に顔を向けて比南子が言うと、真緒は小さく笑った。

「本当ね。でも大変なことになってきたわね。市長は大丈夫？」

「さあ、私は何もわからないしね」

「だって比南子、顔色悪いよ」

「これはただの寝不足」

信号が青に変わったので、比南子は真緒と並んで歩き出す。同期ということもあり、真緒とは二十代の頃にはよく一緒に食事に行ったものだった。しかし真緒は三十歳のときに結婚して、すぐに育児休暇に入った。職場に復帰したのは去年のことで、今は児童福祉課で働いている。十代の頃からサッカーをしていて、昔はアクティブなスポーツウーマンだったのだが、今ではすっかりママの顔になっていた。

『残念ながら宍戸市長にスタンダード不況を乗り切る力量はあるとは思えません。私ども〈兜市の未来を考える会〉は、これからも皆様の声が市政に届くよう、努力して参ります』

市庁舎の前には数台の車が停まっていて、小松江利香は椅子の上に立って演説していた。その周囲では数人の男女が頭に鉢巻《はちま》きを巻いて立ち、行き交う人たちにビラを配っている。

「どうかした?」

真緒に訊かれ、比南子は首を振る。

「ううん、何でもない。それより真緒、仕事はどう? 忙しい?」

「まあね。福祉部は初めてだから大変。最近やっと慣れてきたけどね」

福祉部は忙しいことで有名だ。これはどの自治体でもそうだろう。介護や生活保護などの現場仕事がただでさえ大変なのに、毎年のように国の法律が改正され、それに伴う条例改正やシステム改修などで翻弄される。

「そういえば」思い出したことがあり、比南子はそれを口にする。「延井って人、いるでしょ。DVで奥さんが一時保護されてる人」

「知ってるわよ。あっ、そうか。あの男、市長のところにも押しかけたんだっけ」

「昨日も来たわよ。まったく性質《たち》が悪い男よね」

市役所にもクレーマーはいる。さまざまな部署に顔を出し、無理難題を言って職員を困らせるのだ。しかし延井という男は異質だった。あれほど周囲に恐怖と緊張をもたらすタイプのクレーマーは初めてだ。

「警察に相談した方がいいって話も出てる」真緒が説明した。「何かクスリでもやってるんじゃないかって話もあるしね。問題を起こす前に奥さんのことを諦めてくれたらいいんだけど。うちの課長も頭を悩ませてるわ」

あの調子では延井が引き下がることはないだろう。二人で通用口を通り、庁舎に入った。朝の挨拶をする声がそこかしこから聞こえてくる。

「真緒、お子さんは何歳になったんだっけ？」

「今、三歳。うるさくて大変よ」

「へえ、そうなんだ」

たしか男の子だったはずだ。三歳ならある程度分別もつく年齢だし、真緒だって息抜きが必要だろう。今度ご飯でも、と言いそうになり、比南子は言葉を飲み込んだ。

結婚式のときに見たが、真緒の夫はスタンダード製薬に勤めていたはずだ。席次表でも新郎側のほとんどはスタンダード製薬の社員だった。今、真緒の夫が何をしているか、比南子は知らない。解雇されずに別の工場あたりに異動になっていればいいのだが。

「比南子、今度ご飯でも行こうよ」と真緒の方から誘ってきたので比南子は驚きつつ訊き返す。「私はいいけど、真緒は大丈夫なの？」

「うん。うちの旦那、会社を解雇されて、最近やっと新しい仕事が見つかったの。市内の食品加工会社よ。先月から勤め始めてるわ」

「そう。よかったね」

「でも旦那の友達は今でも職が見つからないみたい。前は旦那が友達を何人か呼んでホームパーティーとかしてたんだけど、それもなくなったわ」

兜市の不況は続いており、今も多くの失業者がハローワークに押しかけているという。スタンダード不況は改善の兆しが見られず、そういった不満がさきほどの抗議デモにも表れているのだろう。

「わかったわ、真緒。また連絡するね」

「了解、楽しみにしてるわ」

児童福祉課は一階東側にあるので、階段の前で真緒と別れた。比南子は階段を上り始めた。

※

「立花君、こっちだ」

兜警察署を出たところで、自分を呼ぶ声が聞こえた。軽自動車の脇に城島が立っていた。城島が運転席に乗り込むのが見えたので、稜も続いて助手席に乗り込んだ。

「村岡さんが助かって何よりだったね。彼は生き証人だ。絶対に助かってもらわなきゃ困る」

車を発進させながら城島が言った。

「ええ。本当にそう思います」

昨夜遅く、日付が変わって深夜二時を過ぎた頃に中路から連絡が入った。村岡の手術は無事に終わり、命に別状はないとのことだった。十日ほど入院が必要らしい。

「でも中路さんって人、いきなり中央病院でオペなんてして問題なかったの？」

城島に訊かれ、稜は答えた。

「すぐに前に働いていた病院に確認して、中路さんが医師であることが証明されました。院長の判断で執刀《しっとう》することになったみたいです」

「そうなんだ。で、警察は何だって？」

「昨日のことを聞かれただけです」

昨日、病院をあとにした稜は、ピエロとともに村岡が刺された公園に戻った。警察の人間が捜査をしており、刑事たちはピエロの扮装をした男が事件の第一発見者だとわかると驚いた。さらに刺されたのが村岡だと知った刑事たちは、顔色を変えて質問攻めにしてきた。村岡は田沼殺害の重要参考人として、警察も追っていたからだ。

稜は病院から現場に向かう車中、ピエロに言われた通りに、警察に話した。ピエロはフェスティバルに向けて公園でパントマイムの練習をしており、稜は散歩中の大学生。二人に面識はないという設定だ。刑事たちは稜たちの話を完全に信用したわけではなく、特にピエロを怪しいと考えているようだった。ピエロが身許を明かさなかったのが原因だろう。刑事たちの目を盗んでピエロは行方をくらましてしまい、稜だけが刑事たちに囲まれて、昨夜遅くまで公園で話を訊かれた。一夜明けた今日も朝から事情聴取で、事件のことやピエロのことを根掘り葉掘り訊かれたが、ピエロについては何も知らないと稜は押し通した。村岡とも口裏を合わせる必要があるので、彼が意識をとり戻したら、伶奈を通じて今の話を伝えるつもりだった。

「さっきピエロさんから連絡があった」ハンドルを握った城島が言う。「村岡さんが襲われたってことは、真犯人も相当焦っているはずだ。田沼はパンドラの箱を開けたのかもしれないってピエロさんが話してたよ」

「パンドラの箱、ですか」

城島の運転する軽自動車が停車した。市立図書館の駐車場だった。午前九時を過ぎたところだが、すでに駐車場は半分ほど埋まっていた。車から降りて城島とともに図書館に入った。

子供を連れた主婦の姿が目立った。平日のため、高校生などの若者はいない。城島は取材で頻繁に訪れているのか、迷わず図書館の奥に向かっていく。

『レファレンスルーム』という部屋に入った。少し黴《かび》の臭いがした。百科事典などが置かれている部屋で、人はほとんどいない。城島は手慣れた様子で新聞が収納されたキャビネットを開けていく。三十年前の九月九日。それが田沼が村岡に命じてコピーをとらせた日付だが、村岡はすべての面をコピーしたようで、田沼がどの記事に興味を抱いたかはわからない。

「立花君、これだ。手分けして調べよう」

城島から縮刷版の冊子を手渡された。腰の高さ程度の閲覧台の上に冊子を置いて広げてみる。三十年前の〈静岡ニュース〉だった。普通の新聞より紙の質がいい。当時の広告までがそのまま載っていて面白かった。

九月九日付の記事を調べる。一面は政治関連のニュースだった。当時の総理大臣の名前が載っていたが、稜の知らない名前だ。三十年前には稜はまだ生まれておらず、両親も結婚していない。

社会面にその記事を見つけた。すると隣で全国紙を調べていた城島も声を上げた。

「これじゃないか。兜市で起こった事故だ」

「幼児が亡くなった事故ですよね。こっちにも載ってます」

三十年前の九月九日の前日である九月八日、兜市内にある市民アスレチック公園で一人の幼児が亡くなっていた。亡くなったのは小松治君《おさむ》という当時三歳の幼児で、公園内にある遊具から誤って落下し、すぐに市内の病院に搬送されたが、死亡が確認された。死因は脳挫傷だった。

「事故が発生した公園、城島さんはわかりますか？　僕、こんな公園知らないんですけど」

「市民アスレチック公園だろ。今はもうないよ。俺も子供の頃に遊んだ記憶がある。

当時は子供がたくさんいたから、結構人気の公園だったはずだ。だけどさすがに三十年前のことになると、憶えてる人も少ないだろうな。立花君、記事のコピーをとってくれ。俺は先輩の記者に連絡をとってみるから」

城島はそう言うと携帯電話片手にレファレンスルームから出ていった。稜は冊子を持ちコピー機に向かう。

三十年前、兜市内の公園で三歳の幼児が死亡した。その事故が田沼殺害の事件とどう関係しているのか、今の段階ではまったくわからない。

※

『これより九月定例会を開会いたします』

午前九時三十分、市庁舎三階にある議場にて兜市議会の定例会が始まった。比南子は控室となっている会議室で、モニターに映し出される議会の様子を眺めていた。

『まずは議案の審議からおこないます。議案第一号、兜市土地開発公社の今年度事業中間報告から始めます』

モニターの映像は議長席を捉えている。今日は議案の審議に費やされ、水曜日から一般質問が始まる予定になっていた。公費旅行問題の追及は明日の一般質問だろうと言われていた。

『お手元の資料、六十二ページをご覧ください。兜市土地開発公社の今年度事業ですが……』

『お待ちください』

一人の議員が声を上げたので、カメラがその議員を捉える。三期目の中堅議員だった。彼は立ち上がり、マイクに向かって言う。

『現在、宍戸市長の公費旅行問題が世間を騒がせています。市長には是非ともこの場でご自身にかかった疑いについて、説明していただきたい。皆さん、いかがでしょうか』

『異議なし』

『異議なし』

議長を除く二十四名の議員がそれぞれの席で声を上げた。再び議長席にカメラが向けられ、議長は困惑気味に言う。

『静粛に願います。第一号議案の審議を続けます』

議長がそう言ったが、議員たちは発言をやめようとしない。

『宍戸市長、説明をお願いします』

『そうですよ。悠長に議案を審議している場合じゃないでしょうに』

『市長、どうか前へ』

比南子がいる会議室も騒然としていた。議会はあらかじめ決められた審議予定に沿って進んでいくものだ。勝手な発言が許される場ではない。

議長のもとに二人の職員が近寄っていく。議会運営事務局の職員だ。議長と三人で何やら協議しているが、その声はマイクでは拾えない。やがて二人の職員は離れ、議長はマイクに向かって言った。

『十分間の休憩に入ります』

議会進行上、不測の事態が発生した場合、必ず休憩を挟んで軌道修正がなされる。議員たちはいったん議員控室に戻り、審議予定に沿った発言をするようにと議長から説明を受けるのだ。

「波乱の幕開けだな」

「本当だよ。こんな議会、初めてだ」

比南子の周囲でも職員たちが率直な感想を洩らしていた。今日から始まる九月定例会は市民からも注目されており、普段はガラガラの傍聴席も埋まっている。

十分間の休憩が終わり、議員たちは再び議場に姿を現した。モニターに映った議長が言う。

『それでは再開いたします。休憩中に宍戸市長から発言の許可を求められました。議会運営事務局と協議した結果、極めて異例ではありますが、宍戸市長の発言を許可いたします』

宍戸市長が立ち上がる。市長の周囲には副市長や部長といった幹部たちが座っている。

『ここ数日、私の出張に関する問題で市民に多大な不安を抱かせておりますので、この場をお借りしてご説明させていただきます。今年の三月、私がバリ島に行ったことは紛れもない事実であり、それに関する旅費等に公費を使ったことも間違いございません。ただし、これは昨日の記者会見でもご説明した通り、私は観光目的ではなく、公務としてバリ島に行ったのでございます』

急遽決まった演説のため、市長は原稿を用意していないようだった。議場を見回しながら、自分の言葉で話している。

『だから公務って何なんですか？』

『そこをはっきり市長の口からおっしゃってくださらないと』

　議員が口ぐちに言うが、市長は続けて言った。

『ではなぜ私がバリ島に行ったのか。それは現時点では申し上げられません。しかし時が来れば、必ず私から市民の皆様にご説明いたします。それまで今しばらく、私のことを信じていただきたいと思っております』

　昨日の記者会見と何ら変わらぬ発言だった。案の定、議員の間から不満の声が噴出する。

『市長、それでは説明になっていませんよ』

『それで市民が納得するとでも思っているんですか』

　議員たちの中には立ち上がって発言している者もいた。宍戸市長が手を上げて、再びマイクに口を近づける。

『近日中に皆様にご説明させていただきます』

『近日中って、いつですか？』

『市長、期限を設けてもらわないと』

『わかりました』宍戸市長は咳払いをしてから言った。『……では明後日の午前九時、市民ホールでご説明します。議長、よろしいでしょうか？』

　市民ホールというのは市役所一階にあるホールのことで、表彰式などをおこなったりするスペースだ。再び議会運営事務局の職員が議長席に向かうのが見えた。しばらく協議していたようだが、やがて議長がうなずいて言う。

『明後日の午前九時、市民ホールにてお話しいただきます。各議員のご出席をお願いします』

ようやく騒いでいた議員たちは静かになった。議長の進行のもと、通常通りの議案審議が始まった。

※

「村岡さんは面会謝絶です」

病院の事務員にそう言われ、稜は肩を落とした。村岡の容態を知りたかったので、兜市中央病院に来ていた。城島は三十年前の幼児死亡事故について調べているはずだ。

午前中の病院は混雑している。廊下を歩き、外科の外来待合室を覗いてみると、それほど待っている人はいなかった。おそらく中路が診察しているのだろう。

中路は朝方に帰ってきて、二時間ほど仮眠をとったあと、朝食を食べて慌ただしく出かけていった。どうやら正式に働き始めてしまったようだ。病院側としても医師が確保できるのは幸運なことらしく、いろいろな書類上の手続きが事務局でおこなわれているようだと、朝食を食べながら中路は話していた。とても疲れている様子だったが、張り切っていた。

無駄足になってしまったようだが、いずれにしても外科医の中路がこの病院にいてくれるので、心配することはないのかもしれない。立ち去ろうとすると、背後から声をかけられた。

「立花じゃん。何やってんの？」

振り返ると藤井伶奈が立っていた。仕事中のようだ。

「ちょっと村岡さんの様子が気になったもんで」

「昨日の人ね。早ければ明日くらいには面会できるかもよ。そしたらすぐに立花の話を伝えるから心配しないで。警察も事情を訊きたいらしくて、朝から何度も電話がかかってきてるの」

当然だろう。村岡は傷害事件の被害者であり、田沼殺害事件の重要参考人でもある。警察側としても村岡から事情を聞き出したいはずだ。

「立花、ちょっと付き合ってよ。ジュース奢るから。私、休憩なんだ」

「は、はい」

玲奈のあとに続き、廊下を歩いた。正面ロビーを横切って、玄関から外に出た。病院の前はちょっとした公園のようになっていて、日光浴をしている患者もいた。自動販売機でジュースを買い、玲奈と並んでベンチに座る。

「中路さんはどうですか？」

稜が訊くと、玲奈は答えた。

「いい感じ。若いけどしっかりしてるしね。昨日、村岡さんのCTを撮ってる間に院長先生が病院に来たのよ。中路さんのオペに立ち会って、すぐに気に入ったみたい。今日から正式採用するって言い出して、今頃市長にかけ合っているんじゃないかしら」

先週の土曜日まで、中路は東京にいたのだ。それをピエロが無理矢理この兜市まで連れてきてしまった。何だか不思議な感じだった。

「去年までここで煙草吸えたんだけど、今年から禁煙になっちゃったんだよね」

「あれ、玲奈さん煙草吸うんでしたっけ」

「禁煙したのよ。お陰で体重が二キロも増えちゃったわ」

そう言って笑う玲奈に目を走らせる。ほどよく肉感的な体型で、どこが太っているのかわからない。稜は試しに訊いてみた。

「伶奈さんはなぜ看護師になったんですか？」

「私に興味があるの？　言っとくけど年下の男に興味はないの。しかも立花、大学生でしょ。自分でお金を稼げるようになってから出直して」

「違いますって。僕、就職活動中なんですよ。ほかの人がなぜその職業に就いたのかに興味があるんです」

「ふーん、そういうことか」伶奈は足を組み、空を見上げて答えた。「本当は医者になりたかったのよ。でも学校の成績は悪いし、速攻諦めた。医者が駄目なら看護師かって思っただけよ」

「なぜ医者になりたいと思ったんですか？」

「私、こう見えて結構ぐれててね、中学校の頃から無免許でバイク乗ったりしてたの。高校一年のとき、彼氏のバイクの後ろに乗ってたら、信号無視を見つかって警察に追いかけられたの」

五キロにわたりパトカーに追跡され、国道のカーブを曲がり切れずに伶奈の乗ったバイクはガードレールに激突した。運転していた恋人は即死し、伶奈はガードレールの向こう側に投げ出され、胸に重傷を負った。

「そのときの傷がこれ」

そう言って伶奈が看護服の一番上のボタンを外した。「な、何やってんですか、こんなところで」と稜はうろたえたが、視線はそこに吸い寄せられる。ピンク色のブラジャーの紐《ひも》が見え、その近くに大きな傷跡が残っていた。

「三日間、意識は戻らなかったけど、何とか助かったの。そのときに私を助けてくれたのがこの病院の先生でね。今はほかの病院に赴任しちゃったけど、私も医者になって人を助けてあげたいなって思ったの。頭が悪いから医者は無理だってすぐにわかったけど、だったら看護師でいいやって思って、高校を卒業してから看護学校に入学したのよ」

人に歴史ありとはよく言ったものだ。伶奈がそんな大変な経験をしているなんて想像もしていなかった。

「でも私って意外に看護師向いてんのよ。てきぱきと仕事もこなすしね。来年には副看護師長よ。今まで学級委員すらやったことない私なのに」

伶奈はにっこりと笑って片目をつむる。彼女には屋台で飲んだくれているイメージが強いが、人を見かけで判断してはいけないと痛感する。

「あっ、もう休憩終わりだ。話し相手になってくれてありがと。じゃあ、またね。ピエロによろしく」

　伶奈は立ち上がり、飲み干したジュースの缶をゴミ入れに捨てたあと、病院の正面玄関に歩いていった。彼女と中路がいれば、村岡も大丈夫だろう。

　伶奈の姿を見送ってから、稜はジュースを飲んだ。午前中からこうして日光を浴びるのも気持ちがいいものだ。しかし自分はそんな呑気なことを言っていられる身分ではないと思い直す。

　伶奈も中路も城島も、そしてピエロもそれぞれ職業に就き、日々汗を流している。僕がなりたいもの、就きたい仕事とは何だろうか。そう考えたとき、不意に思い浮かんだのは昨夜のある光景だった。

　あの人たちは真剣な表情で働いていた。どうすればああいう仕事に就けるのだろうか。当然資格をとらなければ無理だろうが、調べてみる価値はありそうだ。

　稜はスマートフォンをとり出した。

　蕎麦屋の暖簾をくぐると、店の一番奥のボックス席に城島が座っていた。

「村岡さんの容態はどうだった？」

　城島の前に座りながら、稜は答えた。

「まだ面会は禁止です。明日くらいには面会できるだろうって看護師さんが言ってました。城島さんは何かわかりました？」

壁に貼られたメニューを見て、稜はざる蕎麦の大盛りを注文した。城島は大きめの封筒をバッグから出しながら答える。

「うちの支局のベテラン記者から話を聞いた。当時の写真も手に入れたよ。これだ」

封筒から数枚の写真を出し、城島はそれを手渡してきた。丸太で作られた遊具が写っている。

「長さは二十五メートルほどだ。高い方の台に上って、子供たちはロープに掛けられた滑車を握る。ロープは斜めに張られているから、低い方へと滑っていく。俺も多分遊んだことがあると思うよ。記憶にはないけど」

子供が遊ぶことを考慮してか、それほど高くはない。大人がやれば、おそらくロープのなかほどで地上に足がついてしまうことだろう。

「亡くなった男の子は、高い方の台から足を離した直後に手を滑らせて落下したらしい。下は芝生になってたみたいだけど、よほど打ちどころが悪かったんだろうね」

城島がノートを開き、説明を続けた。

「事故から三ヵ月後に遊具は取り壊されて、砂場になったようだ。写真を見てもわかる通り、防護ネットは張られていなくて、落ちたら芝生に激突する。公園を造った市や施工業者の責任は問われなかった。今のご時世なら安全面を考慮していないとか言われて、大騒ぎになっただろうけど、比較的おおらかだったようだね。いずれにしても不幸な事故だよ」

「本当に事故だったんでしょうか？」

「どういうことだい？」

「これが普通の事故だったら、わざわざ田沼さんがコピーをとらせる意味がありませんから」

「うーん、警察もそのあたりのことは調べたと思うけどなあ」

蕎麦が運ばれてきたので、いったん写真は片づけた。蕎麦を啜《すす》りながら稜は言った。

「第一発見者は誰なんですか？」

「一緒にいたお母さんだね。その場には亡くなった子供の姉もいたらしい。それから騒ぎを聞きつけた管理人がやってきて警察に通報したようだ」

「へえ、管理人がいたんですか」

「そうみたいだ。名前は川上忠雄《かわかみただお》。当時の年齢は四十八歳だから、今はもう八十近いね」

仮に三十年前の幼児死亡事故に事件性があったとしたら、それは何を意味しているのだろうか。誰かが何かを隠し、それを知ったせいで田沼は殺されたのか。

蕎麦を食べ終えた頃、稜のスマートフォンにピエロから着信があった。稜は電話に出て、今日の午前中にわかったことを説明する。説明を聞き終えたピエロは満足そうな口調で言った。

「いいですね、立花君。三十年前の事故を疑ってかかるのはナイスです」

「あ、ありがとうございます」

あまり他人に褒められたことがないので、稜は背筋を伸ばして礼を言った。蕎麦湯を啜りながら、城島が怪訝そうな目でこちらを見る。電話の向こうでピエロが続けて言う。

「問題は田沼氏が三十年前の事故に興味を持ったきっかけでしょう。おそらく田沼氏は自分がパンドラの箱を開けようとしていることに、気づいていなかったはずです。立花君、自分が次に何を調べればいいかわかりますか？」

ピエロに訊かれ、必死に考える。

「仕事関係でしょうか。田沼さんは不動産会社を経営していました。その絡みで偶然三十年前の事故を知った、とか」

「いいですよ、立花君。田沼氏が最近手掛けていた仕事を洗いましょう。何か出てくるかもしれません」

「わかりました」

通話を切ってから、電話の内容を城島に伝えた。城島が煙草に火をつけながら言った。

「じゃあ田沼の経営していた不動産会社に足を運んでみようか」

「それがいいと思います。三十年前に起きた幼児死亡事故は、ただの事故ではないと思います」

「立花君、何か活き活きしてるじゃん。刑事みたいだよ」

「刑事？　僕がですか？」

推理をするというのは、もつれた糸を解いていくようで楽しい。しかし楽しんでばかりはいられなかった。稜は村岡とゲームをしていたときのことを思い出す。彼が根つからのお人よしであることは一緒にゲームをしているだけで伝わってきた。村岡さんをあんな目に遭わせた犯人は許せない。

城島が運転する軽自動車が路肩に停車した。前には国産のワゴンが停まっている。ワゴンのドアが開き、男が運転席から降りたので、稜も助手席から降りた。続いて城島も運転席から出てくる。

「ここですね」

ワゴンから降りた男がそう言って、道路脇にある住宅を指でさした。二軒の長屋が建ち並んでいた。どちらも古くて傷んでいる。外壁は剝がれ落ちているし、空き家であることは一目瞭然だ。壊れた自転車や洗濯機などがそのまま放置されている。

蕎麦屋を出たあと、すぐに田沼が経営していた不動産会社に足を運んだ。駅前通りの雑居ビルの中にテナントとして入っており、社長が亡くなってしまっても営業は続けられているようだった。二人の男性社員が働いていて、城島が記者だと名乗ると応接室に案内された。

田沼の経営する不動産会社はそれほど儲かっていなかったようだ。市内にあるアパートやマンションの経営などを手掛けているようで、それが会社の数少ない収入源だった。田沼自身がオーナーとなっている物件や、別のオーナーから経営だけを任されている物件もあったようだ。最近、田沼はある長屋の土地の買い上げを目論んでおり、その土地にアパートを建設する予定だったらしい。まだ入居者が一人残っていたことから、田沼は足繁くその長屋に出向いていたという。

「認知症らしくて、まともに話ができないときもあったみたいです」長屋に向かって歩きながら、不動産会社の男が説明した。「それでもどうにか立ち退いてもらいたいから、社長も根気強く通っていたみたいですけどね。この案件は社長が一人で手掛けていたんで、私も詳細はほとんど知らないんです。あっ、あの長屋ですね」

不動産会社の男が手前の長屋を指でさした。稜と城島はその長屋に向かった。一戸だけ人の住んでいる気配があるが、表札は出ていない。中からテレビの音声がかすかに聞こえてくる。

「すみません。少しお話しさせてもらいたいんですが、よろしいですか?」

城島がドアをノックしながらそう声をかけても、中から反応はなかった。城島が引き戸に手をかけると、施錠されていないようで、引き戸は軋んだ音を立てながら開いた。城島が中に足を踏み入れたので、稜もあとに続く。

中は思った以上に片づいていた。ヘルパーのような人が定期的に片づけているのかもしれない。八畳一間の間取りで、中央に置かれた卓袱台《ちゃぶだい》の隣に一人の老人が座っていた。稜たちが入ってきても気づかずにテレビを見ていた。テレビに映っているのは一昔前のドラマだ。

「こんにちは」

城島が大きな声でそう言うと、老人がゆっくりとこちらに目を向けた。その表情に感情はなく、老人はすぐにまたテレビに視線を移してしまう。

「お邪魔します」

城島がそう言って靴を脱いだ。稜も靴を脱ぎ、畳の上に上がる。城島が膝を突き、老人に向かって訊いた。

「こんにちは。私は城島といいます」

老人はまったく動かず、テレビに見入っている。

「〈毎朝新聞〉の記者です。田沼さんという方に心当たりはありませんかね?」

ふと畳の上に目を向けると、封筒が落ちているのが見えた。それを拾い上げ、稜は城島の脇腹を肘でつついた。

封筒を見て、城島はわずかに眉を吊り上げた。電力会社からの請求書のようで、宛名には『川上忠雄』と記されている。三十年前、事故の起きた公園の管理人の名前だった。

城島がバッグから封筒をとり出した。封筒の中から例の遊具が写っている写真を出し、それを卓袱台の上に置く。しかし老人は写真を見ようともしない。仕方ないと思ったのか、城島が写真を手にとり、それを老人の顔の前に差し出した。

しばらく老人は何の反応も示さなかった。やはり駄目か。稜がそう思ったとき、いきなり老人が悲鳴のような声を上げ、怯えた様子で壁の方ににじり寄った。それを見た城島が言う。

「川上さん。驚かせてしまってすみません。少しお話を聞かせてください」

川上という老人は城島の声など耳に入っていないようで、怯えてしまっている。

「川上さん」と城島がもう一度名を呼ぶと、川上老人は額を畳にこすりつけるようにして、「ごめんなさい、ごめんなさい」と謝り始めた。その姿を見ていると胸が締めつけられる。

「城島さん」

稜がそう声をかけると、城島は稜の真意を察したように肩をすくめた。「お騒がせしました。失礼します」と川上老人に声をかけ、それから靴をはいて引き戸から外に出た。

「驚かせてしまって申し訳ありませんでした」

稜は頭を下げた。しばらく見守っていると、徐々に老人の様子が落ち着いてくるのがわかったので、稜は少し安心して外に出た。

外に不動産会社の男はいなかった。通りを見ると、乗ってきたワゴンの脇で煙草をふかしていた。

「殺された田沼はここで川上忠雄に出会った」城島が写真を封筒にしまいながら言った。「調子がいいときは世間話くらいできるのかもしれない。そして川上が三十年前、幼児死亡事故が発生した公園の管理人だったことを知ったんだ」

「でも、いつ調子がいいのかもわかりませんし、ほかの関係者を当たってみる必要があるかもしれません」

「そうだね。少し調べてみよう」

城島が不動産会社の男に挨拶に行っている間、稜は振り返って川上老人が住んでいる古びた長屋を見た。

例の遊具の写真を見て、彼は「ごめんなさい」と言って怯えた。彼はなぜ謝ったのか。その謝罪の理由に、三十年前の幼児死亡事故の真相が隠されているのかもしれない。

※

内線電話が鳴ったのは午後六時三十分を過ぎた頃だった。比南子は書類の作成を終えたところだった。明日までに提出しなければいけない報告書に思いのほか手間取っていたからだ。すでに秘書課の職員は比南子を除いて全員が退庁している。

本来であれば時間外にかかってきた外線電話には出ない。しかし電話機の液晶画面に映し出された内線番号を見て、比南子は受話器をとった。

「はい、秘書課でございます」

「今西さん、まだ残っていたんですね」

「ええ。それより市長こそ……」

電話は市長室からだった。市長はすでに帰ったものだと思っていた。

「帰る間際に来客がありましてね。今西さん、お茶を三人分、お願いできますか？ 時間外で申し訳ないのですが」

「わかりました。すぐに伺います」

比南子は席から立ち上がり、給湯室に行ってお茶の用意をした。それを持って市長室に向かう。ドアをノックしてから中に入る。

「失礼いたします」

宍戸市長が奥のソファに座っており、手前側のソファには男性と女性が一人ずつ座っている。男性の方は市議会の長老と言われている二本松議員だった。女性の横顔を見て、比南子は内心驚く。今朝顔を見たばかりの〈兜市の未来を考える会〉の代表、小松江利香だ。

二本松議員、小松江利香、それから宍戸市長の順にお茶を置いていく。二本松議員が湯呑みを持ちながら言った。

「どうだね？　市長。よく考えてみてはくれないか。君が辞職すれば、万事うまくいくはずだ」

思わず耳を疑った。二本松議員が続けて言った。

「公費でバリ島に行った問題は、市民の信用を著しく損ねたと言っていい。現在、兜市は未曾有《みぞう》の不況に覆われていて、舵とり役である市長の責任は大きい。いったん君が退き、不況を打破するためのリーダーを決めるべきだ」

「ですから明後日、きちんと説明させていただく予定です。それを待ってからでも……」

「市長、自分の置かれた状況を理解できないようだね。君の信用は地に墜《お》ちた。これは私個人の意見ではなく、市議会の総意と思っていただいていい」

長老と言われる二本松議員の権力は絶大だ。今、市長は非公式に市議会から退陣を要求されているのだ。

「市長、悪いようにはせん。君が打ち出してきた施策も、次の市長に引き継いでもらうつもりだ。紹介が遅れたが、彼女は小松江利香といい、優秀な女性だ」

小松江利香が小さく頭を下げた。「小松です。先日はありがとうございました」

二本松議員が目を細めて小松江利香を見たあと、宍戸市長に向かって言った。

「私は次期市長に彼女を推すつもりだ」

小松江利香の年齢は四十歳くらい。政治家としては若いが、その容姿からして票を集めることができるはずだ。何より二本松議員が応援するのであれば、それこそ当選確実だ。

「彼女は私の経営する塾の出身者だ。この兜市のリーダーに相応しい人物だと思っている」

二本松議員は〈二本松スクール〉という私塾を経営している。エリートのみが通える塾で、その塾の門下生たちを二本松議員は何人も市議会に送り込み、現在の自分の地位を固めていった。

「私の提案を受け入れてくれるのであれば、君には相応のポストを用意したい。二年後の市議会議員選挙に打って出るのもいいだろう。私も協力は惜しまん。君が当選した暁《あかつき》には、私の代わりに議会を束ねるリーダーになってもらいたいと思っている。私も年には勝てんからね」

宍戸市長は無言で二本松議員の話を聞いていた。その表情からは感情を読みとることができなかった。

「どうだね、市長。ここは私の顔を立てる意味でも、いや兜市の将来のことを考えて、いったん身を引いてくれないか」

宍戸市長は答えなかった。これ以上市長室にとどまっているのもどうかと思ったので、比南子は退室することに決めた。比南子がドアに向かって歩き出したところで、宍戸市長が口を開いた。

「二本松議員、私は辞職しません。任期を全《まっと》うします」

「君ねえ。今さら何を言っているんだよ。自分の立場というものがわかっているのか。どれだけ市民の信用を損ねたと……」

「立場をわかっておられないのはあなたの方です、二本松議員。私は市長です。兜市の首長は私であり、あなたではありません。もし兜市を意のままに支配なさりたいのであれば、ご自分が市長になられたらどうでしょうか」

二本松議員の顔が赤く染まった。手にしていた湯呑みを乱暴にテーブルの上に置き、二本松議員は立ち上がった。険しい目で宍戸市長を見下ろすが、市長も目を逸らさない。やがて二本松議員は小松江利香に向かって言った。

「帰るとしようか、小松君。この市長には何を言っても無駄のようだ」

二本松議員が市長室から出ていった。小松江利香が立ち上がり、宍戸市長に向かって頭を下げた。

「市長、二本松議員を敵に回すことは得策ではないと思います。利用できるものは利用された方がよろしいかと」

「あなたは二本松議員を利用している。そう捉えられかねない発言ですね」

「どう解釈していただいても結構です。私は本気であなたのあとの市長の座を狙ってます。宍戸市長の公約は素晴らしいと思いますが、何一つ実現できていないのが現状です。長引くスタンダード不況への対策もそれほど実を結んでいません」

「あなたが市長になれば、この不況をとり除くことができるのですか？」

「具体的なことは申し上げられません。でも私は二本松議員を敵に回すようなことはしませんね。彼の人脈は魅力的ですから。それでは失礼いたします」

小松江利香が市長室から退出していったので、比南子はドアの脇で頭を下げて見送った。市長がソファから立ち上がりながら言う。

「見苦しいところをお見せしてしまいましたね、今西さん。お茶を片づけてもらえますか？」

「はい」

比南子はテーブルの上の湯呑みを盆に載せ、そのまま市長室から出ようとした。すると背後から宍戸市長が声をかけてくる。

「今西さん、もう仕事は終わりですか？」

「ええ。これから帰宅するつもりです」

「一つお願いがあります。これは私の個人的な──いや厳密に言えば公務の一環ですが、頼みたいことがあります」

「はい、どのようなことでしょうか？」

こんな風に市長に頼みごとをされるのは初めてだった。やや緊張しつつも比南子は訊き返した。


その一時間後、比南子は兜駅の改札口の前にいた。ちょうど電車が到着した直後で、改札口から会社帰りとおぼしきサラリーマン風の男たちが何人も出てきている。ここで来客を出迎えて、旅館まで案内してほしい。それが市長の頼みだった。背の高い外国人だと伝えられていた。比南子が迎えに行くことは市長が相手に伝えるとの話だった。

　会社帰りの人たちに交じって、一人の外国人が改札口から出てくるのが見えた。ひょろりと背が高く、立派な口髭を蓄えている。インド人のようだ。

　えっ？　まさか彼が……。

　改札口から出たインド人は、真っ直ぐに比南子のもとに歩み寄ってきた。目がくりくりと大きく、愛嬌のある顔立ちをしていた。ジーンズにシャツといった軽装だ。年はわからないが、三十代から四十代といったあたりだろうか。

「ヒナコ・イマニシ？」

「イ、イエス」

　比南子が返事をすると、インド人は両手を合わせて頭を下げた。「ナマステ」

　恥ずかしいと思ったが、市長の客に失礼があってはならない。比南子も両手を合わせて声を出す。「ナ、ナマステ」

　インド人は首からぶら下げた一眼レフのカメラを両手で持ち、駅構内のいたるところを撮り始めた。その様子を困惑気味に見守っていると、インド人がカメラから目を離して言った。

「イキマショウカ」

「日本語、おわかりになるんですか？」

「スコシネ」

インド人と肩を並べて歩き出す。目指す旅館は駅から歩いて五分ほどのところにある老舗《しにせ》旅館だった。しかしインド人は時折立ち止まって写真を撮るので、なかなか前に進まない。

「コンビニ！」

インド人がそう叫んで、コンビニエンスストアの店内に駆け込んでいった。仕方ないので比南子は店の外で待つ。それにしてもこのインド人は何者だろう。カプールワール市からの少年派遣団の関係者というのが有力か。しかしそれならば出迎えは教育委員会のどこかの課に任せればいい。

しばらくして店から出てきたインド人はおにぎりを手にしていた。「オニギリオニギリ」と嬉しそうに言い、首にぶら下げていたカメラを比南子に渡してくる。それから店の前でおにぎりを持ち、ポーズをとった。写真を撮ってくれという意味だと察し、比南子はファインダーを覗いてシャッターを切る。

再び歩き出し、何とか旅館の前まで辿り着いた。古びた老舗旅館を見てインド人は歓声を上げ、また写真を撮り出した。旅館の中から着物を着た高齢の女性が出てきて、比南子のもとに歩み寄ってくる。

「ようこそいらっしゃいました」

「こんばんは、市役所秘書課の今西と申します」

「ご苦労様です。宍戸様からお話は伺っておりますので」

「では私はこれで」

立ち去ろうとすると、インド人が駆け寄ってきた。比南子の手を握り、「アリガトウゴザイマシタ」と笑みを浮かべて言ったので、「どういたしまして」と比南子は返した。

女将《おかみ》さんに連れられて、インド人は旅館の中に入っていく。もうあたりは真っ暗で、時刻は夜八時を過ぎている。

お腹が空いていた。ハンドバッグからスマートフォンを出すと、着信履歴が残っていた。〈毎朝新聞〉の城島からだった。スマートフォンを操作して耳に当てる。

「もしもし」

「やあ、比南子ちゃん。今何してるの？」

「家に帰るところよ」

「たまには飯でもどうかなと思ったんだ。俺、駅前通りのおでんの屋台にいるんだよ。よかったら合流しない？」

ここからすぐ近くだ。おでんの屋台があることは知っていたが、立ち寄ったことはない。秘書課の同僚が美味しいと話していたことがあり、一度行ってみたいと思っていた屋台だ。

「わかったわ。近くにいるから、すぐに向かう」

スマートフォンをバッグの中にしまい、比南子は夜道を歩き出した。

「この子は立花稜君ね。ちょっと訳があって、最近一緒に行動してるんだ。立花君、この女性は今西比南子ちゃん。宍戸市長の秘書をしてるんだぜ。美人だろ？」

比南子がおでんの屋台に辿り着いたとき、すでに城島は一人の若者とビールを飲んでいた。客は城島たちだけだった。比南子は城島の隣に座りながら、立花という若者に向かって挨拶した。

「初めまして、今西です」

「立花です」

ビールを注文すると、缶ビールがそのまま出てきた。四角い鍋の中ではおでんが煮えていて、白い湯気が立ち昇っている。大根やこんにゃくなど、数種類のおでんを注文した。プラスチック製の容器に盛られたおでんを初老の店主から受けとり、割り箸で食べる。出汁が沁み込んでいて美味しかった。屋外でおでんを食べるのは初めてだ。

「立花君、ピエロさんは？」

「今日はまだ連絡がありません」

「そうか。何やってんだろ」

二人の会話が耳に入ってくる。

「ピエロって何者？」

「そうか、比南子ちゃんは会ったことないのか。この立花君はピエロの助手なんだよ」

立花という若者が頭を下げた。城島が缶ビール片手に説明する。

「俺たちも正体は知らないんだ。毎晩、ピエロの格好をして街に現れて、いろいろなこと──まあ何もしないでビールを飲んでるだけのときもあるけど、基本的に兜市の人々の願いごとを叶えたりする。そういう人だ」

「何それ。具体的にはどういうことをしてるの？」

「そうだな。最近では先週末、台風が直撃しただろ。あのとき蟹沢地区にとり残された子供たちを救出したのはピエロだよ。それと今日から中央病院に新しい外科医が来たんだけど、その人を連れてきたのもピエロ」

「そうなの？　私、台風が直撃した日、仕事でずっと役所にいたのよ。子供たちを助けたのがそのピエロってわけ？」

「うん。凄いだろ」

ボランティアみたいなものだろうか。しかし台風の中、子供たちを救出するというのは、ボランティアにしては度を越している気もする。消防や警察も手をこまねいているばかりだった救出作業を、民間人が成し遂げたのは驚きだ。

「でも今は市民の願いごとを叶えている暇はなくて、宍戸市長の後援会長が殺された事件を追っているんだ」

「ちょっと待って。そんなこともしてるの？　それって警察の仕事じゃないの」

「あの人の行動力は半端ないからね」

「そういえば村岡さんのことを私に尋ねたわよね？　あれから刑事さんに同じことを訊かれたわ」

「村岡さんは入院してるよ。……どうしようかな。まあ、比南子ちゃんは口が堅いだろうから、いいか」

　そう言って城島はこれまでに判明した事実を教えてくれた。殺害された田沼は三十年前に兜市内の市民アスレチック公園で発生した幼児死亡事故に興味を持っていて、その事故が鍵を握ると城島たちは考えているらしい。

「その川上の別れた妻が市内の老人ホームに入居しているようでね、明日の朝一番で訪ねてみるつもりだ」

　城島の話を聞いていて気になる点が一つあった。三十年前に亡くなった男の子のことだ。もしかして――。

「城島君。亡くなった子供、名前は小松治君で間違いないわね？」

「うん、そうだ。知ってるの？」

「公園にはお母さんとお姉さんが一緒にいたんだよね。お姉さんの名前はわかる？」

「ちょっと待ってよ」

　そう言って城島は足元に置いてあったバッグを膝の上に置き、中から大学ノートをとり出した。城島がノートをめくっている間に、比南子は残りのおでんを平らげて、すぐに牛スジと厚揚げを注文した。やがて城島がノートから顔を上げた。

「あったよ。小松江利香だ。ん？　どっかで聞いたことがある名前だな」

やはりそうだ。三十年前に遊具の事故で亡くなった男の子は小松江利香の弟だ。いったいどういうことなのだろう。比南子は城島に言った。

「〈兜市の未来を考える会〉の代表」

「そうか。あの小松江利香か。最近あちこちで名前を聞く。二本松議員の秘蔵っ子で、次の市会議員を狙ってるって噂だ。美人だけど俺はどうも好きになれない。比南子ちゃんの方が百倍いい」

田沼後援会長が殺された事件に、小松江利香が関与しているということか。だが城島の話を聞いている限り、殺された田沼が三十年前の事故に興味を持っていたというだけで、小松江利香の関与を示す証拠はない。

「ちょっと待ってください」ずっと黙って話を聞いていた立花という若者が口を開く。「僕にもわかるように説明してくれませんか」

「そうか。立花君は東京に住んでるから、兜市の話には疎いんだな。まず二本松議員というのは長老と呼ばれていて……」

新聞記者をしているだけあり、城島は市議会の情勢などを熟知しているようだった。しかしさすがに二本松議員が次期市長に小松江利香を推そうとしていることまでは知らないようだ。

「……そうなんですか。政治の世界っていうのも大変なんですね」

感心したように立花という若者が言う。それを聞いた城島が小さく笑った。

「まあね。狭い市だし、いろいろあるんだよ」

「三十年前に事故があった公園って、誰が造ったんですか？」

「市だよ、市。兜市が造ったんだよ」

「そうじゃなくて、実際に工事を請け負った会社です」

「なるほど、そうか」

城島が目を輝かせ、再びノートをめくり出した。しばらく待っていると城島が顔を上げた。その顔は赤く火照っている。ビールの酔いのせいだけではなさそうだ。

「二本松建設だ。お手柄だよ、立花君。二本松議員の実弟が経営する建設会社だ。議員自身も役員に名前を連ねているはずだ。これがパンドラの箱ってやつかもしれない」

「パンドラの箱って何？」

「つまり小松治君の死亡事故には二本松議員が関与しているかもしれないってこと。殺された田沼はその秘密を知ってしまったんだよ」

まるで二本松議員が田沼殺害の犯人であるかのような言い方だ。しかし殺された田沼と二本松議員が、一本の線で繋がったのは間違いなかった。

「いいね。だんだん真相に近づいてきたような気がする。ピエロさんに報告しないとな」

　城島が興奮気味に話していると、背後から足音が聞こえてきて屋台の前で止まった。暖簾の下から顔を覗かせると、そこには一組の男女が立っていた。立花という若者が腰を上げ、城島に向かって言った。

「城島さん、この人が中路さんです。たしか初対面でしたよね。そしてこちらの女性が看護師の藤井伶奈さんです」

　二人は腕を組んでいる。というより女性の方が強引に男性に腕を絡ませていて、中路という男性は困惑気味だった。女性は少し化粧が濃いが、可愛い人だった。城島が席を詰めながら言った。

「噂のドクターですね。僕は城島といいます。こちらの女性は今西比南子さんです。さあ、ドクター。お座りください」

「ドクターなんてやめてください。中路でいいです、中路で」

「ねえ、立花。今日はピエロはいないの？」

藤井伶奈という女性に訊かれ、立花が答えた。

「今日は何か用事があるみたいです」

「そうなんだ。お礼言いたかったんだけどな。こんな若くて優秀なドクターを連れてきてくれて、感謝してるのよ」

　さっきの城島の話を思い出す。ピエロが中央病院に外科医を連れてきたと言っていた。彼がその外科医ということか。医師不足にあえぐ病院に外科医を連れてきてしまうなど、ピエロなる人物の行動力にはただただ驚かされる。

　二人が屋台のカウンターの前に座ったので、やや窮屈になる。急に賑やかになり、比南子は思わず二本目の缶ビールを注文した。

　立花という若者が胸ポケットからスマートフォンを出し、何やら話していた。しばらくしてスマートフォンをポケットに入れながら立花が立ち上がる。

「すみません。僕、仕事みたいです」

「仕事って、ピエロさんの？」

　城島にそう訊かれ、立花は頭をかきながら答える。

「ええ、そうみたいです」

「大変だねえ、ピエロの助手も。まあ頑張ってきてよ」

「はい、頑張ります」

立花は頭を下げてから、駅の方向に足早に去っていった。その背中を目で追いつつ、比南子は手元にあった缶ビールのプルタブを開ける。

「よろしくね、今西さん。どこで働いておられるんですか?」

藤井伶奈に訊かれたので、比南子は小さく頭を下げた。「こちらこそよろしくお願いします。市役所で働いてます。城島さんの同級生です」

「へえ、市役所にも綺麗な人がいるんだね。中路ドクター、私と今西さん、どっちがタイプ?」

「やめてくださいよ。藤井さん」

「だから名字じゃなくて名前で呼んでってさっきから何度も言ってるじゃない。伶奈って呼んで」

「れ、伶奈さん」

「ふふ、いい感じ。そっちの記者さんもいい男だけど、やっぱり私は中路ドクターだな」

「いきなりフラれたか。でも俺の年収はドクターの足元にも及ばないしね。降参ですよ、降参」

城島がそう言って肩をすくめた。さっきまでほとんど面識がなかった四人の男女が屋台で並んで座っているのだが、それほど緊張は感じなかった。むしろ居心地がいい。

立ち去った立花を含め、全員が一人の人物を介して繋がっているのだ。それはこの街のどこかにいる、人々の願いを叶える謎のピエロだ。

※

店内に『蛍の光』が流れ始めたので、稜はスマートフォンで時間を確認した。あと五分ほどで午後十時になろうとしていた。閉店のアナウンスが流れ始める。

稜は兜市内の大型パチンコ店にいた。閉店時刻が迫っており、客もまばらだ。稜は何気ない様子を装って、列の一番端に座っている男の姿を観察した。男の座っている椅子の後ろにはパチンコ玉が詰まった箱が十箱以上積まれていた。男の近くに制服を着た店員が立っており、二人のやりとりが聞こえてくる。

「ふざけんなよ。この台、まだ出るんだぞ」

「お気持ちはわかりますが、もう閉店時刻でございますので」

「少なくともあと五箱は出るぜ、俺の予想では」

「申し訳ありません、お客様。そこを何とかお願いします」

「ちっ、仕方ねえな」

舌打ちをして、男は立ち上がる。稜は皿に入っていた玉をすべて打ち尽くして席を立った。一時間で五千円も使ってしまった。これなら別のことに金を使った方が有意義だ。

店から出て、景品交換所近くで男が出てくるのを待った。男が店から出てきて、景品交換所の列に並んだ。ポケットの中でスマートフォンが震えたので耳に当てると、ピエロの声が聞こえてきた。

「どうですか?」

「今、店から出てきたところです」稜は小声で言う。「景品交換所にいます。あっ、動き出しました。駐輪場の方に向かいます」

「了解です。立花君、そこを動かないでください」

男が駐輪場で自転車の鍵を解除しているのが見えた。男が自転車にまたがったとき、稜の前にワンボックスカーが停車した。稜は素早く助手席に乗り込む。シートベルトを締めると、車は発進した。運転席に座るピエロが言った。

「勝ちましたか?」

「負けました。五千円も」

「立花君ではなくて、延井のことですよ」

男の名前は延井雅志といい、妻にDVを働いた不届き者らしい。妻は延井のもとから逃げ、市役所で一時保護されて知人宅に匿われているらしいが、延井はそれが許せないのか、たまに市役所を訪れては執拗に抗議し、職員を困らせているという。ピエロがなぜそんなことを知っているのかわからない。市役所に伝手があるのだろうか。ピエロは時間があるときに延井の動向を探っているらしく、今日も夕方から尾行していたようだ。

「かなり勝ったみたいです。十箱以上は積んでましたから」

稜が答えると、ピエロは笑って言った。

「それはいいですね。私が見張っていたときはいつも負けていたようです。勝ったなら何か動きがあるかもしれません。やはり思った通りです」

前方を走る延井の自転車が角を曲がる。ピエロは車の速度を落としながら言う。

「彼の家に帰るには真っ直ぐなんです。どこに行くんでしょうか」

しばらく尾行を続けていると、延井の自転車が小さな公園に入っていくのが見えた。ピエロは公園の前に車を停め、エンジンを切った。公園の中で延井が何をしているのか、木々が邪魔でわからない。

一人の男が公園から出てきて、立ち去っていくのが見えた。その三十秒後、今度は延井が公園から出てきて、自転車で今来た道を引き返していく。ピエロが満足そうにうなずいた。

「密売ですね。大麻あたりを購入したんでしょうか」

「大麻って、麻薬ですか？」

「そうです。こんな人気《ひとけ》のない公園で男二人が待ち合わせなんておかしいですから。密売人を呼び寄せ、麻薬を買った。パチンコをやりながら延井は携帯を見ていませんでしたか」

「そういえば、たしかに」

パチンコ店での延井の様子を思い出す。玉が出始めてから、延井はしきりに携帯電話を見ていた。密売人に連絡をとっていたというわけか。

延井の住所はすでに摑んでいるらしく、ピエロは尾行をやめてのんびりと車を走らせた。鼻唄を歌っている。稜が知らない演歌調のものだった。しばらく車を走らせたあと、ピエロは車をコインパーキングに入れた。

「ここから先は歩いた方が早いです。道が狭いので」

ピエロとともに車から降り、住宅地の中を歩き始める。道幅は三メートルもなく、車がすれ違うのは難しそうだ。同じような家が何軒も並んでおり、迷路のようだった。

「ここは三十年以上前に分譲された住宅地です。昔は栄えていましたが、今は空き家も多くなってます。空き家というのは樹木も伸びるし、草も生える。本来なら持ち主が空き家の管理をするべきなんですが、行政に強制力はありません。あのアパートですね」

ピエロが指さした先に木造二階建てのアパートがあった。二階の一番右側の部屋は玄関脇の窓が開け放たれていて、近所迷惑だと思われるほどの大音量でテレビの音声が聞こえてきた。どうやら延井の部屋らしい。

「まったく非常識な男ですね。警察に通報しましょう。今なら大麻取締法で現行犯逮捕できるはずです」

ピエロはそう言って携帯電話を操作し始めたが、しばらくしてその指が止まった。ピエロの視線の先には一人の男性がいた。男性はこちらに向かって歩いてくる。ピエロが電柱の陰に身を隠したので、稜もその背後で息をひそめた。

「知り合いですか？」

稜が小声で尋ねてもピエロは答えない。黙って男性の動きを見守っていた。男性は延井のアパートの前で立ち止まり、溜め息をつくように大きく肩を上下させてから、アパートの外階段を上り始めた。男性は延井の部屋の前に立ち、ドアをノックした。

ピエロが動き出したので、稜もあとに続く。ピエロはアパートの外階段を忍び足で上り、階段の一番上で立ち止まった。腰を屈め、階段の手摺り越しに延井の部屋を窺っていた。稜も同じ姿勢になって顔を覗かせる。

「すみません、延井さん。夜分恐れ入ります。市役所児童福祉課の福田《ふくだ》です。開けてください、延井さん」

福田という男がドアをノックしても、中から延井が姿を現す気配はない。それでも福田が根気強くドアを叩きながら呼びかけていると、ようやくドアが開いて延井が姿を現した。

「うるせえんだよ、おい。誰だよ、お前」

「児童福祉課の福田です」

「ああ、役所の課長か。何の用だ？　アケミの居場所を話す気になったのか」

アケミというのはＤＶ被害者だろう。それにしてもテレビの音量がうるさく、会話が聞きとりづらい。

「そうではありません。今日はお話があって参りました。少しテレビの音量を下げてもらえますか？　これではまともに話ができないので」

「俺に指図する気か」

「違います。お願いしているんです」

福田は腰を折り、頭を下げた。年齢は五十代半ばくらいだろう。くたびれたグレーのスーツを着ており、髪も薄かった。電車の中でよく居眠りしていそうな男性だ。

「仕方ねえな」

延井がいったん部屋の中に引っ込んだ。すぐにテレビの音が消えた。再び出てきた延井は煙草に火をつけた。煙を吐き出しながら偉そうに言う。

「で？　俺に何の用だ？」

「金輪際、奥様の件で市役所に来るのはやめていただきたいと思い、そのお願いに参りました」

「何だと？　ふざけたこと言うと承知しねえぞ。お前らがアケミの居場所を教えねえからだろ」

「はっきり申し上げましょう。迷惑なんですよ、延井さん。あなたが来るたびに我々は業務に支障が出ています。私の部下も困り果てているんです。ここは私の顔を立てて、約束していただけませんか」

「断る。あんた、課長だろ。だったらアケミの居場所知ってんだろ。俺にこっそり教えてくれねえかな」

「無理です。たとえ毎日役所に来ても、私どもがあなたに奥様の居場所を教えることはありません。奥様はすでに新しい生活をスタートさせているんです。もう奥様のことは忘れて離婚に応じ、あなたもご自分の生活を始められてはいかがでしょうか」

「生意気なこと言いやがって。ぶっ殺されてえのか」

延井の声が大きくなる。殴りかからんばかりの形相だ。警察を呼んだ方がいいのではないか。そう思ってスマートフォンを握り直すと、前にいたピエロが振り返って小声で言う。

「何かあったら私がすぐに飛び出します。そしたら立花君は一一〇番通報してください。多分大丈夫だと思いますが」

ピエロはそう言うが、とても大丈夫には思えない。部屋の前を見ると、延井がくわえていた煙草を投げ捨てて、福田の胸倉を摑んだところだった。

「てめえ、殺すぞ」

「は、放してください。私は公務中です。これは……立派な公務執行妨害です」

「うるせえ。黙れ」

福田の声は震えている。心の中で恐怖と戦っているのが伝わってくるようだった。

福田は胸倉を摑んでいる延井の手を何とか引き離し、大きく腰を折って頭を下げる。

「お願いします。もう市役所に来ないでください」

延井は何も言わず、黙って福田を見下ろしている。その表情は困惑していた。福田は膝をつき、土下座をした。額を廊下の床にこすりつけ、頭を下げる。

「この通りです。もう市役所には来ないでいただきたい。それがお互いのためです。あなたがこれ以上、我々に迷惑をかけるようなら、私も別の手段――警察の手に委ねるしかありません。どうかお願いします」

延井の隣の部屋のドアが小さく開いて、住人らしき男が顔を覗かせた。男はすぐにドアを閉めた。おそらく二人の会話はアパート中に響き渡っている。

「お断りだ。俺はお前らがアケミの居場所を教えるまで諦めねえぞ」

延井は乱暴にドアを閉めた。テレビの音が大きくなり、再び騒々しくなる。

福田は立ち上がり、膝の汚れを手で払ったあと、こちらに向かって歩いてくる。

ピエロが慌てて立ち上がった。稜も一緒に階段を駆け下りて、アパートの下に停まっていた軽自動車の後ろに身を隠した。遅れて階段を降りてきた福田は、最後に延井の部屋を見上げた。がっくりと肩を落とし、福田はとぼとぼと歩き出す。

「立花君、あれが公務員です」

「大変ですね、公務員って」

「公務員にとって市民全員がお客様です。ですので市民に対してキレたら負けなんです。宥めて、説明して、また宥めて、そして謝る。その繰り返しです。彼は無駄足に終わりましたが、本当にいいものを見させていただきました」

福田の姿が遠くに見えた。その背中は頼りなく、覇気《はき》もなかった。仕事に疲れた中年男性の悲哀が漂っている。ピエロは福田の背中を見送ってから、携帯電話を耳に当てた。

「……事件です。大麻を所持してる男がいます。名前は延井雅志。住所は……」

ピエロは満足げにうなずき、歩き出した。

「ご飯でも食べましょうか」

そう言ってピエロがワンボックスカーを駐車場に入れた。大手チェーンのラーメン屋だった。車から降り、ピエロと二人で店内に入る。

「いらっしゃいませ」

店内に入ると、若い女性の店員がピエロを見てそう告げたが、その顔は強張っていた。ピエロは気にすることなく、窓際の席に腰を下ろす。ピエロが生ビールとチャーシューメンを注文し、稜も同じものを頼んだ。今日も代行サービスで帰るのだろう。

「それで立花君、就職活動は順調ですか？」

「いえ、全然」

「彼を知り己れを知れば、百戦してあやうからず。戦いというのはその準備段階で勝負が決まっているという意味です。立花君は時間があるんですから、もっと勉強するなり、資格をとるなりしたらどうでしょう。私なんて今日も朝の八時半から仕事をしているんですよ」

そもそもメイクを落としたピエロの顔を見たことがない。年齢は五十代だと思うが、もしピエロがメイクを落としスーツを着ていたとしたら、街ですれ違っても気づかないだろう。

「さあ、食べましょう」

ラーメンが運ばれてきたので、二人で食べ始めた。夕飯はおでんの屋台で少し食べただけだったので、食べ始めて自分が空腹だったことに気づいた。普通の醤油ラーメンだが、さっぱりしていて旨い。

ている。

「やはり立花君は若いですね」

目を向けると、ピエロは箸を置いていた。丼の中にはまだラーメンが半分ほど残っている。

「さすがにこの時間になると、年のせいか胃がもたれます。食べたい気持ちはあるんですが、どうも箸が進みません」

飲み会帰りといった若い男女が店に入ってきて、ピエロの姿を見て笑っていた。

「何、あの人」「マジで捕まるわよ、あの格好」「ピエロだろ、ピエロ」

ピエロは嘲笑を完全に無視して、生ビールを飲んでいた。自分だったら耐えられないだろう。そう考えていると、ピエロがこちらの胸の内を察したように言った。

「慣れればどうってことありません。いや、むしろ楽しいですよ」

「そうなんですか？」

「ええ。去年のことでした。息子と一緒に縁日に行ったんです。私はこう見えても顔が広いので、縁日を歩いているだけで知り合いから声をかけられる。すると息子が『お面が欲しい』とねだってきたんです」

特撮ヒーローのお面だったらしい。息子が赤と青のお面を両方欲しいと言ったので、二つとも買った。息子が赤のお面を被ったので、ピエロは手にしていた青のお面を被ってみた。

「するとその途端、誰も話しかけてこなくなりました。これは発明ではないかと思いましたよ。家に帰った私はネットの通販サイトでピエロの扮装セットを見つけました」

街を歩いていても、誰にも正体を気づかれることがない快感。変身願望というやつだろう。しかしピエロはただ変身するだけでは飽き足らず、毎晩街に出没し、誰かの願いごとを叶えたり窮地から救ったりしている。

しかもピエロはそれを誰に自慢するわけでもなく、むしろ自分が表に出過ぎないようにしている。

「なぜピエロなんですか？　別のお面でもいいと思うんですが」

稜が訊くと、ピエロが遠くを見て答えた。

「実は私の父親もピエロでした。本物のピエロです。大道芸の修業をして、遊園地やイベントで芸を披露するピエロです。父は私が小学校のときに右足を痛めて、一線から身を引き、日本全国を旅して回りました。父親が芸を披露する脇で、私は勉強したり本を読んだりしていたのです」

日本全国を放浪したのち、最終的にピエロ親子が辿り着いたのが、ピエロの父親の故郷である兜市だった。

「私がピエロの扮装をしようと思ったのは、父親に対する憧憬《しょうけい》があったからかもしれません。もっとも私は芸など一切できない、偽物のピエロですけどね」

「お父さんは、どうされているんですか？」

「さあ……それより最近夜になると膝が痛みます。年には勝てません」

ピエロがはぐらかすように笑った。なぜ自分をそこまで酷使するのか稜にはわからなかった。

「なぜ……こんなに一生懸命になれるんですか？」

「決まってます。兜市のためですよ」

「兜市のために体を張る意味がわかりません」

ピエロは答えず手元の生ビールのジョッキを飲み干し、窓の外に目を向けて言った。

「立花君、本気で女性を好きになったことがありますか？」

いきなりの質問に稜は戸惑う。稜はまだ、女性と付き合ったことがない。

「あ、ありません」

「そうですか。私は妻のことを愛しています。妻は小学校のときの同級生で、転校してきたばかりの私に最初に声をかけてくれた女性でした」

中学校からは進路も分かれ、お互い別々の道を歩いていたが、四十歳を過ぎた頃に再会した。

「運命だと思いましたね。二人とも独身だったので、すぐに意気投合しました。今では昔と違って言い争いや小さな喧嘩はしょっちゅうですが、妻を愛しているという事実に変わりはありません」

ピエロが奥さんを愛しているのはわかるが、それが夜の活動にどう影響しているのか。ピエロが続けて言う。

「私の妻は兜市を愛してます。生まれ故郷であるこの街をね。もうこの年になると、あと何年生きられるかわかりません。息子もまだ小学生ですし、私が死んだら残された家族のことが心配なんです。だから兜市を少しでも住み易い街にしておくことが、私の使命だと思うんですよ」

あまりに飛躍した発想に稜は言葉を失った。ピエロが続けて言った。

「たとえば明日、私の妻は交通事故に遭うかもしれない。そして中央病院に運ばれたとしましょう。先週までは違いましたが、今では中路君という立派な外科医がいる。彼女が助かる可能性は高い。そんなことを考えるだけで、何だか嬉しくなってくるんです」

「それがピエロさんがピエロになった理由ですか」

「ええ、そうです。悪くない理由だと思いませんか。故郷を愛する者は、もってみずからを助く」

「孫子ですね」

「いえ、私のオリジナルの言葉です。おっと、いけない。こんなことを話していたら妻から電話です」

テーブルの上でピエロの携帯電話が震えていた。ピエロは携帯電話を耳に当てて話し始める。

「はい、俺だ。……もうすぐ帰るって。……今日はビール一杯だけだ。……わかった、豆腐だな。絹ごし豆腐を買って帰ればいいんだな。先に寝てていいぞ、じゃあな」

通話を切ったピエロは少し気まずそうな顔をして、伝票を持って立ち上がった。

「何だか二日酔いみたいでさ、立花君、一人で行ってきてよ。俺は車の中で待ってるから」

「駄目ですよ。城島さんも一緒に来てくれないと」

稜は軽自動車の助手席から降りた。兜市郊外にある老人ホームの駐車場だ。城島もノート片手に渋々運転席から降りてくる。昨夜、城島はおでんの屋台で深夜一時頃まで飲んでいたらしい。

時刻は午前十時を回ったところだった。受付で名前を告げると、女性の職員が中に案内してくれた。大きなホールがあり、そこでは老人たちがテレビを見たり手芸をしたりと、それぞれの時間を過ごしていた。窓際にあるテーブルに高齢の女性が座っており、女性の職員が彼女に声をかける。

「滑川《なめかわ》さん、面会の方がいらっしゃいましたよ」

女性が顔を上げた。血色もよく、元気そうだ。滑川静子《しずこ》に向かって頭を下げながら、稜は城島と並んで彼女の前の椅子に座った。

「ではお話が済んだら声をかけてくださいね」

女性の職員が立ち去っていったので、城島が名刺をテーブルの上に置きながら言った。

「私は〈毎朝新聞〉の城島です。こちらは助手の立花。今日は滑川さんにいろいろお話を聞かせてもらいたくて、やって参りました」

「話すことなんて何もないよ」

滑川静子は仏頂面で言う。気難しい性格のようだが、その口調から頭はしっかりしていそうだとわかった。城島は彼女に向かって言った。

「前のご主人、川上忠雄さんのことです。彼は三十年前、市内にある市民アスレチック公園の管理人をされていましたね。小松治君という幼児が事故で亡くなった公園です」

滑川静子の顔色が変わった。頰を強張らせて彼女が言う。

「随分昔の話を持ち出してきたじゃないか。川上に訊いた方がいいだろ」

「そうしたいと思ったのですが、川上さんは体調が優れないようでして」

「自業自得だね。あの男と別れてからもう二十年以上たつんだ。顔も忘れちゃったくらいさ」

「三十年前のあの事故には、加害者がいる。小松治君がうっかり手を滑らせたのではなく、遊具の不備もしくは故障による事故だった。それを二本松建設が巧妙に隠蔽《いんぺい》した。そうではありませんか？」

「そこまで調べてるんだったら、私の話なんて必要ないだろ。記事にすればいいさ」

「お願いします」と城島が頭を下げたので、稜もそれに倣《なら》う。「現段階では想像に過ぎないのです。事件の当事者、またはその近くにいた方のお話を聞きたいんです。お力を貸してください」

滑川静子は無言のまま窓の外を見た。稜もつられて窓の外に目を向ける。この老人ホームは山の中腹にあるので、市内を一望できた。晴れた日にはいい眺めだと思うが、今日は生憎の曇り空だ。

「仕方ないねえ」滑川静子が溜め息をついてから言った。「私に客なんて滅多に来ないし、少しくらい話を聞かせてやってもいい」

「時間はたっぷりあります。どんなことでも、滑川さんのお好きなようにお話しください」

「そうかい……。川上はね、高校を卒業してすぐに二本松建設に就職したんだ。もう六十年も前の話だけどね。二本松建設は当時から勢いがあって、仕事も多かった。順調に行ってたんだけど、あの人が四十二歳のときだったかな。現場で事故ったんだ」

三階建てのビルの建設現場だった。川上忠雄は作業中に三階から落下し、右膝の骨を折る重傷を負った。右膝に後遺症が残り、日常生活は少し不便を強いられる程度だったが、現場に出ることはできなくなってしまった。

「退職も考えたようだった。私は当時専業主婦だったんだけどね、川上の代わりに働きに出ることも覚悟したよ。でもちょうどそのとき、二本松建設が施工した公園があってね、そこの管理人の仕事を斡旋《あっせん》されたんだ。給料は安かったけど、公園の小屋に一日中座っているだけの楽な仕事だった。川上はその仕事に飛びついたよ」

管理人の仕事を始めて四、五年ほどたったある日のことだった。突然、川上は管理人の仕事を辞めた。静子が理由を問い質《ただ》しても、川上は口を閉ざして何も話そうとしなかった。ちょうどその公園で男の子が亡くなったとニュースになっていたし、その責任をとらされたのだろうと静子は推測した。しかし、どうも釈然としなかった。新聞には公園側に過失はなく、あくまで子供が手を滑らせて起きた不幸な事故だと書かれていたからだ。

「ある程度の退職金を――あとになって思えば口止め料みたいなもんだったんだが、川上はもらっていたみたいだった。管理人の仕事を辞めた途端、川上は家に引きこもって酒ばかり飲むようになっちまったのさ。あの公園で何が起こったのか、私も気になってね、あの人が酔って上機嫌なときに尋ねてみたんだよ。そしたら『絶対に口外するな』って前置きして話し出したんだ」

事故が起きたのは夕方のことだった。女性の悲鳴を聞き、管理人の小屋から出た川上は、悲鳴が聞こえた方向に足を向けた。ロープスライダーと呼ばれている遊具の下で、男の子が倒れているのが見えた。その近くには母親がいて、男の子の名前を呼びながら泣いていた。男の子に外傷はなかったが、ぴくりとも動かなかった。母親の背中に隠れるようにして、男の子の姉らしき少女が立っていた。

「当時は携帯電話なんてなかったからね、川上は救急車を呼ぶために、一度管理人の小屋に戻ることにした。そのとき、足元に落ちてる滑車に気づいたんだ。川上はその滑車を拾い、管理人の小屋に戻って一一九番通報したんだよ。で、拾ってきた滑車を見た」

　滑車が壊れているのは明らかだった。部品が割れており、ロープから外れてしまったことが事故の原因だと川上にもわかった。川上はすぐに二本松建設に電話をした。社長を電話口に呼び出して事情を話すと、電話の向こうで社長は絶句した。『少し待ってろ』と社長が言い、いったん電話が切られた。数分後に再び電話が鳴った。社長からだった。

「川上は社長に命じられ、公園内にある倉庫から代わりの滑車を持ち出した。川上が遊具のところに戻った頃、ちょうど救急車が到着していて、男の子が搬送されていったんだ。家族も一緒に救急車に乗っていったから、幸い現場に残ったのは川上だけだった。川上は遊具のロープに新しい滑車をとりつけた。芝生の上に落ちていた、壊れた滑車の部品も残らず回収した。社長の言いつけ通り、事故に見せかける細工をしたんだよ」

翌日警察が現場検証をおこない、小松治君が誤って手を滑らせたという判断を下した。母親も息子が落ちた瞬間は見ていなかったからだ。警察は新しい滑車を不自然に思ったようだが、川上が『定期点検で交換したばかりだ』と説明すると、警察もそれ以上追及しなかった。

事故の発生を受け、市は公園の管理体制を強化するため、新たに二人の管理人を雇うことになり、川上は管理人の職を解かれた。

「事故が起きてから一年ほどで、川上は退職金代わりに受けとった金を酒で使い果たしてね、それから先は口論が絶えなかったよ。結局私は家を出たんだ。それ以来川上には会ってない。まあ私もあの男も、二本松に人生を狂わされたのさ」

滑川静子の長い話が終わった。彼女は疲れたようで、大きく息を吐いた。

「二人とも、よくやりました」

ピエロの声が聞こえてくる。駐車場に戻ってから城島がピエロに電話をして、滑川静子の話を伝えたのだ。スピーカーフォン設定にしてあるので、ピエロの声が稜にも聞こえた。

「次はどう動きますか？」城島が問いかけた。「このまま二本松建設に乗り込みましょうか。滑川の証言もあることだし」

「いや、待ってください。ここまで調べてくれれば十分です。あとは私が何とかします」

「何とかするって、ピエロさん、策があるんですか？」

「まあ」

午前十時三十分になろうとしていた。ピエロは今、仕事中のはずだ。トイレあたりからこっそり電話しているのだろうか。

「お二人はこれから兜市役所に来てください」

ピエロがそう言ったので、城島が訊き返した。

「市役所、ですか？」

「そうです。議場に来てください。今、一般質問がおこなわれていますので、急いでください」

その言葉を最後に通話が切れた。城島が車のエンジンをかけながら言う。

「いったいどういうことなんだろうね」

「議場って、議会とかやったりする場所ですよね？」

「そうだよ。今日から九月議会の一般質問なんだ。立花君はまったく興味はないと思うけど」

正直、兜市の市議会でどんな議論がされているかを知らない。

「城島さん、滑川さんの話、どう思いました？」

すでに城島は車を発進させており、緩いカーブを下っている。城島がハンドルを握ったまま答えた。

「三十年前、小松治君は遊具の整備不良のために命を落とした。それを隠蔽したのは川上忠雄で、彼に隠蔽を指示したのは公園の施工業者である二本松建設だね。それを知ってしまったから、田沼は殺されたんだ」

城島は真剣な顔をしている。記者の本能が彼を突き動かしているのだろうか。

「でもまだ疑問は残されています。亡くなった小松治君の姉、小松江利香をバックアップしているのは二本松議員ですよね。二人の繋がりが不明です」

「それもあったね。しかも真犯人の正体はわかっていない。田沼を殺した人物と、村岡さんを襲った犯人は同一と考えていいだろう」

今朝、自宅で朝食を食べながら中路と話した。村岡陽行は集中治療室から出て一般の病棟にいるらしい。意識もしっかりしているがまだ面会はできないという。中路はすっかり中央病院の医師になっていて、朝早く出勤して、夜遅くに帰ってくる。本人もアパートを探すつもりはあるようだが、まだ立花家に居候している。

「そうか」城島が思い出したように言う。「今日の市議会で二本松議員が質問するんだ。何か起こるとしたら、そこしか考えられない。あのピエロさんのことだ。奇策を練っているかもしれないね」

※

議場はざわついている。比南子は執務室のデスクで書類の作成をしながら、たまにモニターで市議会の中継を見ていた。

休憩時間が終わっても、宍戸市長が議場に姿を現さない。時刻は午前十時四十分を回っている。比南子はパソコンのキーボードから手を離し、モニターを見た。するとようやく宍戸市長が現れ、自席に歩いていく。

「市長が遅刻なんて珍しいな」

隣に座る同僚がそう言い、それを聞いた別の同僚が答えた。

「どうせトイレだろ」

宍戸市長が席に座るのを見て、議長が再開を宣言した。男性の議員が立ち上がり、発言する。

『スタンダード製薬の跡地について質問いたします。現在未使用のまま放置されている工場跡地ですが、至急工場を誘致することが兜市の発展に繋がります。誘致活動の進捗状況について市当局にご説明いただきたい』

一人の幹部職員が立ち上がった。議長から発言を許され、答弁する。

『それではお答えいたします。現在、商工部では東京に職員を派遣する等、企業の誘致に努めております。現時点では企業名等は公表できませんが、スタンダード製薬跡地の有効利用に関しましては、喫緊の課題であると認識しております。今後も継続して企業誘致をおこなっていきたいと考えております』

一般質問は事前に質問の内容が当局にも知らされているため、幹部職員は答弁書を読んでいるだけなので、アドリブではない。しかし答弁書の内容に関する質問が寄せられた場合は、市当局はすぐに説明しなければならない。

案の定、議員は重ねて質問した。

『何社に打診したのでしょうか？　差し障りがない範囲でご回答ください』

『十社を超えております。具体的な社名については公表を控えさせていただきます』

『あれだけの敷地となると、進出する側もかなり慎重になりますよね。たとえば法人市民税や固定資産税を優遇するなど、税制面での減免措置は検討されているんでしょうか？』

『現在、財政部と協議のうえ……』

質疑応答は続いていたが、比南子はキーボードに手を戻して仕事に集中した。

二年前に秘書課に来るまで、比南子は市議会の中継など見たことはなかった。当然、議会中も市役所は通常業務をおこなうため、窓口には人が訪れるからだ。

しばらく仕事を続けた。十五分ほど仕事をしてから比南子は壁にかけられた時計に目を向けると、午前十一時三十分を回っていた。議会中継ではちょうど次の議員が質問を始めるところだった。比南子は手を休めて議会中継を眺める。

『続きまして、二本松議員の一般質問を許します。二本松議員、お願いいたします』

議長に促され、二本松議員が立ち上がった。手元のマイクに向かって話し始める。

『宍戸市長が市長に就任されて二年です。当初掲げられた公約の達成度、および現在の兜市の不況について市長がどう考えられているか、お伺いしたい』

市長が立ち上がり、答弁を始めた。

『私は当時、「開かれた市政、会いに行ける市長」をキャッチフレーズに掲げ、当選いたしました。時間が許す限り、市民の声に耳を傾けてきたつもりです。子育て、福祉といった各分野でも、私が掲げた公約については……』

議会中継を眺めていた同僚の職員が言った。

「波乱がありそうだね。一般質問の内容が抽象的だ。おそらく市長と討論することが目的だろう」

比南子もそう考えていた。もう少し具体的な質問なら、それぞれ専門の部署が回答することになったはずだ。しかし二本松議員の質問は市長を名指しで指名している。この質問では市長が答えないわけにはいかない。何だか嫌な予感がする。

市長の答弁が終わり、再び二本松議員が立ち上がる。

『市長、「開かれた市政」とはいったい何なんでしょうかね。先週の報道にもあったように、市長は半年前に公費を使ってバリ島に行かれたようですが、なぜバリ島に行ったのか、その理由をいまだに明らかにしていません。これで「開かれた市政」と言えるのでしょうか？』

『その経緯については明日説明させていただくことになっております』

『さきほど別の議員からも質問が上がっておりましたが、スタンダード製薬の跡地に企業を誘致できないのも、市長の力量不足ではありませんか。あの跡地に企業を誘致できれば、兜市の不況も少しは改善するかと思われます。いかがでしょうか？』

『商工部長が説明したように、現在企業を誘致している段階です』

『たしかに「会いに行ける市長」というキャッチフレーズは斬新でした。私の周囲にも市長室で市長と対面したという市民は大勢いらっしゃる。ですがね、市長。市民と会うのは結構なことだと思いますが、ご自分の職務を忘れてもらっては困ります。あなたは兜市の市長です。もっとほかにやるべき職務があるのではないですか』

それまですぐに質問に答えていた市長だったが、やや間を置いてから話し始める。

『できるだけ多くの市民に会い、その声に耳を傾けることは市長の職務であると私は考えております。そして市民の声を市政に活かすことこそ、私の使命であると考えます』

苦しい答弁だ。嫌な予感が的中してしまった。この展開だとしばらく一方的に押し込まれそうだ。

『市長、いい加減に目を覚ましてください。市民とお喋りをしている暇があったら、一刻も早くこの兜市を覆う不況をですね……』

二本松議員の発言を遮るように、議長が言った。

『正午になりましたので、暫時休憩といたします。続きは午後一時から。二本松議員の発言からといたします』

議会はいったん解散となった。議場にいる議員や職員たちが席から立ち上がるのが見えた。市長のお茶を淹《い》れるため、比南子も立ち上がった。

※

「こっちだよ、立花君」

城島に続いて、稜は兜市役所庁舎三階にある議場に足を踏み入れた。思っていたより広い。正面には議長席があり、その右手には議員の席があった。左手には当局が座る席が階段状に作られている。

「ここが傍聴席だ」

そう言って城島が傍聴席のなかほどの椅子に向かう。時刻は午後一時になろうとしている。正午過ぎに市役所に着いていたが、議会は休憩中だったので、稜も城島とともに昼食を済ませていた。傍聴席の数は五十ほどで、今は半分ほど埋まっている。その多くがローカル紙の記者らしく、城島の姿を見て何人かの記者が会釈をしていた。

城島は周囲に向かって頭を下げてから、座席に座った。

「間に合ってよかった。これから始まるよ」

城島がそう言うと、中央の一段高いところの壇に座っていた男性がマイクに向かって言う。あれが議長だろう。

「それでは休憩前に引き続き一般質問を続けます。二本松議員、お願いいたします」

議会が再開した。議長に促され、二本松議員が立ち上がった。稜が生まれる前からずっと議員を務めているので、幼い頃に選挙ポスターで何度も見たことがある。七十五歳と聞いていたが、もっと若いように感じられた。

「何を話していたのだったかな」

二本松議員がそう切り出すと、議員席で笑いが起こった。その笑いが静まるのを待ってから、二本松議員が話し出す。

「そうそう、思い出しました。宍戸市長の力量不足のことでしたね。現在、兜市を覆っている不況ですが、ほかにやりようがあると思えて仕方ありません。市民と会うのも結構なことだと思いますが、宍戸市長にはご自分の立場というものをご理解いただきたい。いかがですか、市長」

宍戸市長が手を挙げ、立ち上がる。答弁台のようなものはなく、自分の席でマイクに向かって喋る仕組みのようだ。

「市民の声を市政に活かすのが私の責務だと考えております。それが私の答えです」

「話になりませんね、市長」二本松議員が鼻で笑って言う。「長引く不況で市長への不信感が市民の間で高まってます。そして今回の公費旅行問題だ。あなたへの信頼は地に墜ちた。市長、潔く身を引かれてはどうですか」

当局側に座っている職員たちも、その発言に驚いた様子だった。二本松議員は宍戸市長の退任を要求したのだ。隣に座っていた城島がつぶやく。「おいおい、凄い爆弾を落としてきたもんだよ、あの人」

市長が立ち上がった。それからマイクに向かって言う。

「私が市長を辞任すべきか否か、その議論の前に、一つ聞いていただきたい話があります。先週私の後援会長である田沼貞義氏が殺害された事件ですが、覚えておいでしょうか」

議場がざわついた。なぜこの場で田沼殺害の話題を市長が出してくるのか、誰もがその意図を理解できないようだった。宍戸市長は構わず話す。

「田沼氏の殺害事件の裏に、この兜市で三十年前に発生した不幸な事故が絡んでいることを私は知りました。そこにおられる二本松議員も間接的に、いや直接的に絡んでいるのです」

「議長」そう言って二本松議員が立ち上がる。「市長の発言は一般質問とは関係のないことだ。注意していただきたい」

議長がそれに応じ、市長に言う。

「市長、一般質問とは関係のない発言は控えてください」

しかし議長の言葉を無視して、市長は話し続けた。

「発端は三十年前、市民アスレチック公園で発生した事故です。小松治君という男の子が遊具で遊んでいる途中に手を滑らせて亡くなったという、不幸な事故でした。市民アスレチック公園はとり壊されましたが、この公園の建設に尽力されたのは二本松議員であると、当時の記録に残っています。そして公園の建設を請け負ったのが、議員の実弟が経営する二本松建設でした」

議場がさらにざわつく。稜は固唾《かたず》を飲んで市長の声に耳を傾ける。

「川上忠雄さんという人物がいます。当時、公園の管理人をしていた人物です。彼の別れた妻の証言によりますと、小松治君は手を滑らせたのではなく、遊具の不具合による事故だったそうです」

「待て、市長。それ以上の発言は……」

二本松議員が赤い顔をして言ったが、市長は構わずに続ける。

「管理人の川上さんは、事故の原因が遊具の不具合にあることを二本松建設の社長、つまり議員の弟さんに報告したようです。議員の弟さんは川上さんに命じ、壊れた滑車を新しいものと交換させた。その隠蔽工作は功を奏しました。公園を施工した二本松建設、また管理していた市が責任を問われることはなく、三十年という月日が流れたのです」

隣の城島と顔を見合わせる。すべて稜たちが調べたことだった。ピエロと宍戸市長が繋がっているのだろうか。市長の発言はまだ続いている。

「亡くなった田沼氏は不動産会社を経営しており、地上げに絡んで最近川上さんと接触していたようです。川上さんは軽い認知症のようですが、おそらく田沼氏は彼との会話から三十年前の事故の真相を知ってしまったので口を塞がれた。では誰が田沼氏の口を封じたのか」

傍聴席の記者たちが身を乗り出して市長の話を聞いている。誰もが手元のメモにペンを走らせていた。その表情は真剣だった。

「ふざけるな。こんなのは議会じゃない」

二本松議員が議長を見据え、その場で恫喝《どうかつ》する。

「議長、今すぐ閉会しろ。市長が勝手に発言しているだけだ。こんなことは許されない」

しかし議長は何も言わず、困惑したように二本松議員を見下ろしていた。その顔には不審の色が浮かんでいるようにも見える。

「議長、貴様、誰のお陰で議員になれたか忘れたのか。まったく話にならん。私は帰らせてもらう」

「逃げるのですね、二本松議員。ご自分の非をお認めになるのですか」

立ち去ろうとする二本松議員の背中に宍戸市長の言葉が突き刺さった。

「実行犯はほかにいるでしょう。あなたがご自分の手を汚すとは思えません。しかし田沼氏の口を封じるように仕向けたのは二本松議員と考えてよろしいですね」

※

「おいおい、どうなってんだよ、これ」

「何か推理ドラマ見ているみたいだな」

秘書課の職員たちが口ぐちに言った。議会が再開されてから、秘書課の誰もが真剣な顔をして議会中継に見入っていた。比南子も仕事など手につかず、ずっと議会中継を眺めていた。

『言いがかりだ。何を根拠に言っているんだね、君は。私が事件に関与しているという証拠でもあるのかね』

『いろいろな証言を集め、私なりに推理しただけです。亡くなった小松治君ですが、彼にはお姉さんがいらっしゃいました。二本松議員、ご存じですよね』

二本松議員は答えない。立ち去ってしまいたいようだったが、このまま帰れば自分の非を認めることになる。

『小松江利香さんです。彼女は二本松議員の経営する私塾〈二本松スクール〉に入り、長年にわたり二本松議員の指導を受けてきました。なぜ被害者の姉の面倒をみていたのか、そこに私は疑問を覚えます』

昨夜、おでんの屋台でも彼女の話題が出た。小松江利香は二本松議員の後押しを得て、あわよくば市長の座を狙っている。

『贖罪《しょくざい》のため。それが一番の理由でしょうが、第二の理由として、真相の発覚を防ぐという意味もあったかと思います。彼女を手元に置くことにより、彼女とその家族が弟の死に疑問を覚えないよう、見張っていたのではないでしょうか』

『馬鹿馬鹿しい』と二本松議員が吐き捨てるように言った。『これ以上茶番に付き合ってはおられん。さあ皆さん、引き揚げるとしようか』

二本松議員が出入り口に向かって歩き始める。しかし彼の言葉に賛同して立ち去ろうとする議員はいなかった。長老として絶大な権力を誇る二本松議員が、ほかの議員たちから冷ややかな懐疑の視線を浴びせられている。

『二本松議員、お認めになるのですか？』

宍戸市長がそう問いかけたが、二本松議員は議場を出ていってしまった。議場がしんと静まり返る。宍戸市長が議長に向かって進言する。

『二本松議員はご自分の一般質問を終えられたようです。議長、次の質問に移りましょう』

よし、勝った。比南子はデスクの下で拳をぎゅっと握る。一時はどうなることかと思ったが、宍戸市長の見事な逆転勝ちだ。

『わかりました。では続きまして……』

騒然とした空気の中、次の議員が立ち上がり、一般質問の内容を読み上げていた。

隣にいた職員が言う。

「どうなっちゃうんだろうね、二本松議員」

「まあ警察が捜査に入ることは間違いないね。でも二本松議員が逮捕されたら、当然議員の座を失うことになるんだろ。そうなったら選挙だぜ、選挙」

「マジかよ、かったるいな。来月くらいかな。来月は子供たちの運動会で週末は予定が詰まってるんだ」

「あ、でも一名欠けただけなら、繰り上げ当選になるんじゃないかな。選管に確認してみるか」

早くも選挙の話をしているのが市の職員らしい。それにしても大変なことが起きたものだ。二本松議員が一般質問の途中で市長に辞任を要求し、返す刀で宍戸市長は田沼殺害事件への見解を披露し、二本松議員を撃退したのだ。比南子は二本松議員にいい印象を持っていなかったので、少し痛快だった。

「さあさあ、みんな。お喋りはやめて仕事をしよう」

課長の言葉に職員たちが口を閉ざし、それぞれパソコンや書類に向かう。比南子もパソコンのスクリーンセーバーを解除して、庶務システムを起動させた。

もう一つ、謎が残っている。市長は何の目的でバリ島に足を運んだのか。その答えは明日、市長の口から語られる。

※

「よくやりました、立花君。今日はたくさん飲んでください」

稜はいつもと同じくおでんの屋台にいた。隣にはピエロが座っている。さきほど呼び出されて屋台に来てみると、ピエロはすでに酔っていた。日本酒を飲んでいる。

「でもピエロさん、まだ真犯人が捕まっていませんよね。いったい誰が田沼氏を殺害したんでしょうか？」

田沼だけではなく、村岡が襲われた一件もある。同一人物による犯行と思われたが、いまだにその実行犯は特定されていない。

「さあ、誰でしょうね。立花君の推理を聞かせてください」

ピエロにそう言われ、稜は腕を組んだ。

「そうですね。二本松さんは議員ですよ。彼に従う秘書あたりでしょうか。いや、待てよ。彼は私塾を経営してるんですよね。たとえば小松江利香のように、彼に心酔している人物がいるかもしれませんね」

「鋭いですね。私の見立てと一緒です。立花君、明日一番で小松江利香のもとを訪ねてください。彼が経営している塾の門下生について調べるように。二本松議員に心酔し、彼が意のままに操れる者がいるかもしれません。これが彼女の住所です。君が訪ねていくことは先方にも伝えておきますので」

そう言ってピエロから紙片を手渡された。市内の住所が記されている。城島を誘いたいところだったが、彼と一緒に行くのは難しそうだ。今日の市議会での出来事を記事にするため、議場を出たあと、その足で支局に向かっていった。徹夜だろうとぼやいていた。

「実はピエロさん、折り入ってご相談があるんですが」

稜は背筋を伸ばした。いつ切り出そうかと迷っていたが、早ければ早いほどいいだろうと思った。ピエロが首を傾げて言う。

「どうしました？　立花君。急にかしこまって」

「助手を辞めさせていただきたいと思いまして」

ピエロが手にしていた日本酒のコップをカウンターの上に置き、身を乗り出して訊いてくる。

「待遇に不満でもありますか？　そうだ、もう一週間過ぎたんですね。さらにバイト代を払って差し上げてもいいですよ。それとも社員旅行にでも行きたいんですか？」

「違います。実は救急救命士を目指してみたいと思ったんです」

ここ数日、ずっと考えていたことだ。ピエロや城島と一緒に行動するようになり、人の役に立つ職業に就きたいと稜は考えるようになった。そして村岡が刺された夜、彼を運んだ救急隊員たちの機敏な動きが印象に残った。中路や伶奈と会ったのも何かの縁だろう。二人がいる病院に一刻も早く患者を搬送する、そういう仕事に就きたいと思ったのだ。

ネットで調べてみると、救急救命士というのは国家資格だった。救急救命士養成所で二年間学ぶことで、受験資格を得ることができる。また、勤務先は消防署になるので、あわせて消防官採用試験にも合格する必要があるようだ。資格取得よりも先に消防隊員となり、一定期間の業務経験を積んで国家試験を受ける道もあるが、稜は来年の春から救急救命士養成所に通おうと思っていた。

すでに四年間、大学に通わせてもらっている身だ。養成所の入学金は自分で用意したいので、もっと稼げるバイトを探すつもりだった。それに消防隊員になるためには体力テストもあるので、体力の向上にも力を入れる必要がある。

「人の命を預かる大変な仕事だとわかってます。でも決めたんです。僕は中路さんのように頭はよくないですけど、患者を病院に運ぶことはできます。中路さんたちお医者さんに命のバトンを繋ぐ、そんな仕事をしてみたいんです」
「本気ですか？　救急救命士と消防官の試験。二つの難関を突破する必要がありま
す。生半可な気持ちではいけませんよ」
「はい。覚悟はできています」
そう答えてみたものの、不安は大きい。消防署という体育会系の縦社会でうまくや
っていけるかどうか甚《はなは》だ不安だ。しかし自分を変えるいいチャンスかもしれないとも
思う。
「わかりました。立花君がそこまで言うなら承知しました。明日の仕事が終わったら
助手を辞めて結構です。それと立花君は柔道や剣道をやったことはありますか？」
「いえ。柔道は体育の授業でやったくらいです」
「体力向上のために柔道と剣道を習いましょう。私が街の道場を紹介します。来年ま
でに最低初段をとるように。とれなかったら試験を受けることは許しません。君はま
た私の助手に逆戻りです。わかりましたか？」
「両方ですか？」
「そうですね」ピエロは腕を組み、少し考えてから言った。「どちらかでいいでしょ
う。しかし立花君の夢が見つかってよかった。今日は飲みましょう。大将。コップを

一つください」

ピエロは大将から受けとったコップに日本酒をなみなみと注ぎ、それを稜に手渡してきた。一口飲んだだけで顔が熱くなる。

「新しく募集はしないんですか？」

稜が訊くと、ピエロは首を傾げて訊き返してくる。

「何の話でしょう」

「助手ですよ。新しく雇わないんですか？」

「最初に会ったときにも言ったように、ピエロの助手になれるのは選ばれた人間なんです。そんじょそこらの人に私の助手は務まりません」

本当にそうだろうか。ほかにも若い男はいくらでもいるはずだ。自分が選ばれた人間だという自覚が稜にはまったくなかった。生まれてから、そんなことを言われたことは一度もない。

ピエロと目が合った。彼が目を逸らしたので、何か隠しているような気配を感じ、稜は訊いてみる。

「なぜ僕だったんですか？　本当の理由を教えてください」

「そろそろ話していい頃かもしれません」ピエロは咳払いをしてから続けた。「実はですね、立花君。私は君のお祖父《じい》さんのことを知っているんですよ」

「そ、そうなんですか？」

「ええ。私が高校生だった頃です。私は本屋で万引きをした。魔がさしたってやつですね。店主は電話中だったし、今だったら本を黙って持ち去ってもバレないと思ったんです」

ピエロが本屋の軒先に積まれていた雑誌を手にとり、そのまま逃げ去ろうとしたときだった。雑誌を持った右手の手首をいきなり握られた。見上げると知らない男が立っていた。

「それが君のお祖父さんだった。非番だったようで、私服姿でした。君のお祖父さんは私の手首を握ったまま、黙って本屋の店内に入っていって、店主に『これ、ください』と金を払ったんですよ。本屋を出た君のお祖父さんは黙って立ち去っていった」

半年ほどしてから、ピエロは通学途中に通りかかった駅の交番の前で、稜の祖父と再会した。祖父は警察官の格好をしており、ピエロはその場で凍りついた。

「まさか警察官だとは思っていなかったので、逮捕されるんじゃないかって思いましたよ。向こうも私のことを憶えているようで、視線が合いました。私がその場に立ち尽くしていると、君のお祖父さんはその場で私に向かって敬礼をしたんです」

もう万引きなんてするんじゃないぞ。しっかり生きろよ。その敬礼にはさまざまな意味が込められているような気がして、若いピエロは感激した。

「そういうわけです、立花君。君のお祖父さんは立派で心優しい警察官だった。だから君の力になりたいと思ったんです。救急救命士を目指すという志が見つかり、私は嬉しい。私は一人でもやっていけますので」

ピエロは手酌で自分のコップに注いでから、顔を上げた。

「この町の景気も近々上向きになっていくはずです。そうなったら私の出番も減るでしょうから」

いつも通り、ピエロの発言は不可解だった。兜市の景気が上がっていく要素はどこにもない。今でも町は失業者で溢れているし、稜の父親が経営する製作所も閑古鳥が鳴いている。

「さあ、飲みましょう。立花君」

ピエロがそう言って日本酒を飲む。メイクのせいかもしれないが、その顔は少し淋しそうだった。目の下に描かれた涙が余計にその表情を淋しいものにさせている。

※

フットサル場はライトに照らされていた。比南子はシューズの感覚を確かめながら、フットサル場の中を歩いていた。コートからは子供たちの声が聞こえてくる。小学生ほどの男の子もいるし、社会人らしきチームも試合をしているようだった。

「カバディカバディカバディカバディ……」

その声は一番端にあるコートから聞こえてきた。少年たちがカバディをやっている。コートの周囲には保護者らしき大人たちの姿も見える。

「本当にカバディやってんだね」

隣を歩く同期の土屋真緒が言った。実は夕方、宍戸市長に『カバディで体でも動かしてみませんか？』と言われ、今夜このフットサル場に足を運ぶように提案されたのだ。一人で行くのは少し不安だったので、昨日の朝に会った真緒のことを思い出して連絡をとってみると、彼女は快諾してくれた。

「今西さん、こっちこっち。あっ、土屋さんも来てくれたんだ」

ジャージを着た男が近づいてくる。彼は同期の武田《たけだ》君で、文化・スポーツ振興課に配属されている。名前だけとなったカバディ推進室のメンバーでもあるらしい。

「見てよ、あの子たちの動き。やっぱり本場は違う」

武田君の声にコートを見ると、五人の少年が派手な舞いを踊るような動きで、一人の少年を追い詰めていた。五人ともインド人だった。例のカプールワール市からの少年派遣団の一行だ。

カバディというのは七対七でおこなうスポーツで、攻撃者はレイダー、守備側の七人はアンティと呼ばれる。レイダーは『カバディカバディ』と連呼しながら、守備側の誰かをタッチして自陣コートに引き返せば得点だ。守るアンティはタックルしたりして、相手が引き返すのを防ぐ。攻撃側の選手を捕らえた場合、守備側に得点が入る。

『カバディカバディ』と連呼するのをキャントという。一息が続く限りしかキャントすることはできない。つまり息が切れたら、それで攻撃は終了というわけだ。

「今日が最後の夜なんだ」隣で武田君が説明する。「このカバディが終わったら、飯を食って旅館に帰るんだよ。明日の夕方の解散式のあと、少年派遣団は兜市を去っていく。見てよ。みんなすっかり仲よくなってるんだ」

七人の日本人少年と五人のインド人少年たちが、コートの中で笑い合っている。おそらく言葉は通じないだろう。そういえば宍戸市長の息子さんはどの子だろうか。そう思って見ていると、一人の少年に目が吸い寄せられた。背が高く、理知的な顔をしている。目元に宍戸市長の面影があった。多分あの子だろう。彼はインド人少年と何やら談笑している。

「さて、これでチームが組めそうだな。練習試合を始めようか」

武田君の提案に真緒が驚いたように言う。

「試合すんの？」

「当たり前だろ。だから呼ばれたんじゃないの」

「武田君は仕事でしょ。時間外手当出てるんでしょ。私たち、完全にプライベートなんだけど」

「そんなに固いことは言わないでさ、カバディやろうよ、カバディ。二人ともルールくらいは憶えてるんでしょ。ほら、早く」

武田君主導でチーム分けが始まった。比南子は市長の息子と同じチームだった。まずはみんなで握手をして結束を高めることになった。さきほどまで楽しそうにインド人少年と談笑していたというのに、比南子の手を握るときの市長の息子は「よろしくお願いします」と素っ気なく言った。市長にそっくりだ。

最初に比南子のチームが攻撃側、レイダーになることが決定し、最初のレイダーに比南子が選ばれる。大きく息を吸い、比南子は声を発する。

「カバディカバディカバディカバディカバディ……」

子供たちはすばしこい動きだった。比南子は真緒の肩にタッチして、すぐさま自陣に引き返そうとした。ところがインド人少年に足首を摑まれ、倒されてしまう。相手チームの歓声が聞こえた。遊びとはわかっていても、少し悔しい。

そういえば、と比南子は思い出す。昨日駅まで迎えにいったインド人男性はどうしたのだろう。

※

翌朝、稜は小松江利香の自宅に向かった。ピエロに手渡された紙に書かれていた住所は、稜の自宅から自転車で十五分ほどの住宅街だった。洋風の一軒家の前に立ち、インターフォンを押す。時刻は午前八時三十分を回ったところだ。

しばらく待っているとドアが開いた。細面《ほそおもて》の女性が顔を覗かせる。朝早くからパンツスーツに身を包んでいるが、その表情は疲れているように見えた。稜は背筋を伸ばし、頭を下げた。

「小松さんのお宅ですね。僕は立花といいます。実は……」

「話は伺ってるわ。でも話すことなんて何もないの。帰って」

冷たい言葉をかけられ、ドアを閉められてしまう。ピエロから話が伝わっているようだが、彼女に話す気がないのなら仕方がない。しかしこのまま退散していいものだろうか。

稜は迷いつつ、玄関ドアの前に立っていた。ピエロに打つショートメールの文章を考えていると、再びドアが開いた。さきほどの女性が鋭い目つきで立っている。

「いつまでそこにいる気なの」

「ええと……」

「はっきりしなさい」

「話を聞くまで帰りません」

稜がそう言うと、女性は値踏《ねぶ》みするように稜の全身を見たあと、ドアを広く開けて短く言った。

「入りなさい」

「ありがとうございます」

女性は廊下を引き下がっていく。稜は「お邪魔します」と言って靴を脱いだ。

廊下を奥に進むと広いリビングがあった。さきほどの女性がソファに座っていた。綺麗に整理された部屋だったが、応接セットのテーブルだけは酷い有り様だった。空いたワインボトルや宅配ピザの箱などが散乱していた。

「悪いけど二日酔いなの。座って」

「失礼します」

ソファに座った。小松江利香はこめかみを指で押さえながら、稜を見て言った。

「あなた、市の職員じゃないようだけど、宍戸市長のお使いよね？」

昨日の一件からして、ピエロと宍戸市長の間には太いパイプがあるものと思われた。ピエロが市長を通じてアポをとってくれたのかもしれない。稜は話を合わせる。

「ええ、まあ」

「ふーん、そう。昨日ショッキングなことがあって、自棄酒《やけざけ》しちゃったのよ。まったく私としたことが」

その気持ちはわかる。ずっと恩人だと思っていた男が、実は弟の死にまつわる真相を隠蔽していたのだ。

「僕も傍聴席にいました。心情はお察しします」

「気遣いは要らない」

「すみません」

稜は謝る。機嫌が悪そうだし、そもそも稜が苦手とするタイプの女性だった。小学校のときに自分から手を挙げて学級委員長に名乗り出るような女性だ。

「私に訊きたいことって何かしら？」

「小松さんが通っていた〈二本松スクール〉についてです。いったいどういう塾だったんですか？　僕はあまり詳しく知らないもので」

「そんなの自分で調べればわかるでしょ」

「すみません」

「あまり謝るものじゃないわよ。口癖になっちゃうから」

「すみま……あっ、わかりました」

稜が言い直すと、小松江利香の口元に笑みが浮かんだ。彼女は肩をすくめてから話し出す。

「普通の塾よ。対象は小学校高学年から高校卒業まで。特長は少人数制ってことね。一学年で二、三人しか入れないから、常時、十数人の塾生しかいないのよ。上級生が下級生の面倒をみたり、みんなでキャンプに行ったりとか、塾生同士の結束が強くなるのね。塾を卒業してからも、繋がりが続くことが多いわ」

聞いていた小松江利香の人物像は、エリートで人を寄せつけないものだった。たしかにそういう女性だと思うが、目の前にいる彼女は強さと同時に弱さも感じさせた。昨日のことを引き摺っているのだろうか。

「私もそうだった。就職とか人生の転機には、必ず先生や塾の先輩に相談したわ。ほかのみんなもそうだったはず」

二本松議員は十代の多感な時期の小松江利香に、もっとも強く影響を与えた人物なのだ。

「先生を、二本松議員を憎んでいますか？」

言ってから失敗したと思った。小松江利香の目つきが変わったからだ。鋭い目つきで稜を睨み、吐き捨てるように言う。

「憎んでるに決まってるじゃない。次期市長とか調子のいい言葉で持ち上げられたうえに、弟の死を何十年間も隠蔽していた張本人なのよ。あの人は私の能力を買ってたんじゃない。弟の死の真相を隠し続けるために、私を手元に置いてただけ。本当に自分勝手な男よ」

信頼していた分、裏切られたときの反動も大きいのだろうか。小松江利香はさらに続けた。

「何が『次の市長は君しかいない』よ。おだてられて調子に乗ってた私も悪いけど、人を馬鹿にするにもほどがあるわ。今まで築いてきたものが台無しよ」

「そんなに市長になりたいですか？」

「は？」

「僕は絶対に市長になんてなりたくないです」素直な気持ちだった。僕だったら頼まれても市長になどならない。「大変そうだし、責任もありそうだし、何より忙しそうですから。でも小松さんは市長になりたいんですよね。なぜ市長になりたいんですか？」

小松江利香は押し黙った。しばらく壁を睨んでいた小松江利香だったが、しばらくして立ち上がり、キッチンの方に向かっていった。どうしていいかわからず、稜はその場で座っていることしかできなかった。

「悪かったわね。お茶も出さないで」

小松江利香がお盆を手に戻ってきて、カップをテーブルの上に置いた。ワインボトルなどが散乱していて、テーブルの隅の方にカップを置くしかなかった。紅茶のようだ。

「私、三年前に離婚したの」小松江利香はカップを両手で包み込みながら言う。「子供が欲しかったんだけど、できなくてね。結局夫は愛人との間に子供ができたの。だから別れてあげたのよ。一人になっていろいろ考えていたとき、街で選挙演説を聞いたの。それが宍戸市長——当時はまだ候補ね。宍戸候補が言っていた子育てや福祉の公約が素晴らしかった。これが全部実現すれば、兜市は本当にいい街になるなって。私が政治に興味を抱いたのは宍戸市長の演説を聞いたからなの」

昨日初めて市長を見たが、噂通りの切れ者という印象を受けた。度胸もあるし、弁も立つ。優秀な市長という感じだった。

「私は二本松先生に師事していたけど、宍戸市長こそが私の憧れだった。私が理想とする政治家像をあの人は体現していたといっても過言じゃない。だからこそ、あの人の政策や言動はすべてチェックして、私だったらこうしようとか、ああ言った方が伝わるんじゃないかとか、いろいろ考えたりもした。いつしか宍戸市長を超えることが私の目標になった。超えるということは、市長選であの人に勝つってこと。だから街角で反宍戸をアピールしているし、二本松陣営にいることは私にとって好都合だった。でもこれから先はわからないわね。どうなってしまうのやら」

小松江利香が本音を話していることは伝わってきた。二日酔いで疲れた顔つきも、今は血色をとり戻しつつある。

「諦めちゃうんですか？」

「え？」

「もったいないですよ。僕なんて逆立ちしても市長になれないけど、小松さんは可能性があるんですよね。だったら諦めちゃ駄目です。僕は大学四年生で就職活動も全滅しましたけど、最近になってやっとやりたいことが見つかったんです」

「私に説教するつもり？」

「故郷を愛する者は、もってみずからを助く。僕の知り合いの言葉です。市長になりたいということは、この街を愛してるってことだと思います。だから絶対に諦めちゃ駄目ですよ」

小松江利香が噴き出すように笑った。その笑い声が大きくなっていき、腹に手を当てて笑い出した。ひとしきり笑ったあと、目尻の涙を拭きながら彼女は言う。

「何で私があなたみたいな若い子に説教されないといけないわけ。本当おかしい。意味わからないわ」

「すみません」

「まあいいわ。笑ったら気分が楽になった。ありがと。それで、あなた何しに来たんだっけ」

「あのう」そもそも自分は二本松議員の私塾について調べに来たのだと思い出す。「えっと、〈二本松スクール〉って今でも卒業生同士で交流があるんですよね。集まりみたいなものがあるんですか？」

「卒業生の多くが首都圏にいるけど、兜市に帰ってきてる人もいる。そういう人たちで集まって勉強会を開いたりしてるわ」

小松江利香が手を伸ばし、ソファに置いてあるノートパソコンを摑んだ。それをしばらく操作してから、こちらに向けながら言う。

「これが勉強会のときに撮った写真。去年だったかしら」

彼女がノートパソコンをこちらに向けてテーブルに置いた。「拝見します」と断ってから、身を乗り出してノートパソコンの画面を見る。

料理店の座敷で撮られた集合写真だ。幅広い年齢層の男女が二十名ほど、カメラのレンズに目を向けている。小松江利香の姿もあり、酔っているのか、少し頰に赤みがさしていた。男女の顔を確認していると、一人の人物の顔に目が吸い寄せられた。

※

「失礼します」

比南子がドアを開けると、ちょうど市長がデスクから立ち上がったところだった。

時刻は午前八時五十分だ。

「お時間です、市長」

「わかりました。参りましょう」

宍戸市長が市長室から出てきた。宍戸市長と並び、廊下を歩く。原稿は手にしていない。自分の言葉で説明するのだろう。

エレベーターの前を素通りして、宍戸市長は階段を下り始める。よほど急いでいるときでない限り、市長はエレベーターを使わない。階段を下りながら、市長が言った。

「今西さん、先週私に質問したことを憶えておいでですか？」

「あ、はい。憶えています」

公用車で送迎したときのことだろう。宍戸市長はなぜ市長になったのかと尋ねたのだ。しかし公用車が自宅前に着いたので、質問の答えは返ってこなかった。

「今から私が市長になった理由がわかります」

「どういうことですか？」

「私は兜市を窮地から救うために市長になったのです」

それはおかしい。二年前、宍戸市長が市長選に当選したとき、まだ兜市に不況は訪れていなかった。宍戸市政が始まって二ヵ月後に、スタンダード製薬の買収が発表され、兜市からの工場撤退も伝えられたのだ。

「私は東京の証券会社に勤めていたのですが、四十歳のときに祖母の介護をするために故郷である兜市に戻ってきました。東京にいたときからずっと兜市のことを思っていました。心のどこかで兜市のことを考えていたんです。こちらに戻ってきて初めて、兜市のことを真剣に考えるようになりました」

それは比南子も知っている。祖母の介護をしながら、行政の矛盾を考えるようになり、市会議員に立候補したのだ。

「祖母の介護をしていて、ふと介護制度の在り方に疑問を覚えたんです。それで直接市長に話を聞いてみたいと思い、市役所を訪ねたのですが、受付で断られました。アポのない来客を市長に会わせるわけにはいかない、と。様々な行政の矛盾を考えているうちに、市会議員になろうと思い立ったんですよ」

市長が掲げた『開かれた市政、会いに行ける市長』という公約は、かつて市長に面談を断られたことが原因になっていたのだ。

「東京にいた頃の友人たちと今でも情報交換をしているのです。スタンダード製薬が兜市から撤退するという噂は早い段階で聞いていました。当時、私は市会議員だったのですが、もしそれが現実になったら兜市が大打撃をこうむることは容易に予想できました」

「そうだったんですか」

「ええ。しかし市会議員という立場では、何もできません。市長と市会議員では大きな違いがあります。何かわかりますか？」

比南子は考え、思いついたことを口にした。

「市長は物事を決めることができる。そう思います」

「その通りです」宍戸市長は満足そうにうなずいた。「決定権です。市会議員は市政に口を出せますが、最終的な決定権はありません。決定権を握るのは市長です。来るべき不況を乗り越えるために、どうしても決定権を手に入れておく必要があった」

一階に到着すると、市長が不意に足を止めた。その視線は壁に貼られた十二枚の絵に向けられていた。子供が描いた絵だった。蟹沢地区にキャンプに行った日本人とインド人の少年たち、総勢十二人がそれぞれの思い出を絵に描いたのだ。

　バンガローの中でおにぎりを食べている絵。みんなでカバディをしている絵。どの絵にも、一際派手な服を着た男が描かれていた。ピエロだった。

「昔、この街に本物のピエロがいました」

　宍戸市長が絵を見つめながら話し出した。比南子はちらりと腕時計に目を落としてから、市長の斜め後ろでその話に聞き入った。

「駅前や商店街などで芸を披露するピエロでした。そのピエロには一人の息子がいました。小学生の男の子でした。彼は父親がピエロであることを同級生から馬鹿にされ、肩身の狭い思いをしていました。ある日突然、ピエロは街から姿を消し、少年はピエロの兄、伯父の家に引きとられることになったんです」

　宍戸市長がそこまで話し、ふと唇に笑みを浮かべて言った。

「この絵を見ていたら思い出したんです。つまらない話をしてしまいましたね」

　あの屋台で話がでたピエロと何か関係があるのだろうか。いろいろ訊きたいことはあったが、もう時間がない。比南子は一つだけ、質問した。

「姿を消してしまったピエロ、今はどこにいるのでしょうか」

「今から二十年前です。息子のもとに神戸市から連絡がありました。阪神淡路大震災で亡くなった身元不明者の一人が、どうやらそのピエロだったようです。息子と撮った写真が遺体の傍らに落ちていたという話です」

宍戸市長は飾られている絵から目を離し、いつもの毅然とした表情に戻って言った。

「さあ、行きましょうか」

「はい、市長」

比南子は市長を追いかけ、歩き出した。

宍戸市長は悠然と歩いていく。緊張も不安も感じさせない足どりだった。比南子はあとに従い、市民ホールに足を踏み入れた。

市民ホールはたくさんの人で溢れ返っていた。宍戸市長が姿を現すと、かすかなどよめきが起きた。市長は正面にある壇の横で立ち止まった。

最前列にはマスコミの姿があった。議員たちも集まっている。市の職員も仕事を中断して見物に来ているし、市民の姿も数多くあった。この市民ホールは一階の吹き抜けに作られた多目的ホールで、普段は市内の小学生が描いた選挙啓発や交通事故防止のポスターが展示されたりしている。予約すれば市民も借りられるので、絵や書道の展覧会などもおこなわれる。

「市長、お願いします」

秘書課長が近づいてきて、宍戸市長に耳打ちをした。市長はうなずき、壇上に向かって歩いていく。登壇した市長は市民ホールに集まった人々の顔を見渡したあと、設置されたスタンドマイクに向かって話し始めた。

「皆さん、本日はお集まりいただき誠にありがとうございます。市長の宍戸です。先週の報道にもありました通り、私が公費でバリ島に行ったことについて、今から説明させていただきます」

一斉にフラッシュが焚《た》かれた。記者の中には城島の姿も見える。城島はカメラを手にしていた。

「二年前にスタンダード製薬が撤退してから、我が兜市は未曾有の不況に陥りました。商工部でも企業誘致に動いていますが、なかなかあの広大な跡地に企業を誘致するのは難しく、そこで私は海外に目を向けました。前市長の時代、インドのカプールワール市と友好姉妹都市の提携を結んだことはご存じですね。カバディはそれほど普及しなかったものの、それを利用できないかと考えたのです」

カバディの単語が発せられると、その場にいた者たちの間から笑いが洩れた。インドとバリ島がどう関係しているのだろうか。

「ここで皆さんに紹介したい方がいらっしゃいます。どうぞ前へ」

市長がそう言うと、最前列の記者たちの間から一人の男性が姿を現した。その姿を見て比南子は驚く。一昨日の夜、駅から旅館まで案内したインド人だった。今日も首に一眼レフのカメラをぶら下げている。

インド人は市長の隣に並ぶように立ち、それから両手を胸の前で合わせて丁寧なお辞儀をした。市長が話し始める。

「彼の名前はシャカール・ブティアさんといい、現在当市を訪れているカプールワール市の少年派遣団のリーダー、アジャンダ君の父親です。このブティア氏はインドで化学製品製造メーカーを経営しており、主に化学肥料や家庭用洗剤などを作っておられます。総従業員数は二万人、インドでの国内シェアは第二位という大企業です」

とても大企業の社長のようには見えない。今もブティア氏は興味深そうに市役所の中を見回している。

「ブティア氏の工場を日本に誘致できないかと考え、一年ほど前から独自に交渉を始めました。日本の技術力にはブティア氏も興味を抱いていたようで、交渉はスムーズに進みました。半年前、私はバリ島でバカンス中だったブティア氏を訪ね、初めて顔を合わせました」

誰も声を発する者はいない。市長の公費旅行問題ではなく、集まった人々の興味は別のところに移っている。あのスタンダード製薬の工場跡地はどうなるのか、と。市長が先を続ける。

「一昨日、兜市に来られたブティア氏は、昨日スタンダード製薬跡地を見学され、兜市に進出することを決断されました。まだ計画の段階ですが、従業員数は二千人、そのうち一割がインド人、残りの千八百人は現地雇用、つまり兜市民を雇い入れる予定のようです」

集まった市民の間からどよめきが洩れる。従業員二千人となると、かなりの規模だ。兜市に与える影響は計り知れない。

「主にインド向けの肥料、薬品、洗剤などを製造するようですが、ゆくゆくは日本の市場にも打って出るとブティア氏は考えておられるようです。インドの人口は十三億人と言われています。兜市で製造された製品が、インド国内で流通することになるのです。しかも日本の技術力をもってすれば、今より品質も向上するはずです」

誰もが真剣な顔をして、宍戸市長の言葉に耳を傾けていた。隣で男性職員が言葉を交わしているのが聞こえてきた。

「本当だったら大変なことだな」

「でも嘘は言わないだろ。凄いぞ、これは」

あの広大な跡地に進出する企業などないだろう。兜市民の誰もがそう思っていたはずだ。市の職員ですらそう思っていたに違いない。あの跡地を有効利用できるのであれば、海外の企業でも大歓迎だ。

「ブティア氏は来週まで日本に滞在なさるご予定ですので、さらに細かく協議していくつもりです。今からブティア氏は市内にある中小企業を回るスケジュールですので、ここで退席されます。ブティアさん、ありがとうございました」

市長がそう言うと、ブティア氏は両手を胸の前で合わせて挨拶したあと、壇上から降りた。商工部の職員が彼のもとに近寄り、一緒に市民ホールから出ていった。インドの企業が兜市に進出するなど、噂にも聞いていなかった。おそらく商工部の職員も直前になって知らされたはずだ。

「実際に工場が稼働するのは、早くて来年の夏頃になるかと思われます。市民の皆さん、それから職員の皆さん、もう少しの辛抱です。兜市の未来は明るいものになる。私はそう信じて疑いません」

拍手がちらほらと聞こえてくる。比南子も手を叩いた。拍手は徐々に大きくなり、市民ホール全体が宍戸市長に向けた拍手で包まれた。

そのとき一人の男が前に出て、宍戸市長の正面に立つのが見えた。

※

稜が兜市役所の市民ホールに辿り着いたとき、なぜかホールは拍手で包まれていた。宍戸市長が壇上に立っていて、その周囲を市民や職員がとり囲んでいる。

まずい、このままだと、きっと――。

市長の前に、城島が立っていた。そう、小松江利香から見せられた写真の中に、城島の姿もあったのだ。集合写真の隅の方で城島もぎこちない笑みを浮かべていた。つまり城島も二本松議員の教え子だったのだ。

不安が胸をよぎる。城島は何をしようとしているのか。その背中しか見えないが、市長に質問する記者といった雰囲気ではない。

「やはり」

不意にその声が背後で聞こえた。振り返るとそこにはピエロが立っている。

「ピエロさん、どうしてここに……」

「嫌な予感がしたんです。城島君が〈二本松スクール〉の門下生であることは知っていました。二人の関係は切れたものだと思っていましたが、まだ彼の中には忠誠心が残っていた」

「もしかして城島さんが、二人を……」

「おそらく。二本松氏から命令されたんでしょう。城島君に限ってそれはないと私も思っていたんですが、昨日急に不安に駆られ、立花君に調査を依頼したわけです。まさか不安が的中してしまうとは……。行きましょう」

そう言ってピエロが前にいる人波をかき分けるように進んでいく。背伸びをして市長の方を見ると、城島が右手にナイフのようなものを手にしていた。悲鳴が聞こえ、ホールは混乱に包まれる。稜も慌ててピエロのあとを追った。

「どいてください」

ピエロは猛然と前に進む。異形の男の出現に戸惑う者も多かったが、ピエロの勢いに気圧《けお》されたように誰もが道を空けてくれた。ようやく先頭に出た。宍戸市長の立つ演壇まで五メートルほどの距離だが、その中間あたりに城島が立っていた。

「やめるんだ、城島君。ナイフを捨てなさいっ」

でもある。
ピエロが叫ぶと、城島が振り返った。その目は血走っていた。涙を流しているよう

「城島君、これ以上罪を重ねるな。私のせいだ。私がもっと君のことを理解してやるべきだった。すまない、城島君」

「来るな、来るんじゃない」

城島がナイフを片手に叫ぶ。城島の注意がこちらに向けられた。逃げるなら今だ。しかし宍戸市長は壇上で完全に固まってしまっている。逃げようにも背後は壁だった。稜は知らないうちに城島に問いかけていた。訊かずにはいられなかった。

「なぜですか、城島さん。なぜ田沼さんを殺して、村岡さんまで襲ったんですか。僕とずっと一緒に捜査していたじゃないですか。あれは何だったんですかっ」

「俺だって好きで殺したわけじゃない」城島が言う。その視線はこちらに向けられているが、どこか虚《うつ》ろな目つきだった。「あの人の言うことは絶対だ。逆らっちゃいけないんだよ。だからメールが来たら、実行しなくちゃならないんだよ」

つまり二本松議員からメールで指示を受け、城島はその指令を忠実に守ってきただけなのだろう。では今、城島に下されている命令とは何か。おそらくは宍戸市長の抹殺だ。

ここ数日、城島とは行動をともにしてきた。裏切られたという思いもあったが、それ以上に悲しかった。二本松議員への忠誠と、ピエロへの尊敬。この二つの狭間《はざま》で城島はずっと苦しんでいたのではないか。自分が犯した罪を償うため、みずからの犯行を稜と一緒に暴こうとしていたのではないか。誰かに気づいてもらって、早く楽になりたい。城島はずっとそう思っていたのかもしれない。そう考えなければ、稜と一緒に田沼殺害を調べていた行動に説明がつかないのだ。自分の犯した罪を、みずからが調べる。矛盾した城島の行動の裏には、彼の抱えた深い闇があったということか。

「もういい、城島君。君はこれ以上、手を汚さなくていいんだ。ほら、ナイフを捨てなさい。君にかかった、二本松議員の呪縛。それを見抜けなかったのは、私の責任です。私と一緒に警察に行きましょう」

ピエロは城島と行動し、彼にかけられた洗脳は解かれたものだと思っていた。しかしその見込みは甘かったのだ。城島がナイフを手に首を横に振る。

「無理だ。あの人の最期のお願いなんだ。俺はそれを叶える義務がある」

「最期のお願い？　どういうことですか」

「あの人は旅立った。もうこの世にいない」

稜は愕然とした。自分の仕出かした所業が明るみに出たため、みずから命を絶ったのか。そして市長を道連れにするため、最期に教え子である城島にメールを打った。

すでに周囲に人はいない。人々は遠巻きに市長と城島、それからピエロと稜の四人を見つめているようだった。警備員の姿が見えるが、どうしたらいいかわからないといった感じで立ち尽くしているだけだった。警察はまだなのか。

「城島君、やめるんだ」

ピエロがそう叫んだとき、城島が動いた。雄叫《おたけ》びのような声を上げながら、宍戸市長に向かって突進していく。稜は足がすくみ、その場で立ち尽くしていた。

宍戸市長は壇上で目を見開き、突っ込んでくる城島の姿を見ている。白い影が宍戸市長の前に立ちはだかる。ピエロだ。

一瞬の出来事だった。城島とピエロが交錯する。ピエロがもんどり打って倒れた。

城島はナイフを手にその場で硬直していた。ピエロの着ている白い衣装の腹のあたりが真っ赤に染まっていく。刺されたのだ。

稜は城島に向かって突進した。ナイフを持つ城島の腕を両手で摑み、そのまま全体重を預ける。抵抗する力はなく、そのまま城島は床に倒れ、稜はその上に覆いかぶさった。乾いた音が聞こえ、ナイフは床に落ちる。

「ど、どうして……」

そうつぶやく声が聞こえた。顔を上げると宍戸市長が壇から下りて、覚束ない足どりでピエロのもとに向かっていく。市長は膝をつき、ピエロの顔を覗き込んで言った。

「こんな……」

宍戸市長は右手をピエロの頬のあたりに当てた。ようやく警備員が駆け寄ってきたので、稜は鋭く警備員に向かって叫んだ。

「早く。早く救急車を呼んでください。お願いします」

宍戸市長はピエロの顔を見て、震える声で問いかけた。

「あなた、どうして……」

ピエロが薄目を開け、消え入るような声で言う。

「愛してるぞ」

その言葉を聞き、稜はすべてを知る。市長を陰で支えるため、ピエロはピエロになったのだ。

宍戸市長は涙を流している。宍戸凜子《りんこ》市長の流した涙は、ちょうどピエロの右目の下、涙のマークの上に落ち、そのペイントをうっすらと滲《にじ》ませた。

すべては愛する家族のため。その言葉に嘘はなかった。彼は身を挺《てい》して妻を救ったのだ。

「も、もう喋らなくていい。喋らなくていいから」

ピエロが目を閉じた。その顔は安心しきった赤子のように安らかなものだった。

※

「宍戸君、もう帰った方がいいんじゃない？　残業届、出してないんだから」

今西さんに言われ、宍戸幸喜《こうき》は顔を上げた。午後六時を過ぎていた。国保年金課にはまだ数名の課員が残っており、それぞれ仕事をしている。

「わかりました。帰ります」

「そうしなさい。じゃあ、また明日」

「お疲れ様でした」

今西さんが立ち上がり、国保年金課のブースから出ていった。今西さんとは係が同じで、優しい上司だった。四十歳を超えているはずだが、三十歳といっても通用するほど若くて綺麗な先輩だ。国保年金課の前は秘書課にいて、母のサポートを長年していたらしい。

幸喜は自分のパソコンの電源を落として立ち上がり、「お先に失礼します」と残業をしている人たちに声をかけてから、フロアから立ち去る。庁舎の外に出て、職員専用の二輪車駐車場に向かう。停めてあった原付にまたがり、エンジンをかけた。

幸喜が兜市役所に勤めるようになり、一年が経過していた。あっという間の一年間だった。最初は仕事も思うようにいかなかったが、最近ではようやく戦力になりつつあると自覚していた。あの宍戸元市長の息子だと色眼鏡で見られることも多々あるが、今は母は母、自分は自分だと割り切って、目の前の仕事に全力で取り組んでいる。

母の宍戸凜子は兜市の市長を二期八年にわたって務めた。幸喜が小学校四年生から、高校二年生の途中までだ。母親が市長であることは、思春期の幸喜に多大な影響を及ぼした。学校に行っても市長の息子であるというだけで、級友たちの目はどこかよそよそしいものに感じられた。今になって思えば、ただの被害妄想だったと感じるが、当時は母親が市長であることが嫌で嫌でしょうがなかった。

高校二年のときだった。幸喜は高校を中退して、イギリスに留学することを決意した。両親に相談したところ、母は猛烈に反対したのだが、父の幸蔵《こうぞう》は賛成し、幸喜はイギリスのロンドンに留学した。ちょうどイギリスには友人のアジャンダも留学していたので、彼と同じ高校に通った。アジャンダの父は兜市内に進出したインド企業〈カプール〉の社長で、以前はインド国内向けの製品を兜市内で製造していたが、三年ほど前から日本の市場にも進出を始めている。〈カプール〉との提携は、地方自治体の企業誘致のモデルケースとして全国的にも有名だった。

幸喜はロンドン市内の大学に進学し、経営学を学んだ。卒業後の進路に悩んでいたところ、父の幸蔵が倒れたという知らせを受け、幸喜は帰国した。軽い狭心症の発作だったようで、命に別状はなかったが、それがきっかけとなり、卒業後は兜市に戻る決意をした。母はすでに市長を退任し、自宅でのんびりと過ごしていた。

静岡県の職員採用試験にも受かっていたし、アジャンダの薦《すす》めで〈カプール〉の兜工場に入ることもできたが、幸喜は兜市役所に入ることを選んだ。母の威光とは関係なく、自分の力を兜市のために活かしたいと考えたからだった。ロンドンへの留学を経て、自分が高校まで過ごした兜市に対する愛着が反対に高まった。

「ただいま」

自宅に辿り着いた。家の電気は点いていたが、玄関のドアは閉まっていた。鍵を開けて、中に入る。両親は不在だった。この時間、二人はウォーキングをするのが日課だ。母は市長を退任してから家で本を読んだりして過ごしていることが多い。父の幸蔵は五十二歳のときにスタンダード製薬を解雇され、それ以来、市民プールの館長をしている。

幸喜は二階の自室に入り、パソコンを立ち上げた。インターネットを見ながら両親の帰りを待ったが、二人はなかなか帰ってこない。午後七時を過ぎ、不安に駆られた。普段なら夕食を食べ始める時間だ。胸騒ぎを覚え、母に電話をしようとスマートフォンを手にとったとき、ちょうど着信があった。母からだった。

「幸喜、今どこ?」

母の声は切迫していた。階段を下りながら、幸喜は言う。

「家だ。何かあったの?」

「父さんが倒れたの。すぐ来て。場所は……」

母の口から告げられた場所は自宅からほど近い公園の前だった。幸喜は自宅を飛び出し、原付に乗って公園に向かう。

「母さん」

公園の前に母はいた。父の幸蔵はアスファルトの上に倒れていた。母が父の胸に手を当てて、心臓マッサージをしていた。苦痛に顔を歪めているが、意識はあるようだった。母を手伝おうにも、心臓マッサージのやり方などわからない。その場で見守ることしかできなかった。

ようやく救急車が到着した。三人の救急隊員が救急車から降り、父をとり囲んだ。母が説明していた。「急に胸を押さえて苦しみ出したんです。夫は三年前に狭心症の発作で倒れたことがあります。二年ほど薬を飲んでいましたが、今は飲んでいません」

母は冷静だった。顔は青ざめているが、自分よりよほどしっかりしている。母の言葉に耳を傾けながら、救急隊員たちは血圧を測ったりしていた。三十代くらいの一人の救急隊員が、父の顔を見て目を見開いた。その隊員の名札には『立花』と書かれている。

「搬送するぞ。心電図と除細動《じょさいどう》だ」

「はい」

父は担架に載せられ、救急車の中に運び込まれた。母と一緒に幸喜も救急車に乗り込んだ。救急車がサイレンを鳴らして発進し、父は担架の上でシャツを脱がされ、心電図検査のためにパッチのようなものを胸に貼られた。救急車の中は医療器具が置かれていて、モニターや機械類が完備されていた。

「失礼ですが、宍戸元市長でいらっしゃいますか？」

年長の救急隊員が訊いてきたので、隣に座る母が答えた。

「はい、そうです」

「心臓マッサージをされておいででしたね。心肺蘇生法を習ったことが？」

「ええ。市長に在任中、職員と一緒に研修を」

「道理で。油断はできませんが、おそらく旦那さんは大丈夫です」

幸喜の斜め前で、立花という救急隊員が父の胸に聴診器を当てていた。視線が合い、立花が力強くうなずいて言う。

「この人は絶対に助けます」

十分ほどで兜市中央病院に到着した。救急車から降ろされた父はストレッチャーに載せられ、急患用の搬送口から院内に運び込まれた。大きなエレベーターに乗る。三階で停止してエレベーターのドアが開くと、その向こうで白衣を着た医師や看護師たちが待ち受けていた。

父に駆け寄った男性の医師に対し、救急隊員が状況を報告していた。看護師たちはてきぱきと動き回っていた。一人の女性の看護師が父の顔を見て、「あっ」と短く声を出した。

「立花、まさかこの人」

「そうです」立花という救急隊員が答えた。「絶対に助けてあげてください。中路ドクター、お願いします」

男性の医師がストレッチャーの上に横たわる父を見て、それから大きくうなずいた。

「任せて。この人には僕も恩がある」

父は廊下の奥に運ばれていき、処置室の中に入った。廊下の脇にベンチがあったので、母と二人で並んで座る。処置室の赤いランプが光っていた。

朝の病院は静まり返っている。午前八時を過ぎたところだった。昨夜、父の処置は一時間ほどで終わった。手術の必要はないようで、投薬での治療をおこなうことになった。一週間ほど入院が必要になり、昨夜は幸喜も病院内で夜を明かした。母は今、入院に必要な着替えなどをとりに自宅に戻っている。

一階の売店はまだ閉まっていたので、自動販売機で缶コーヒーを買った。近くにあるベンチに座り、幸喜は大きく息を吐いた。父が助かって何よりだった。救急隊員も言っていたが、母の適切な心臓マッサージが功を奏したらしい。

父と母はあまり仲が良くない。子供の頃はずっとそう思っていたが、幸喜が小学六年生のとき、母が市役所内で暴漢に襲われる事件が発生し、身を挺して母を守ったのが父だった。普段は言い争いをしている両親だったが、根っこの部分できちんと繋がっている夫婦なのだ。

「宍戸君」

名前を呼ばれて顔を上げると、昨夜父を運んでくれた立花という救急隊員がこちらに向かって歩いてきた。立花は幸喜の隣に腰を下ろしながら、笑みを浮かべて言った。

「今、中路ドクターから病状は聞いたよ。大事にならなくてよかったね」

立花は私服姿だった。夜勤明けにわざわざ駆けつけてくれたのだろう。立花が続けて言った。

「大きくなったね。僕のこと、憶えてる？」

記憶にない。子供の頃に会ったことがあるのだろうか。そういえば父のことを知っている感じだった。

「すみません。憶えていません」

「無理もないよ。もう十年以上前の話だからね」

私服姿の女性たちが廊下を横切っていく。出勤してきた看護師たちだろう。彼女たちの足音とともに、病院内が徐々に活気づいていく。

「昨夜はありがとうございました」

幸喜が頭を下げると、立花は照れたように笑って言った。

「仕事だから」

「立花さんは父のことをご存じなんですか？」

「まあね。昔、世話になったんだよ。宍戸君、時間ある？」

「ええ、今日は休みをとったんで。それが何か？」

立花は答えずに立ち上がり、自動販売機の前に立つ。財布を手にしばらく立っていたが、振り返っておでこをかきながら言った。

「宍戸君、小銭貸してくれる？　一万円札しか持ってなくて」

「いいですよ」

幸喜は自分の財布から小銭を出して、立花に手渡した。缶コーヒーを買った立花は、再び幸喜の隣に腰を下ろし、財布から出した紙片を幸喜に寄越した。

「缶コーヒーのお礼。僕のお守りなんだよ。それ、当たってるかもしれないから」

手渡されたのは一枚の宝くじだった。かなり皺が寄っていて、古い宝くじだとわかる。日付を確認すると、今から十年以上も前のものだった。当選金の受けとり期限は一年間ではなかったか。

「僕が君より少し若い頃の話だよ。僕は当時、大学四年生だった。就職活動がうまくいかなくてね」

立花がゆっくりとした口調で語り出した。

本書は二〇一七年五月、小社より単行本として刊行されました。

|著者|横関 大　1975年、静岡県生まれ。武蔵大学人文学部卒業。2010年『再会』で第56回江戸川乱歩賞を受賞しデビュー。著作として、フジテレビ系連続ドラマおよび2021年映画化「ルパンの娘」原作の『ルパンの娘』『ルパンの帰還』『ホームズの娘』『ルパンの星』、TBS系連続ドラマ「キワドい２人」原作の『K2　池袋署刑事課　神崎・黒木』をはじめ、『グッバイ・ヒーロー』『チェインギャングは忘れない』『沈黙のエール』『スマイルメイカー』『炎上チャンピオン』（以上、講談社文庫）、『仮面の君に告ぐ』『誘拐屋のエチケット』『帰ってきたK2　池袋署刑事課　神崎・黒木』『ゴースト・ポリス・ストーリー』『ルパンの絆』（以上、講談社）、『マシュマロ・ナイン』（角川文庫）、『いのちの人形』（KADOKAWA）、『彼女たちの犯罪』（幻冬舎）、『アカツキのGメン』（双葉文庫）などがある。

ピエロがいる街《まち》

横関《よこぜき》 大《だい》

講談社文庫
定価はカバーに
表示してあります

2021年10月15日第１刷発行

発行者――鈴木章一
発行所――株式会社　講談社
東京都文京区音羽2-12-21　〒112-8001
電話　出版（03）5395-3510
　　　販売（03）5395-5817
　　　業務（03）5395-3615

KODANSHA

デザイン―菊地信義
本文データ制作―講談社デジタル製作
印刷―――豊国印刷株式会社
製本―――株式会社国宝社

Printed in Japan

ISBN978-4-06-523816-5

講談社文庫刊行の辞

二十一世紀の到来を目睫に望みながら、われわれはいま、人類史上かつて例を見ない巨大な転換期をむかえようとしている。

世界も、日本も、激動の予兆に対する期待とおののきを内に蔵して、未知の時代に歩み入ろうとしている。このときにあたり、創業の人野間清治の「ナショナル・エデュケイター」への志を現代に甦らせようと意図して、われわれはここに古今の文芸作品はいうまでもなく、ひろく人文・社会・自然の諸科学から東西の名著を網羅する、新しい綜合文庫の発刊を決意した。

激動の転換期はまた断絶の時代である。われわれは戦後二十五年間の出版文化のありかたへの深い反省をこめて、この断絶の時代にあえて人間的な持続を求めようとする。いたずらに浮薄な商業主義のあだ花を追い求めることなく、長期にわたって良書に生命をあたえようとつとめるところにしか、今後の出版文化の真の繁栄はあり得ないと信じるからである。

同時にわれわれはこの綜合文庫の刊行を通じて、人文・社会・自然の諸科学が、結局人間の学にほかならないことを立証しようと願っている。かつて知識とは、「汝自身を知る」ことにつきていた。現代社会の瑣末な情報の氾濫のなかから、力強い知識の源泉を掘り起し、技術文明のただなかに、生きた人間の姿を復活させること。それこそわれわれの切なる希求である。

われわれは権威に盲従せず、俗流に媚びることなく、渾然一体となって日本の「草の根」をかたちづくる若く新しい世代の人々に、心をこめてこの新しい綜合文庫をおくり届けたい。それは知識の泉であるとともに感受性のふるさとであり、もっとも有機的に組織され、社会に開かれた万人のための大学をめざしている。大方の支援と協力を衷心より切望してやまない。

一九七一年七月

野間省一

講談社文庫 最新刊

辻村深月
噛みあわない会話と、ある過去について
あなたの「過去」は大丈夫？ 無自覚な心の裡をあぶりだす〝鳥肌〟必至の傑作短編集！

砥《と》上《がみ》裕《ひろ》將《まさ》
線は、僕を描《えが》く
喪失感の中にあった大学生の青山霜介《あおやまそうすけ》は、水墨画と出会い、線を引くことで回復していく。

今野 敏
エ ム エ ス〈継続捜査ゼミ2〉
容疑者は教官・小早川《こばやかわ》？ 警察の「横暴」に美しきゼミ生が奮闘。人気シリーズ第2弾！

重松 清
ど ん ま い
苦労《ピンチ》のあとこそ、チャンスだ！ 草野球に、人生の縮図あり！ 白球と汗と涙の長編小説。

佐々木裕一
雲雀《ひばり》の太刀〈公家武者 信平《のぶひら》(十一)〉
江戸泰平を脅かす巨魁と信平、真っ向相対峙す！ 大人気時代小説4ヵ月連続刊行！

望月麻衣
京都船岡山アストロロジー
占星術×お仕事×京都。心迷ったときは船岡山珈琲店へ！ 心穏やかになれる新シリーズ。

碧野 圭
凛として弓を引く
神社の弓道場に迷い込んだ新女子高生。いつしか弓道に囚われた彼女が見つけたものとは。

西村京太郎
十津川警部 両国駅3番ホームの怪談
両国駅幻のホームで不審な出来事があった。目撃した青年の周りで凶悪事件が発生する！

楡 周平
サリエルの命題
新型インフルエンザが発生。ワクチンや特効薬の配分は？ 命の選別が問われる問題作。

浅田次郎
日輪の遺産〈新装版〉
戦争には敗けても、国は在る。戦後の日本を守るために散った人々を描く、魂揺さぶる物語。

創刊50周年新装版
麻耶雄嵩
夏と冬の奏鳴曲《ソナタ》〈新装改訂版〉
発表当時10万人の読者を啞然とさせた本格ミステリ屈指の問題作が新装改訂版で登場！

講談社文芸文庫

磯﨑憲一郎

鳥獣戯画／我が人生最悪の時

解説＝乗代雄介　年譜＝著者

「私」とは誰か。「小説」とは何か。一見、脈絡のないいくつもの話が、〝語り口〟の力で現実を押し開いていく。文学の可動域を極限まで広げる21世紀の世界文学。

いAB1

978-4-06-524522-4

蓮實重彥

物語批判序説

解説＝磯﨑憲一郎

フローベール『紋切型辞典』を足がかりにプルースト、サルトル、バルトらの仕事とともに、十九世紀半ばに起き、今も我々を覆う言説の「変容」を追う不朽の名著。

はM5

978-4-06-514065-9

真山　仁　グリード〈ハゲタカⅣ〉(上)(下)
真山　仁　ハーディ〈ハゲタカ2・5〉(上)(下)
真山　仁　スパイラル〈ハゲタカ4・5〉
真山　仁　シンドローム〈ハゲタカ5〉(上)(下)
真山　仁　そして、星の輝く夜がくる
真梨幸子　孤《こ》虫《ちゅう》症《しょう》
真梨幸子　深く深く、砂に埋めて
真梨幸子　女ともだち
真梨幸子　えんじ色心中
真梨幸子　カンタベリー・テイルズ
真梨幸子　イヤミス短篇集
真梨幸子　人生相談。
真梨幸子　私が失敗した理由は
松本裕士　兄　弟〈追憶のhide〉
円居　挽　丸太町ルヴォワール
円居　挽　烏丸ルヴォワール
円居　挽　今出川ルヴォワール
円居　挽　河原町ルヴォワール
円居　挽　原作　福本伸行　カイジ　ファイナルゲーム　小説版

松岡圭祐　探偵の探偵
松岡圭祐　探偵の探偵Ⅱ
松岡圭祐　探偵の探偵Ⅲ
松岡圭祐　探偵の探偵Ⅳ
松岡圭祐　水鏡推理
松岡圭祐　水鏡推理Ⅱ〈インパクトファクター〉
松岡圭祐　水鏡推理Ⅲ〈パレイドリア・フェイス〉
松岡圭祐　水鏡推理Ⅳ〈アノマリー〉
松岡圭祐　水鏡推理Ⅴ〈ニュークリアフュージョン〉
松岡圭祐　水鏡推理Ⅵ〈クロノスタシス〉
松岡圭祐　探偵の鑑定Ⅰ
松岡圭祐　探偵の鑑定Ⅱ
松岡圭祐　万能鑑定士Qの最終巻〈ムンクの〈叫び〉〉
松岡圭祐　黄砂の籠城(上)(下)
松岡圭祐　シャーロック・ホームズ対伊藤博文
松岡圭祐　八月十五日に吹く風
松岡圭祐　生きている理由
松岡圭祐　黄砂の進撃
松岡圭祐　瑕《か》疵《し》借り

松原　始　カラスの教科書
益田ミリ　五年前の忘れ物
益田ミリ　お茶の時間
マキタスポーツ　一億総ツッコミ時代〈決定版〉
丸山ゴンザレス　ダークツーリスト〈世界の混沌《カオス》を歩く〉
松田賢弥　したたか　総理大臣・菅義偉の野望と人生
三島由紀夫　TBSヴィンテージクラシックス 編　告白　三島由紀夫未公開インタビュー
三浦綾子　ひつじが丘
三浦綾子　岩に立つ
三浦綾子　青い棘《とげ》
三浦綾子　イエス・キリストの生涯
三浦綾子　愛すること信ずること
三浦綾子　あのポプラの上が空〈新装版〉
三浦明博　滅びのモノクローム
三浦明博　五郎丸の生涯
宮尾登美子　新装版　天璋院篤姫(上)(下)
宮尾登美子　新装版　一絃の琴
宮尾登美子　東福門院和子《まさこ》の涙(上)(下)〈レジェンド歴史時代小説〉
皆川博子　クロコダイル路地

睦月影郎 密通妻
睦月影郎 快楽のリベンジ
睦月影郎 快楽ハラスメント
睦月影郎 快楽アクアリウム
向井万起男 渡る世間は「数字」だらけ
村田沙耶香 授乳
村田沙耶香 マウス
村田沙耶香 星が吸う水
村田沙耶香 殺人出産
村瀬秀信 気がつけばチェーン店ばかりでメシを食べている
村瀬秀信 それでも気がつけばチェーン店ばかりでメシを食べている
虫眼鏡 東海オンエアの動画が6.4倍楽しくなる本〈虫眼鏡の概要欄 クロニクル〉
室積光 ツボ押しの達人
室積光 ツボ押しの達人 下山編
森村誠一 悪道
森村誠一 悪道 西国謀反
森村誠一 悪道 御三家の刺客
森村誠一 悪道 五右衛門の復讐
森村誠一 悪道 最後の密命
森村誠一 ねこの証明
毛利恒之 月光の夏
森博嗣 すべてがFになる〈THE PERFECT INSIDER〉
森博嗣 冷たい密室と博士たち〈DOCTORS IN ISOLATED ROOM〉
森博嗣 笑わない数学者〈MATHEMATICAL GOODBYE〉
森博嗣 詩的私的ジャック〈JACK THE POETICAL PRIVATE〉
森博嗣 封印再度〈WHO INSIDE〉
森博嗣 幻惑の死と使途〈ILLUSION ACTS LIKE MAGIC〉
森博嗣 夏のレプリカ〈REPLACEABLE SUMMER〉
森博嗣 今はもうない〈SWITCH BACK〉
森博嗣 数奇にして模型〈NUMERICAL MODELS〉
森博嗣 有限と微小のパン〈THE PERFECT OUTSIDER〉
森博嗣 黒猫の三角〈Delta in the Darkness〉
森博嗣 人形式モナリザ〈Shape of Things Human〉
森博嗣 月は幽咽のデバイス〈The Sound Walks When the Moon Talks〉
森博嗣 夢・出逢い・魔性〈You May Die in My Show〉
森博嗣 魔剣天翔〈Cockpit on knife Edge〉
森博嗣 恋恋蓮歩の演習〈A Sea of Deceits〉
森博嗣 六人の超音波科学者〈Six Supersonic Scientists〉
森博嗣 捩れ屋敷の利鈍〈The Riddle in Torsional Nest〉
森博嗣 朽ちる散る落ちる〈Rot off and Drop away〉
森博嗣 赤緑黒白〈Red Green Black and White〉
森博嗣 四季 春～冬
森博嗣 φ《ファイ》は壊れたね〈PATH CONNECTED φ BROKE〉
森博嗣 θ《シータ》は遊んでくれたよ〈ANOTHER PLAYMATE θ〉
森博嗣 τ《タウ》になるまで待って〈PLEASE STAY UNTIL τ〉
森博嗣 ε《イプシロン》に誓って〈SWEARING ON SOLEMN ε〉
森博嗣 λ《ラムダ》に歯がない〈λ HAS NO TEETH〉
森博嗣 η《イータ》なのに夢のよう〈DREAMILY IN SPITE OF η〉
森博嗣 目薬α《アルファ》で殺菌します〈DISINFECTANT α FOR THE EYES〉
森博嗣 ジグβ《ベータ》は神ですか〈JIG β KNOWS HEAVEN〉
森博嗣 キウイγ《ガンマ》は時計仕掛け〈KIWI γ IN CLOCKWORK〉
森博嗣 χ《カイ》の悲劇〈THE TRAGEDY OF χ〉
森博嗣 ψ《プサイ》の悲劇〈THE TRAGEDY OF ψ〉
森博嗣 イナイ×イナイ〈PEEKABOO〉
森博嗣 キラレ×キラレ〈CUTTHROAT〉
森博嗣 タカイ×タカイ〈CRUCIFIXION〉
森博嗣 ムカシ×ムカシ〈REMINISCENCE〉

講談社文庫　目録

森　博嗣　サイタ×サイタ〈EXPLOSIVE〉
森　博嗣　ダマシ×ダマシ〈SWINDLER〉
森　博嗣　女王の百年密室〈GOD SAVE THE QUEEN〉
森　博嗣　迷宮百年の睡魔〈LABYRINTH IN ARM OF MORPHEUS〉
森　博嗣　赤目姫の潮解〈LADY SCARLET EYES AND HER DELIQUESCENCE〉
森　博嗣　まどろみ消去〈MISSING UNDER THE MISTLETOE〉
森　博嗣　地球儀のスライス〈A SLICE OF TERRESTRIAL GLOBE〉
森　博嗣　今夜はパラシュート博物館へ〈THE LAST DIVE TO PARACHUTE MUSEUM〉
森　博嗣　虚空の逆マトリクス〈INVERSE OF VOID MATRIX〉
森　博嗣　レタス・フライ〈Lettuce Fry〉
森　博嗣　僕は秋子に借りがある I'm in Debt to Akiko〈森博嗣自選短編集〉
森　博嗣　どちらかが魔女 Which is the Witch?〈森博嗣シリーズ短編集〉
森　博嗣　探偵伯爵と僕〈His name is Earl〉
森　博嗣　喜嶋先生の静かな世界〈The Silent World of Dr.Kishima〉
森　博嗣　実験的経験〈Experimental experience〉
森　博嗣　そして二人だけになった〈Until Death Do Us Part〉
森　博嗣　つぶやきのクリーム〈The cream of the notes〉
森　博嗣　つぼやきのテリーヌ〈The cream of the notes 2〉
森　博嗣　つぼねのカトリーヌ〈The cream of the notes 3〉
森　博嗣　ツンドラモンスーン〈The cream of the notes 4〉
森　博嗣　つぼみ茸《きのこ》ムース〈The cream of the notes 5〉
森　博嗣　つぶさにミルフィーユ〈The cream of the notes 6〉
森　博嗣　月夜のサラサーテ〈The cream of the notes 7〉
森　博嗣　つんつんブラザーズ〈The cream of the notes 8〉
森　博嗣　ツベルクリンムーチョ〈The cream of the notes 9〉
森　博嗣　100人の森博嗣〈100 MORI Hiroshies〉
森　博嗣　的を射る言葉〈Gathering the Pointed Wits〉
森　博嗣　カクレカラクリ〈An Automaton in Long Sleep〉
森　博嗣　DOG&DOLL
諸田玲子　其《そ》の一《いち》日《にち》
諸田玲子　森家の討ち入り
森　達也　「自分の子どもが殺されても同じことが言えるのか」と叫ぶ人に訊きたい
森　達也　すべての戦争は自衛から始まる
本谷有希子　腑抜けども、悲しみの愛を見せろ
本谷有希子　江利子と絶対〈本谷有希子文学大全集〉
本谷有希子　あの子の考えることは変
本谷有希子　嵐のピクニック
本谷有希子　自分を好きになる方法
本谷有希子　異類婚姻譚
本谷有希子　静かに、ねぇ、静かに
茂木健一郎　「赤毛のアン」に学ぶ幸福《しあわせ》になる方法
茂木健一郎 with ダイアログ・イン・ザ・ダーク　まっくらな中での対話
森川智喜　キャットフード
森川智喜　スノーホワイト
森川智喜　一つ屋根の下の探偵たち
森林原人　セックス幸福論〈偏差値78のAV男優が考える〉
桃戸ハル編・著　5分後に意外な結末〈ベスト・セレクション〉
桃戸ハル編・著　5分後に意外な結末〈ベスト・セレクション　黒の巻・白の巻〉
桃戸ハル編・著　5分後に意外な結末〈ベスト・セレクション　心震える赤の巻〉
森　功　高倉健〈隠し続けた七つの顔と「謎の養女」〉
山田風太郎　甲賀忍法帖〈山田風太郎忍法帖①〉
山田風太郎　伊賀忍法帖〈山田風太郎忍法帖③〉
山田風太郎　忍法八犬伝〈山田風太郎忍法帖④〉
山田風太郎　風来忍法帖〈山田風太郎忍法帖⑪〉
山田風太郎　新装版 戦中派不戦日記
山田正紀　大江戸ミッション・インポッシブル〈顔役を消せ〉
山田正紀　大江戸ミッション・インポッシブル〈幽霊船を奪え〉

山田詠美 晩年の子供
山田詠美 A《エイ》2《トウ》Z《ズイ》
山田詠美 珠玉の短編
柳家小三治 ま・く・ら
柳家小三治 もひとつ ま・く・ら
柳家小三治 バ・イ・ク
山口雅也 垂里冴子のお見合いと推理
山本一力 深川黄表紙掛取り帖
山本一力 牡丹酒〈深川黄表紙掛取り帖(二)〉
山本一力 ジョン・マン1 波濤編
山本一力 ジョン・マン2 大洋編
山本一力 ジョン・マン3 望郷編
山本一力 ジョン・マン4 青雲編
山本一力 ジョン・マン5 立志編
椰月美智子 十二歳
椰月美智子 しずかな日々
椰月美智子 ガミガミ女とスーダラ男
椰月美智子 恋愛小説
柳 広司 キング&クイーン

柳 広司 怪談
柳 広司 ナイト&シャドウ
柳 広司 幻影城市
柳 広司 風神雷神(上)(下)
薬丸 岳 闇の底
薬丸 岳 虚夢
薬丸 岳 刑事のまなざし
薬丸 岳 逃走
薬丸 岳 ハードラック
薬丸 岳 その鏡は嘘をつく
薬丸 岳 刑事の約束
薬丸 岳 Aではない君と
薬丸 岳 ガーディアン
薬丸 岳 刑事の怒り
薬丸 岳 天使のナイフ〈新装版〉
矢野龍王 箱の中の天国と地獄
山崎ナオコーラ 論理と感性は相反しない
山崎ナオコーラ 可愛い世の中
山田芳裕 へうげもの 一服

山田芳裕 へうげもの 二服
山田芳裕 へうげもの 三服
山田芳裕 へうげもの 四服
山田芳裕 へうげもの 五服
山田芳裕 へうげもの 六服
山田芳裕 へうげもの 七服
山田芳裕 へうげもの 八服
山田芳裕 へうげもの 九服
山田芳裕 へうげもの 十服
山田芳裕 へうげもの 十一服
山田芳裕 へうげもの 十二服
矢月秀作 A《ア》C《ク》T《ト》〈警視庁特別潜入捜査班〉
矢月秀作 A《ア》C《ク》T《ト》2 告発者〈警視庁特別潜入捜査班〉
矢月秀作 A《ア》C《ク》T《ト》3 掠奪〈警視庁特別潜入捜査班〉
矢野 隆 清正を破った男
矢野 隆 我が名は秀秋
矢野 隆 戦《いくさ》始末
矢野 隆 乱
矢野 隆 長篠の戦い〈戦百景〉

講談社文庫　目録

山本　弘　僕の光輝く世界
山内マリコ　かわいい結婚
山本周五郎　さ　ぶ〈山本周五郎コレクション〉
山本周五郎　白石城死守〈山本周五郎コレクション〉
山本周五郎　完全版 日本婦道記(上)(下)〈山本周五郎コレクション〉
山本周五郎　戦国武士道物語 死処《しょ》〈山本周五郎コレクション〉
山本周五郎　戦国物語 信長と家康〈山本周五郎コレクション〉
山本周五郎　幕末物語 失蝶記〈山本周五郎コレクション〉
山本周五郎　逃亡記 時代ミステリ傑作選〈山本周五郎コレクション〉
山本周五郎　家族物語 おもかげ抄〈山本周五郎コレクション〉
山本周五郎　繁《しげ》　あ　ね〈美しい女たちの物語〉
山本周五郎　雨　あ　が　る〈映画化作品集〉
柳田理科雄　スター・ウォーズ 空想科学読本
柳田理科雄　MARVEL マーベル空想科学読本
靖子靖史　空《くう》色《しき》カンバス〈瑞《ずい》空《くう》寺《じ》凸凹《でこぼこ》縁起《えんぎ》〉
安本由佳・山本理沙　不機嫌な婚活
山中伸弥・平尾誠二・惠子　友　情〈平尾誠二と山中伸弥「最後の約束」〉
夢枕　獏　大江戸釣客伝(上)(下)
唯川　恵　雨　心　中

行成　薫　ヒーローの選択
行成　薫　バイバイ・バディ
行成　薫　スパイの妻
柚月裕子　合理的にあり得ない〈上水流《かみずる》涼子《りょうこ》の解明〉
吉村　昭　私の好きな悪い癖
吉村　昭　吉村昭の平家物語
吉村　昭　暁　の　旅　人
吉村　昭　新装版 白い航跡(上)(下)
吉村　昭　新装版 海も暮れきる
吉村　昭　新装版 間宮林蔵
吉村　昭　新装版 赤　い　人
吉村　昭　新装版 落日の宴(上)(下)
吉村　昭　白　い　遠　景
横尾忠則　言葉を離れる
吉田ルイ子　ハーレムの熱い日々
吉川英明　新装版 父 吉川英治
吉村葉子　お金がなくても平気なフランス人 お金があっても不安な日本人
米原万里　ロシアは今日も荒れ模様
横山秀夫　半　落　ち

横山秀夫　出口のない海
吉田修一　日曜日たち
吉本隆明　真　　贋
吉本隆明　フランシス子へ
横　関　大　再　会
横　関　大　グッバイ・ヒーロー
横　関　大　チェインギャングは忘れない
横　関　大　沈黙のエール
横　関　大　ルパンの娘
横　関　大　ルパンの帰還
横　関　大　ホームズの娘
横　関　大　ルパンの星
横　関　大　スマイルメイカー
横　関　大　K2〈池袋署刑事課 神崎・黒木〉
横　関　大　炎上チャンピオン
吉川永青　誉れの赤
吉川永青　裏　関　ヶ　原
吉川永青　化　け　札
吉川永青　治部の礎《いしずえ》

2021年 9 月15日現在